茅盾研究八十年書系

〔斯洛伐克〕馬立安・高利克◎著
楊玉英◎譯

6

錢振綱・鍾桂松◎主編

茅盾與
中國現代文學批評

花木蘭文化出版社

國家圖書館出版品預行編目資料

茅盾與中國現代文學批評／〔斯洛伐克〕馬立安·高利克著，
楊玉英譯 ― 初版 ― 新北市：花木蘭文化出版社，2014〔民
103〕
序 6+ 目 2+224 面：19×26 公分
（茅盾研究八十年書系：第 6 冊）
ISBN：978-986-322-689-5（精裝）
1. 沈德鴻　2. 中國當代文學　3. 文學評論
820.908　　　　　　　　　　　　　　　　　103003253

中國茅盾研究會《茅盾研究八十年書系》編委會

主　編：錢振綱 鍾桂松

副主編：許建輝　王中忱　李　玲

特邀顧問：

邵伯周　孫中田　莊鍾慶　丁爾綱　萬樹玉　李　岫

王嘉良　李廣德　翟德耀　李庶長　高利克　唐金海

茅盾研究八十年書系
第 六 冊　　　　　　　　　　　ISBN：978-986-322-689-5

茅盾與中國現代文學批評

本書據 1969 年出版英文版 2013 年新譯

作　　者　〔斯洛伐克〕馬立安·高利克
譯　　者　楊玉英
主　　編　錢振綱　鍾桂松
總 編 輯　杜潔祥
副總編輯　楊嘉樂
編　　輯　許郁翎
出　　版　花木蘭文化出版社
社　　長　高小娟
聯絡地址　235 新北市中和區中安街七二號十三樓
　　　　　電話：02-2923-1455 ／傳眞：02-2923-1452
網　　址　http://www.huamulan.tw 信箱 hml 810518@gmail.com
印　　刷　普羅文化出版廣告事業
初　　版　2014 年 7 月
定　　價　60 冊（精裝）新台幣 120,000 元

茅盾與中國現代文學批評

〔斯洛伐克〕馬立安・高利克著，楊玉英譯

作者簡介

馬立安・高利克（Marián Gálik，1930～），男，斯洛伐克科學院東方研究所教授，院士。畢生致力於中西思想文化史和中國現當代文學研究，從一九五三年開始即大量發表他的中國文學研究成果，至今已有六十年的研究歷史。他給予過關注的中國現當代作家和批評家極爲廣泛，其中魯迅、郭沫若和茅盾是高利克關注最多、研究最深入、研究成果也最豐富的三位文學大家。其研究成果部分被翻譯成中文在國內權威刊物如《中國現代文學研究叢刊》、《中國比較文學》等上發表。著有「中國現代思想史研究」系列論文六篇。出版學術專著《茅盾與中國現代文學批評》、《中國現代文學批評發生史》、《中西文學關係的里程碑（1898～1979）》、《影響、翻譯、平行——〈聖經〉在中國研究選集》等。

譯者簡介

楊玉英（1969～），女，樂山師範學院外國語學院副教授，文學博士。主要從事英美文學教學。科研方向爲英美文學、比較文學、海外漢學。已出版系列學術專著《英語世界的郭沫若研究》、《比較視野下英語世界的毛澤東研究》、《英語世界的〈孫子兵法〉英譯研究》和《英語世界的〈道德經〉英譯研究》。發表相關科研論文近 30 篇。

提　　要

《茅盾與中國現代文學批評》是斯洛伐克漢學家馬立安・高利克的第一本英文專著，也是歐洲第一本用英文撰寫的茅盾研究著述，於 1969 年由德國威斯巴登弗蘭茨・斯坦納出版社出版。

該書展現了 1919～1936 年間茅盾的文學與批評道路，以及與這條道路的歷史或前史相關的最重要的方面。雅羅斯拉夫・普實克特別對該書的史料價值給予了高度評價，認爲「馬立安・高利克的這本專著在運用作者 1958～1960 年在中國期間所獲得的最廣泛的資料方面具有特別的重要性，他是在挽救這些屬於現代歷史的最重要的當代研究資料，因爲這些資料使屬於世界文化遺產的中國新文化的誕生顯得更加清楚。」

除普實克的「序」——「寫在『馬立安・高利克的文藝批評家和理論家茅盾研究』的頁邊」和結語外，全書共有 11 章，分別對茅盾的青少年時期（1896～1920）、茅盾早期的思想發展、茅盾文學批評的第一步、茅盾論中國現代文學進退兩難的困境、1921～1930 年間文學研究會與茅盾的關係、茅盾論文人和文學的本質及其功能、茅盾論自然主義與現實主義、茅盾論革命文學與無產階級文學、茅盾論中國當代無產階級文學與世界先鋒派文學、1930～1936 年間左聯與茅盾的關係以及茅盾論文學創作與技巧問題等進行了詳細而獨到的論述。此外，書後還附錄了縮略詞表、術語表、參考文獻和索引，以方便讀者查閱。

書稿出版後，受到了歐洲其他著名的漢學家如佛克瑪、卜立德、史羅夫、何谷理、格魯納等的好評，並在國內外得到了廣泛的引用。

致　謝

本書的目的旨在展現 1919～1936 年間茅盾的文學與批評道路，以及與這條道路的歷史或前史相關的最重要的方面。

作者要誠摯地感謝雅羅斯拉夫‧普實克（Jaroslav Průšek）教授閱讀該書手稿並爲該書撰寫序言。沒有他明智的建議，這本書要寫出來是不太可能的。

作者同樣要爲茅盾先生（沈雁冰）爲作者二十世紀六十年代初在中國撰寫的兩篇文章添加的許多注釋表示感謝。沒有他對這些東西表現出的興趣，本書中的一些事情不可能弄清楚。

作者要感謝莫斯科的弗拉迪斯拉夫‧索羅金（Vladislav F. Sorokin），要不是他，那些中文的縮微膠片將無法獲得。

作者要感謝哥本哈根的克里森‧赫爾曼‧詹森（Christian Hermann Jensen）和倫敦的約翰‧勒斯特（John Lust），感謝他倆爲該書提供的大量歐洲的和中文的書藉和縮微膠片。

作者同時也要利用這次機會對捷克斯洛伐克的許多學者表示感謝，感謝他們與作者一起討論書稿的主題或閱讀書稿手稿。這些學者是：貝爾塔‧克萊布索娃（Berta Krebsová）、泰莫迪斯‧博考拉（Timoteus Pokora）、奧德瑞凱‧克勞（Oldřich Král）和安娜‧德麗札洛娃（Anna Doležalová）

作者要對傅海波（Herbert Franke）教授和鮑吾剛教授（Wolfgang Bauer）致以特別的感謝，感謝他倆接受該書手稿將其作爲「慕尼黑東亞研究」系列叢書出版。

感謝斯洛伐克文學基金會提供的資金援助，該援助使得本書得以譯成英文。

最後，作者非常感謝亞歷山大‧馮‧洪堡基金會（Alexander von Humboldt Foundation）和福特基金會（Ford Foundation）提供出版資助，該資助使得本書能在德意志聯邦共和國出版。

馬立安‧高利克

序

寫在「馬立安・高利克的文藝批評家和
理論家茅盾研究」的頁邊

　　在為這位年輕的學者，這位中國文學最活躍的倡導者的作品寫上幾句話之前，我應該強調的事實是，馬立安・高利克是一位斯洛伐克人。有趣的是，在布拉格東方研究所組成的這個系統研究中國現代文學小組裏，包括波蘭、德國以及其他國家的學者，有兩位斯洛伐克的漢學家，馬立安・高利克和安娜・弗爾高娃－德麗札洛娃（Anna Vlčková-Doležalová）。他們兩位都在布拉迪斯拉發最近成立的捷克斯洛伐克科學院東方研究所工作，這從一開始就佔據了重要的位置。我並不認為這僅僅只是機會。斯洛伐克文學，像其他所有形式的斯洛伐克文化一樣，在捷克斯洛伐克的新生活中至少與它的盟友捷克一樣處於平等的位置。有時，它似乎渴望瞭解和創造一些新的東西，一些在斯洛伐克比在捷克斯洛伐克更西部的地區要更加強烈的東西。因此，當斯洛伐克的學生開始研究中國的時候，一點也不顯得奇怪，他們選擇了最局部的問題——其他領域也一樣，只不過在文學方面更加突出而已，這是他們的同胞們的習慣性特徵。馬立安・高利克選擇了中國現代文學中最偉大的人物茅盾，而他的同事安娜・弗爾高娃－德麗札洛娃則選擇了毫無疑問稱得上最有趣的人物之一郁達夫。

　　當時還是布拉格「東方研究講座」的學生的馬立安・高利克開始對茅盾作品的詮釋發生興趣，寫了一篇論茅盾短篇小說的研討會論文。在他長期呆在中國期間他收集了大量闡明茅盾生活和作品的各個方面的資料，為他即將發表的那些文章提供了更加完整的參考文獻，並對茅盾曾經使用過的眾多的筆名進行了考證。由於有關茅盾的文學作品正被另一個德國同事，萊比錫的

弗里茨・格魯納（Fritz Gruner）用來做詳細的研究，他已經爲他的博士論文準備了兩卷了，因而馬立安・高利克便專注於茅盾的文學和理論作品，其透徹的研究結果便是現在的這本專著。

我認爲，今天我們只能對高利克先生當初的選擇進行祝賀。儘管茅盾的文學作品並沒有被進行完整的闡釋（這裡，我們可以希望當格魯納博士的書出版後，能夠從中看到一個更加具體和平衡的展現），但高利克爲我們展現了一個我們甚至都不敢猜想的未知世界。在閱讀這本書時，我們必須得時時問我們自己，是否茅盾終究作爲一個批評家不比其作爲一個富有創見的作家要更偉大，是否他對文學理論的貢獻並不是最重要的。同時，所有論述中國新文學的發生和發展的一系列問題以及關於闡釋和欣賞的難題，出現在我們的腦海裏。

這些問題中最引人注目的是，是否我們對於中國新文學的產生的觀點太過簡單和粗糙。我認爲我們對於新時期之初的中國文學的印象就好比是與世界文學的海洋分離開來的蓄水池，被那個海洋中的涓涓細流慢慢地哺育著，同時也通過一堵無法滲透的牆被它干擾著。根據茅盾二十四歲前所熟知的歐洲文學來判斷，尤其是從他帶入自己的閱讀之中的那些成熟的批評觀點來判斷，顯然，這個年輕的、有才華的中國知識分子對世界思想和文學作品比他那些同時代的歐洲人有著更爲廣泛的認知。甚至在五四運動之前，茅盾就已經能夠對蕭伯納、尼採、彼得・克魯泡特金、伯特蘭・羅素、列夫・托爾斯泰以及其他作家的作品提供成熟的批叛性的評價了。讓我們記住中國的知識分子會將他從歐洲源泉中獲得的知識和思想與他自己的文化中的那些雄偉壯觀的遺產相比較，這些遺產包括佛教哲學中那些微妙複雜的活的傳統。是在他們可以從中獲得的這些思想的不同種類和不同廣度中我發現了中國現代作家和文化工人的第一代中這種卓越力量的源泉和思想的獨創性，一種在隨後的幾代中普遍消失了的品質。

還有一個特徵是，在討論中國需要的新文學時，當許多作家對語言方面進行強調時，在胡適對創造一種新的文學語言的必要性和其他的要點進行強調時，茅盾卻首先在其中看到了對現代思想的介紹（原書稿第 64 頁）。這是唯一正確的觀點：只有使用新的方法，對世界進行新的闡釋的作家才能創作出現代的文學作品來。

茅盾在評價歐洲文學的根本趨勢時的斷言尤其可在他 1920 年 9 月對古典

主義、浪漫主義、現實主義等的研究中清楚地看出來。他以其非凡的洞察力觀察到，浪漫主義不能是革命的，因為它不涉及偉大的人格。在我看來，茅盾對於對現實主義和現實主義作家的描寫是特別深刻的。我覺得這位二十四歲的中國批評家比最近幾十年來我們的幾代批評家走得更遠。茅盾沒有接受現在人為強調的自然主義和現實主義之間的分歧。對他而言，最重要的現實主義作家是左拉和莫泊桑，福樓拜是其前輩，而巴爾扎克仍然是一個浪漫主義作家。在這個理論中確實有許多方面值得加以討論，例如最後一個。但有一點是相當肯定的，那就是在巴爾扎克的作品中有深刻的浪漫主義的特徵。對於茅盾對現實主義的發展的刻畫有許多可說——當然，比將自然主義與現實主義人為地分割開來要說的更多。

　　同時，茅盾也正確地看到了現實主義的新特徵是科學和民主。在其作品的一開始，作為批評家的茅盾就為文學理論建立了一個合理的研究方法，沒有被一些時髦的口號的奉承所扭曲。創造性文學中自我意識的重要性問題，這個在前一階段討論的主要論題之一，毫無疑問被茅盾找了出來，並在其對浪漫主義作家的態度上加以了強調。儘管他本人是現實主義的信奉者，但他並沒有在其中看到一個神奇的治療方法和解決創造性文學的問題的唯一之道。他以其非凡的洞察力相信，與世界文學的發展水平相一致的新浪漫主義將是那個時期的趨勢。這裡需要特別說明的是，當茅盾越深信馬克思主義，他似乎就變得愈加保守。後來他譴責後現實主義的先鋒派文學是「傳統社會將衰落時所發生的一種病象。」（原書稿第93頁）

　　茅盾這些早期的觀點或許有助於解釋那個時代文學的一些特徵，諸如魯迅作品的某些不能以現實主義去加以常規闡釋的方面。歐洲學者認為，中國總是在太晚的時候才開始去瞭解歐洲文學，打個形象的比方即是，他們的火車，總是在歐洲的火車離開了一個年代之後才姍姍到達。比如五四運動時期，甚至在其最後階段，中國作家都沒有搞清楚那個時期歐洲先鋒派作家的問題，但是卻對十九世紀的現實主義及其他思潮的問題搞得很清楚。高利克認為，這種假設必須加以重新思考，而且我們認為可能影響了中國文學的那些歐洲思潮和流派的假設必須加以拓寬。實際上，中國作家沒有對他們能夠接觸到的歐洲文學加以充分的利用這一事實，並不在於他們的疏忽而是由於中國文學發展於其中的特殊的社會和政治條件所致。是這個原因迫使作家將他們的注意力僅僅局限在生活的某些方面，而這，自然就會影響他們對文學方

法的選擇。

另一方面，當茅盾對學習現實主義的文學方法的必要性加以強調時（這裡，他沒有對現實主義和自然主義加以區分），他必然是正確闡釋了那個時期中國文學的需要的，也即是，科學的觀察和準確的描寫。準確地觀察和描寫其所見所聞是對每一位從事文學工作的人的基本訓練。作家們的不足之處正在於他們缺乏這種訓練，這在新、舊文學中都一樣，其結果便是作品缺乏那些基本的東西，淡而無味。茅盾沒有只警告作家們要當心缺乏對他們的主題的瞭解和描繪的不準確所帶來的危險，他也一樣看到了對所看到和意識到的東西並將它們轉化成綜合的文學作品太感興趣但卻無能為力所存在的危險。這是中國作家的第二個主要不足之處，一種僅僅只作照相式處理的傾向。茅盾非常恰當地指出：「如果一個作家將其限制在某一具體的材料中，那他寫出來的東西無異於普通的新聞報導。」（原書稿第 103 頁）

我並不認為其他的中國批評家指出過不僅是中國作家而且是所有的藝術所具有的這個根本的不足之處，這個與生俱來的淺薄（dilettante）的本質。中國的純文學和藝術，如中國繪畫，是淺薄文人的專利，大部分的通俗文學作品也是他們的傑作，這主要是面對大眾的。宋朝和元朝出現專業的藝術家這種趨勢受到了明朝文學正統的新發展的擠壓，也使小說特別是戲劇受到了影響。我認為這種淺薄文藝是兩次世界大戰期間的主要特徵，到今天甚至被提高到了一種文化政策的基本原則的狀態。大眾將會創造他們自己的藝術，而不需要專業的藝術家。茅盾在這方面正確地看到，沒有專業的技巧，就沒有真正的藝術。這種專業的技巧在大眾藝術中是特別需要的。

茅盾不僅僅是一個偉大的文學批評家，他還是一個老師，教我們如何組織一部文學作品，如何創作一部文學作品。

馬立安·高利克的書不僅表明了茅盾的作品在闡明中國文學與歐洲文學之間的關係上有多重要，他還證明了茅盾的作品為鑒賞歐洲文學中的各種潮流提供了有價值的建議，因為歐洲人對這位傑出的中國批評家對待他們的文學的態度是很感興趣的。然而，在闡明中國舊文學方面茅盾的作品也具有非凡的價值。我們可以從茅盾有洞察力的觀察中看出他對這種文學中出現的問題思考得究竟有多深刻（原書稿第 27 頁），儘管這些作品總是只表現了一個人的感覺。舊時的作家是「作者的主觀型，僅只屬於他自己，最終只屬於一個階級。」同樣中肯的是「舊時的作家僅只研究文學的問題，只能寫通俗易懂的東西」這個觀點。我也一樣覺得，在中國舊小說中很難找到一個比茅盾

用「記述（registration）」來代替「描寫」更好的限製詞了，特別是當他拒絕他所嘲笑的「記賬式的敘述」（an accountant's budgeting）的時候。中國舊時的作家，不是進行綜合的描寫，而是常常簡單地羅列包含在所觀察到的現象中的細節，使這種「記述」充當了主題的藝術拼圖。這種認為中國舊文學最大的不足在於其描寫的藝術不夠發達的觀點一次又一次地出現在茅盾的作品中。他也責備這種文學，把這種文學看成僅僅是供娛樂而已。

在我看來，除馬立安・高利克對文學史所做的有價值的貢獻外，他的這本專著還具有非同尋常的局部的重要性。在今天的中國，這種認為文學以及所有的藝術僅僅是宣傳的唯一工具的觀點四處流行，純粹美學的所有因素被排除在所有的藝術類別中。基本的類型成了僅為某種政治格言進行宣傳和證明的例外之作。創作者的內在視覺或他所見的周圍世界的真實生活的描寫被廢除，甚至現實主義的原則也遭到否認。來自文學的任何對話都消失了，我們只能聽到一面之詞，聽到宣揚極端激進的觀點的聲音，所有的反對之聲都沉默下來。茅盾的，同時也是馬立安・高利克的觀點將這些問題挖掘出來，並在該書中將其呈現在公眾面前，在某種程度上有助於取代那些在中國現時的論戰中沉默的夥伴。兩次大戰期間，例如在 1923 年，文學要麼是革命的工具，要麼毫無價值的觀點被提了出來。再如，戲劇被創作出來，恰讓人想到今天展現在舞臺上的大規模場景，成了政治口號的獨唱會。與此相反，茅盾指出，「僅僅用群眾大會時煽動的熱情的口吻來做小說是不行的」（原書稿第 103 頁）。我認為那些在馬克思主義的理論中去堅決地挖掘的、閱讀廣泛的中國批評家仍然應該清楚地拒絕這些原始的傾向，即便在今天也是有意義的。

我認為馬立安・高利克的這本專著在運用作者在中國期間所獲得的最廣泛的資料方面具有特別的重要性。同時，他也有機會與研究對象茅盾本人討論許多問題。事實上，這是將這些有價值的資料融合在一起的最後的機會。這在今天成了不可能的事情了，我們甚至不清楚它是否沒有完全地消失。因而，馬立安・高利克是在挽救這些屬於現代歷史的最重要的當代研究資料，因為這些資料使屬於世界文化遺產的中國新文化的誕生顯得更加清楚。茅盾的作品表明了這個文化有多大的價值，而這本身又促使我們去對其進行更加密切的關注和研究。目前，這個文化還僅只能在歐洲進行研究。也正是這樣，我看到了馬立安・高利克著作的重要意義。

雅羅斯拉夫・普實克

目次

第一章　青少年時期（1896～1920）

（一）

茅盾的真名和官名叫沈德鴻，字雁冰，出生在青鎮，一個位於浙江省東北部桐鄉縣的小鎮。

沒有人知道這位著名的中國作家、文學批評家和文化名人確切的出生日期，只能僅僅依靠推測爲 1896 年的 7 月 5 號或 7 號。現在要來搞清楚確切的日期是不大可能了〔註1〕。他家住觀前街，有三間大房子。茅盾在老家生活了差不多十八年（除了他讀初中和大學的幾年）。之後茅盾也常回去，他的部分作品或提綱就是在老家寫的。〔註2〕

茅盾家族原屬社會上層，但還不屬於地主階層，而僅是官僚階層〔註3〕。他的祖父，名字不太清楚（沈煥？）是廣西壯族自治區西江河岸梧州城的知府〔註4〕。很難解釋爲什麼茅盾的祖父沈硯耕只獲得了比較低的社會和經濟地

〔註1〕 在《茅盾傳》中我提到茅盾的文章《我的小傳》，載《文學月報》1932 年第 1 期，第 173～175 頁。我在《茅盾傳》中寫道：「茅盾於陰曆 1896 年 4 月出生。」茅盾爲我的斷言添加了如下信息：「我記得是陰曆五月（相當於陽曆六月）下旬（即從二十到三十日），故也可能是陽曆七月初也。」（第 1 頁）在一次我和他討論時他給了我更加準確的信息，他說由於印刷錯誤的緣故，《我的小傳》中他的出生日期被弄錯了。他出生於 1896 年的陰曆 5 月 25 日或 27 日。這相當於我們的 1896 年 7 月 5 日或 7 日。
〔註2〕 茅盾常回老家。很可能他的《故鄉雜記》的部分內容就是在故鄉寫的，並且寫了一些筆記。他的一些短篇小說和文章就是以這些筆記爲基礎寫成的。
〔註3〕 茅盾，《我怎樣寫春蠶》，載《文萃》第 8 期，1945 年 11 月 27 日，第 13 頁。
〔註4〕 參見《烏青鎮志》卷 27《史事》第 32a 頁。沈季豪先生（1890 年生），是茅

位，他只是當鋪的簿記。〔註5〕

　　茅盾的父親名叫沈伯蕃〔註6〕，在經濟上他甚至比他的父親還要貧窮。在科舉考試中他僅通過了秀才的第一等，以當中醫爲生。〔註7〕

　　茅盾是在中日戰爭（1894～1895）爆發之後一年出生的。那時正值所謂的第二次瓜分中國時期，包括俄國和日本在內的西方國家試圖在他們的霸權之下篡奪盡可能多的領土。顯而易見，對中國人民來說滿清政府是無能的，而且當時的中國，無論是文化的、經濟的還是政治方面的實際狀況都是難以防守的。李鴻章和張之洞將與如「中學爲體」（Chinese studies as the fundamental structure）、「西學爲用」（Western studies for practical use）這樣的口號一致的改革介紹到中國的努力，也是徒勞的。

　　通過組織一場改革運動來克服這種令人不愉快的形勢已成必需。這場運動由中國著名的哲學家康有爲（1858～1927）領導，它是一場由中國知識分子參與的、旨在維護君主政治、在一些改革的幫助之下鞏固中華帝國、解決那個時期的某些迫切問題的愛國運動。但這些改革既不非常特別，也不激進。有些改革旨在修改科舉考試和武舉考試的方法，爲包括帝國大學在內的新學校的形成做準備。帝國大學的科目將包括那些在西方國家學校裏常規的教學科目，也包括傳統的經典學習。而且，還打算成立一個翻譯外國書籍的政府機構。新的鐵路將要修建。軍隊和海軍要改革。滿族人曾經的某些特權將被剝奪。光緒皇帝有權宣佈改革，但留給他進行改革的時間已經不多了。這次運動很短命，歷史學家非常恰當地將其稱爲「百日維新」。

　　茅盾的父親是個非常忠實的改革者。他對康有爲的態度不得而知，但他對譚嗣同（1865～1898）這個激進、左傾的改革者的代表的態度卻非常清楚。沈伯蕃最喜歡的書是譚嗣同的主要哲學著作《仁學》。

　　沈伯蕃身體很糟糕。1902年，當茅盾六歲的時候，他染上了一種叫骨癆的病，只得完全呆在床上，四肢不能動彈。〔註8〕

盾父親最小的弟弟，告訴我茅盾的曾祖父曾是梧州的知府。
〔註5〕 沈季豪提供的信息。
〔註6〕 也是沈季豪提供的信息。茅盾在《茅盾傳》第一頁中對此加以了證實。根據索羅金（V. Sorokin）的看法，茅盾的父親名叫沈永錫。參見索羅金，《茅盾的創作之路》（*Creative Road of Mao Tun*），莫斯科，1962年版，第6頁。
〔註7〕 沈季豪提供的信息。也可參見孔另境，《懷茅盾》，載《庸園集》，上海，1946年，第65頁。
〔註8〕 茅盾，《我的小學時代》，載《風雨談》第2期，1943年5月，第5頁。文中

他最後的日子，在茅盾的記憶中是這樣的：

> 他臥病三年，肌肉落盡，那年夏天極熱，他就像乾了膏油的一盞燈，奄奄長暝了。那年春天，他已自知不起，叫我搬出他的書籍和算草來整理；有幾十本《新民叢報》，幾套《格致彙編》，還有一本『仁學』，他吩咐特別包起來，說：「不久你也許能看了」。特別是那本『仁學』，他叮囑我將來不可不讀。〔註9〕

這位年幼的、甚至還不到十歲的小男孩開始閱讀譚嗣同的書。自然，他還讀不懂。而且即便是後來，他對譚嗣同的思想也不太感興趣。〔註10〕

侯外盧教授似乎理解了茅盾的父親對譚嗣同如此鍾愛的其中一個原因：

> 譚嗣同對於自然科學的重要性給予了強調。儘管他旨在把自然科學與儒家的、墨家的、道家的和宗教的思想系統揉合在一起，但他想要的是使其成為實際運用的一種工具。當他論及自然科學與他自己對於包括建立學校和購買機器之類的政治和經濟問題時，他謳歌自然科學，崇贊其力量，並對其進行了很好的闡述。〔註11〕

換句話說，沈伯蕃喜歡自然科學，尤其是數學。因而，《格致彙編》雜誌是他的最愛。在數學方面，作為一個自學者，他甚至自修到微積分。只有死亡才阻止了他進一步的研究。〔註12〕

除數學外，沈伯蕃最感興趣的是天文和地理。在他身體還好的時候，他讓年幼的茅盾，其時才剛開始艱難地背誦《三字經》，每日背誦從《天文歌略》

茅盾說他父親深受風濕病之苦，但他在我的《茅盾傳》中對此加以了否認：「不是風濕病，叫做骨癆，不知正式名稱是什麼？」（第2頁）

〔註9〕 《我的小學時代》第9頁。《新民叢報》是由一群改革者，即梁啟超的追隨者在日本橫濱出版的一種半月刊，於1902年1月1日創刊。傅蘭雅（John Fryer）的《格致彙編》是由上海長老會出版社出版的。這份季刊對西方科學，尤其是數學、藝術、工業產品的普及做出了貢獻。

〔註10〕 《我的小學時代》第9頁。

〔註11〕 侯外盧主編，《中國哲學簡史》，北京，1959年版，第90～91頁。（高利克先生自己交代此書使用的是外文出版社英譯的侯外盧《中國哲學簡史》文本：Hou Wailu. *A Short History of Chinese Philosophy*, 1959 as Vol.5 of the series published by Foreign Languages Press entitled "Chinese Knowledge Series" intended mostly for the foreign readers.177p. 該譯本所依中文版本沒有注明。此段為譯者參考侯外盧主編，《中國思想史綱》（下），北京：中國青年出版社，1981年版一書第四節《譚嗣同的〈仁學〉及其思想》（第267～277頁）相關內容所譯。譯者注。）

〔註12〕 《我的小學時代》第5頁。

中選出的四個句子。後來他將背誦的句子數目增加到了十個。但要求得越多，茅盾能背誦的就越少，以致於到最後他一天幾乎記不住兩個句子。除此之外，他還命令茅盾學習《地理歌略》。後來他強迫茅盾研究數學，當他意識到自己的小兒子對這些東西相當木訥時非常地失望。〔註13〕

當然，他之所以對譚嗣同的思想如此感興趣還有其他的原因。

譚嗣同比康有為的其他追隨者更加激進。對他們來說，僅僅只完成一些改革，將中華帝國改變成一個君主立憲制國家就足夠了。儘管譚嗣同沒有十分明確地表達這個意思，但他是反對滿清王朝，希望建立一個民主共和國（民統）以代替君主專制政體（軍統）的〔註14〕。上個世紀末（應指十九世紀末，譯者注），在中國也有相似的要求。這個要求相當獨特，而且前所未聞。

通過對學習自然科學的強調，沈伯蕃表達出了他對那個年代學習經典所持的反傳統態度，也表明他深切相信譚嗣同成為他那個時代最不正統、最不傳統且帶偏見的中國思想家是可能的。也有可能他把譚嗣同看成是打破儒家倫理偶像的第一人。甚至在中國最早的無政府主義者陳獨秀（1879～1942）和魯迅（1881～1936）之前二十多年，譚嗣同就抗議所謂的「三綱」，即三種束縛的、兇殘的、破壞的和邪惡的毒害。「三綱」是漢武帝（公元前 140～84）〔註15〕宮廷裏著名的哲學家董仲舒（約公元前 179～104）提出來的。「三綱」規定，君應該無條件從屬於其主，子應該無條件從屬於其父，妻應該無條件從屬於其夫。譚嗣同也反對一夫多妻制，反對中國婦女纏足。他談到兩性之間的平等權利，強調性教育作為解放運動不可避免的結果的重要性。〔註16〕

譚嗣同在很多方面走在其時代的前面。他的一個朋友，與康有為同為「百日維新」最著名的代表梁啓超（1873～1929）曾經說過，通過對這些革命成果進行護衛，譚嗣同比孫中山（1866～1925）的同盟會早了十年。Takashi Oka，

〔註13〕 在上述引文中。也可參見《我的小傳》，載《名家傳記》第 2 版，上海，1938 年版，第 274 頁。

〔註14〕 Takashi Oka，《譚嗣同的哲學思想》（*The Philosophy of T'an Ssu-t'ung*），載《中國研究論文集》（*Papers on China*）第 9 卷，哈佛大學出版社，1955 年，第 2～3 頁。（咨詢了兩位在日本研究譚嗣同的專家，均告知不知道有 Takashi Oka 這麼一個研究譚嗣同的日本學者，也不知道該怎樣將其日語名字譯成漢語。故保留不譯。譯者注。）

〔註15〕 同上，第 3 頁和第 12 頁。

〔註16〕 同上，第 12～13 頁。

一位研究譚嗣同作品的專家寫道：「其感情的強烈程度猶如雅各布賓派領袖馬拉（Marat-like）。」〔註17〕

　　由於其政治信仰、哲學信念和他對科學力量的信任，使得沈伯蕃站在他那個時代的頂峰。茅盾作爲少數幾個先鋒派信奉者的兒子，至少部分地爲1919年的五四運動這個中國歷史上最重大的文化革命做了準備。

　　沈伯蕃死於1905年的夏天。那時茅盾年僅九歲。〔註18〕

　　沈伯蕃的妻子，茅盾的母親陳愛珠，接替去世的丈夫繼續指導茅盾的教育。茅盾對此充滿感激地記得。關於她的生活所知不多。知道的信息中大部分是茅盾妻子的弟弟孔另境（1904年生）寫的。他是一位中國戲劇家、散文家和舊體小說的創作者。〔註19〕

　　孔另境對她做了這樣的描寫：

　　　　沈老太太確是一位個性倔強的人物，而且彷彿還有點近乎冷酷，所以一般和她接觸的人，常會感覺得一種冷峻的壓抑，然而我們知道這一點正是她的不可及處。大致女性類多感情豐富，理智薄弱，加之中國的女性更受著數千年來傳統的禮教所壓制，故極難衝破環境，自作主張，其能拔萃於萬千儕輩，做出一點有意義有價值的事情來的，總非得先具備著一種極堅強的理智不可。沈老太太是具備這性格的，從她的毅然送伊二子赴遠地入學，可見其見地的卓越，及後對於兒輩的參加革命運動，目睹種種艱險的經歷，從未有半句勸阻或任何見於言詞的憂慮，實充分表現她堅強的認識。可惜她生得太早了點，不能充分接受許多新學識和新理論，否則我相信她一定可以做出一點出人頭地的事業來。〔註20〕

　　沈夫人也是出生在一個小鎮上〔註21〕。作爲一名中國女性，她的學問足夠多，而且非常喜歡閱讀。在她年輕時她非常喜歡讀中國舊體小說，後來她

〔註17〕 Takashi Oka，《譚嗣同的哲學思想》（*The Philosophy of T'an Ssu-t'ung*），載《中國研究論文集》（*Papers on China*）第9卷，哈佛大學出版社，1955年，第32頁。

〔註18〕 《我的小傳》第274頁和276頁；《我的小學時代》第4～9頁。

〔註19〕 孔另境，《一位作家的母親》，載《庸園集》第29～39頁。也可參見他的《懷茅盾》第65～66頁。在後一篇文章的第65頁，孔另境只提及茅盾母親的姓，她自己的名字是沈季豪告訴我的。

〔註20〕 《一位作家的母親》第33～34頁。

〔註21〕 《我怎樣寫〈春蠶〉》第13頁。

轉而讀一些新書和報刊。〔註22〕

　　她用不多的積蓄盡自己最大的能力照顧孩子們，盡力支持兩個兒子上完中學，然後供茅盾念了三年大學預科，供沈澤民讀科技大學（應爲河海工程專門學校，譯者注）。孩子父親最後的遺願總是浮現在她眼前，他希望兩個兒子都能成爲工程師。然而，沈夫人沒有試圖將自己和丈夫的心願強加給孩子們，儘管中國的舊傳統賦予了她這麼做的權利〔註23〕。這點可以從茅盾的情形看出來。茅盾的研究與做工程師的準備相去甚遠。沈澤民也一樣，他沒有完成自己的工程師的學習，而是開始將自己奉獻給了職業革命生涯。

　　茅盾結婚時，沈夫人與他一起搬進上海的寓所〔註24〕。這裡她偶爾能見到著名的作家和革命者，這有助於拓寬她的文學觀和政治觀〔註25〕。由於她對中國政治形勢的瞭解，二、三十年代時她沒有阻礙哪位兒子的革命活動。1937年抗日戰爭爆發時沈夫人還住在上海〔註26〕。那時茅盾離開上海去了南方，在廣闊的中國差不多飄蕩了八年。1940年3月底，沈夫人搬到了青鎮，在那裡，於4月17日出人意料地去世了。〔註27〕

　　茅盾弟弟沈澤明確切的出生日期不太清楚，是1899或1900年的5日或7日〔註28〕。他在離故鄉不遠的湖州府完成了中學階段的學業〔註29〕，後來改入南京的河海工程專門學校學習土木工程〔註30〕。沈澤民在上大學的時候與茅盾合譯過流行小說和給《中學生》雜誌的關於科技主題的科學小說〔註31〕。前面提及，沈澤民沒有完成自己的學業，於1920年去了日本〔註32〕。在那裡，他自學日語，研究馬克思主義著作。回中國後，他成了文學研究會的一名成員。在

〔註22〕《我的小傳》第275頁；《一位作家的母親》第34～35頁。

〔註23〕去世前一年，沈伯蕃寫下了他的遺囑，見《我的小傳》第276頁。他在遺囑中斷言，不出十年，中國將被列強瓜分，每一個不研究西方科學和生產方法的人都將無法生存。他希望兒子們成爲工程師。

〔註24〕孔另境，《懷茅盾》第66頁。

〔註25〕《一位作家的母親》第32頁。

〔註26〕同上，第30頁。

〔註27〕在上述引文中。也可參見第29～30頁和第39頁。

〔註28〕茅盾的觀點。他在《茅盾傳》第3頁以及與我的一次討論中都表達過這種看法。

〔註29〕茅盾的信息。也可參見他在《茅盾傳》第3頁上的批註。

〔註30〕《我的小傳》第277頁；《一位作家的母親》第31頁。

〔註31〕如《兩月中之建築談》。該文在提及的那本雜誌（即《學生雜誌》，譯者注）上連載。《理工學生小記》也發表在該雜誌上。

〔註32〕《一位作家的母親》第31頁和茅盾在《茅盾傳》第3頁上的批註。

翻譯領域和文學批評領域，他像是第二個茅盾〔註33〕。沈澤民翻譯過俄語、法語、匈牙利語和意第緒語文學以及其他文學。莫泊桑（G. de Maupassant）和安特萊夫（L. Andreyev）是他特別喜歡的作家。通過克魯泡特金（P. Kropotkin）他熟悉了俄國文學〔註34〕。有時他以「明心」為筆名寫文章。「明心」後來成了茅盾兩兄弟以及著名的中國文學批評家和歷史學家鄭振鐸（1898～1958）偶爾共用的筆名〔註35〕。1924 年，作為文學研究會的一名成員，他開始聲明創作無產階級革命文學的必要性。1925 年底，他被作為一名積極的中國共產黨員派往蘇聯。在那裡，他用了大約五、六年的時間來研究蘇聯共產主義理論與實踐〔註36〕。從蘇聯回國後，他被作為中國共產黨中央委員成員，以邊區主席和政治部秘書的身份，被派往位於湖北、河南和安徽交界的鄂豫皖根據地〔註37〕。他是和創造社著名的批評家成仿吾一起去那裡的。到了那一段時間後沈澤民染上了瘧疾，病逝在了那裡，時間可能是 1933 年底或 1934 年初〔註38〕。

〔註33〕 《文學研究會會務報告》，載《小說月報》第 12 卷第 6 號，1921 年 6 月 10 日出版，第 1 頁。

〔註34〕 沈澤民以《克魯泡特金的俄國文學論》為題寫了一篇文章評論克魯泡特金（P. Kropotkin）的書《俄國文學中的理想與現實》（*Ideals and Realities in Russian Literature*）。參見《小說月報》第 12 卷號外《俄國文學研究》，1921 年 9 月。沈澤民還翻譯了《俄國的批評文學》，實為《俄國文學中的理想與現實》一書的部分內容。同上，第 1～8 頁。

〔註35〕 參見馬立安·高利克（Marián Gálik），《茅盾真名和筆名考》（*The Names and Pseudonyms Used by Mao Tun*），載《東方檔案》（*Archív Orientální*）第 31 期，1963 年，第 94～95 頁。其他的茅盾筆名，參見同上第 80～108 頁。

〔註36〕 沈澤民，《文學與革命文學》，載《覺悟》，《民國日報》副刊，1924 年 11 月 6 日。參見《五四時期期刊介紹》第 1 卷，北京，1958 年，第 219 頁。

〔註37〕 沈澤民到達莫斯科後，在孫中山大學學習，寫信給雁冰和德沚，信的第一部分發表在《文學周報》1925 年 12 月 27 日第 205 期，第 292 頁上。孔另境在《一位作家的母親》第 31 頁上提及沈澤民在蘇聯住了七、八年。茅盾在我的《茅盾傳》第 3 頁上批註說澤民只在蘇聯學習了大約五、六年，然後於 1931 年回到中國。根據布爾曼（H. L. Boorman）和其他人編《中華民國傳記詞典》（*Bibliographical Dictionary of Republican China*）第 1 卷第 136 頁上的內容：「這個小組也包括……沈澤民，在帕維爾·米夫（Pavel Mif），時為孫中山大學的校長的指導下，差不多在蘇聯學習俄語、馬克思列寧主義和革命戰略有五年的時間。一群米夫最喜歡的中國學生十分堅定地支持斯大林的對華政策，他們成了著名的『28 個布爾什維克』。」這群人中的第一個是陳紹禹（王明），1931～1932 年間中國共產黨的總書記。1931，沈澤民成了中國共產黨中央委員會宣傳部的領導。（參見，同上，第 136 頁。）

〔註38〕 問白，《描畫幾個普羅作家》（續），載《社會新聞》，1933 年 9 月 12 日，第 375 頁。

最有可能記得他去世的確切時間的是成仿吾，他於 1934 年 2 月返回上海，拜訪了魯迅、茅盾和鄭振鐸，並以他們爲中間人建立起了與上海中國共產黨員之間的聯繫。〔註 39〕

沈德鴻和沈澤民兩兄弟在性情和外表上都相差甚大。沈澤民是一個有著堅強的勇氣和頑強的意志力的人，不妥協，有自制力，完全適合他在 30 年代初所從事的工作。從他不太整潔的外表和蓬亂的頭髮看，人們很容易認爲他不會照顧自己。茅盾則完全不同。他總是穿戴整潔，頭髮梳得一絲不苟。孫伏園，一位中國現代散文家，常常把茅盾叫作孔夫人（隨他的妻子）〔註 40〕。他很容易因快樂和憂傷、樂觀主義和悲觀主義的爆發而失去自制力。他也很容易情緒化，並且不能完全相信冷靜的推理所作出的決定。茅盾也適時選擇了革命這個職業，但他後來放棄了積極的革命工作，回到了十分適合他的性格、性情和特別的才能的職業，即做一個文學批評家和作家。

（二）

茅盾大約五、六歲時就開始在家塾，然後在私塾念書〔註 41〕。他是在父親的強迫之下不得不背誦諸如前文提及的《天文歌略》的。在他的記憶中，這對他來說就如他的叔叔們讀儒家經典《大學》與《中庸》一樣是一種痛苦的折磨。〔註 42〕

1904 年，青鎮建起了第一所小學，茅盾成了這所小學第一班的學生。學校開設了如下的課程：修身（將儒家的經典作爲課本）、國文、歷史、地理、算學和體操。儒家經典中他僅提及了《論語》和《禮記》〔註 43〕。茅盾對小學時代的回憶要比他對在家塾和私塾念書時的記憶更清晰。對茅盾來說，讀孔子（公元前 551～479）與其弟子的論爭遠比學習星宿的名字及其在天空的

〔註 39〕這是茅盾在《茅盾傳》第 4 頁上表達出的觀點。

〔註 40〕成仿吾與魯迅的會面在《魯迅日記》，北京，1959 年版，第 973 頁上有記載。在 1934 年 2 月 13 日有簡要的記載：「十三日小雨……下午同亞丹、方壁、古斐往 ABC 喫茶店飲紅茶。」茅盾將此記錄理解爲是成仿吾和鄭振鐸與魯迅的會面。參見他對單演義《魯迅和茅盾的戰鬥友誼斷片》一文的注釋，《人文雜誌》（西南版），1957 年第 4 期，第 77～81 頁。「方壁」爲茅盾的筆名。

〔註 41〕（宋）雲彬，《沈雁冰》，載《人物雜誌》第 8 期，1946 年 9 月 1 日，第 19 頁。

〔註 42〕《我的小學時代》第 5 頁。

〔註 43〕《我的小傳》第 274 頁。

位置更有吸引力。國文課他們讀《古文觀止》〔註44〕。由於老師們試圖要盡可能多地教給孩子們東西，學校的水平似乎還不錯。每個月都要進行考試，對學得好的學生有小禮物給予獎勵。〔註45〕

1906年茅盾進入高等小學三年級，其時才剛在青鎮開始建立。在那裡，除了傳統的經典科目，茅盾還學習幾何、代數和英語。英語的學習為他日後的世界打開了大門〔註46〕。他記得每周都要以中國歷史為題材寫作文。由於他們在寫作文時在形式上不得不嚴格遵照老師規定的固定模式，這些作文的文學價值是微乎其微的。儘管如此，這些作文也很重要，它們喚醒了小學生們的民族自豪感、健康的國家主義感。這種感情為日後中國革命的勝利作出了貢獻。〔註47〕

讀小學時茅盾就展現出了他特別的文學才能。他的老師張之琴曾對他說：「你將來是個了不起的文學家呢！好好地用功吧！」〔註48〕

茅盾喜歡讀中國古典小說，在他家中一個小木盒裏裝滿了這一類的小說。這些小說過去常被稱作閒書（light literature），傳統的儒家批評家們對這些書是不贊同的。這些裝在木盒裏的書印刷很糟糕，通常是由技藝普通的藝術家做了插圖來印製在低劣的紙張上。茅盾對書中人物非同尋常的服裝、為他們臉上與那些他認識的人完全不同的表情而著迷。其中有一本吳承恩著的《西遊記》。茅盾喜歡這本書，因為很久前他母親常常給他講《西遊記》裏的故事。但這本書很難讀懂，因為在某些地方，書中的人物甚至整體的線索都非常模糊，這使得整個文本讀起來相當困難。當沈伯蕃發現小兒子在偷偷地讀「閒書」時他並沒有明確地禁止。他告訴兒子閱讀「閒書」對擴寬文學的視野也是需要的〔註49〕。顯而易見，批評和文學領域改革家們的觀點的影響和對文學類型分級的重估，也對沈伯蕃的文學信仰有所觸動。這是一種反傳統的態度，儘管難以說清其內容。

十三歲時，茅盾完成高等小學的學習後離開青鎮去了烏鎮，因為那時浙江省的第三中學堂在烏鎮。茅盾在那裡呆了兩年，即到1911年的暑假〔註50〕。

〔註44〕《我的小學時代》第4頁和第6頁；《我的小傳》第274頁。
〔註45〕《我的小學時代》第7～8頁。
〔註46〕在上述引文中。
〔註47〕同上，第8頁。
〔註48〕沈志堅，《懷茅盾》，載《文壇史料》，上海，1944年，第165頁。
〔註49〕《我的小傳》第7頁。
〔註50〕茅盾，《回憶辛亥》，載《印象、感想、回憶》第2版，上海，1937年，第97頁。

他之所以轉學到位於嘉興的浙江省第二中學，原因其實完全是微不足道的：他是一個敏感的男孩，無法忍受其中的一個同學〔註51〕。1913年他完成了自己在杭州安定初級中學的學習。〔註52〕

對於自己在浙江這三所中學的生活茅盾是這樣描繪的：

> 我的中學時代是灰色的，平凡的；沒有現在的那許多問題要求我們用腦力思考，也沒有現在的那許多鬥爭來磨練我們的機智膽略。……如果一定要找出這三個中學校曾經給與我些什麼，現在心痛地回想起來，是這些個：書不讀秦漢以下，駢文是文章之正宗；詩要學建安七子；寫信擬六朝人的小箚；……。〔註53〕

在中學他們學習一些關於歐洲各國的東西，如關於重要的戰爭、國際條約、法國大革命、拿破侖戰爭以及日俄戰爭。他們也學習數學（特別是在嘉興時，那裡數學水平相當高）、物理、英語和國文。〔註54〕

茅盾很少提湖州中學和杭州中學。他記得最清楚的是嘉興中學，這很可能是因為那裡的氣氛更人文而不那麼傳統，那裡的人更有趣的緣故。那裡有更多的教授對革命給予同情，很可能在孫中山的組織下，他們中的有些人甚至成了其追隨者。比如這所學校的校長方青箱就與他們有某些聯繫，並且參加了當地的一次「聽講佛經」〔註55〕的活動，即一次重要的聚會，討論重要的政治問題。但是，要麼革命思想產生的影響太小，要麼是教授們過於小心，因為除了會議討論外，他們很少不紮辮子就出門，大多數時候紮的是假辮子。而且，儘管他們對待學生很友好，茅盾卻把他們描繪成「真人絕對不露相的。」〔註56〕因此，他們沒有表達出任何可能的民主觀點的痕迹。

國文（從廣義上講）是從古代的書中學到的。朱希祖教授（不是第五章中將會提及的同名人物）用《周官考工記》來做講義。他們用北京大學馬幼漁教授編的《左氏春秋傳》作為閱讀材料。朱蓬仙教授更喜歡用《顏氏家訓》來作

〔註51〕《我的小傳》第275頁。

〔註52〕茅盾，《回憶是心酸的罷，然而只有激起我們的奮發之心》，載《時間的記錄》，上海，1946年，第62頁。

〔註53〕茅盾，《我的中學時代及其後》，載《印象、感想、回憶》第89～90頁。

〔註54〕同上，第90頁。

〔註55〕參見《回憶辛亥》第99～100頁和《回憶是心酸的罷，然而只有激起我們的奮發之心》第62頁。

〔註56〕《回憶辛亥》第100頁。

講義〔註57〕。茅盾提到的後一個事實，很可能在朱教授有「深意」。〔註58〕

　　朱教授在顏之推（531～591）所描繪的文人畫像中看到了他那個時代的一種文學和官員模式。這種模式不是儒家的文人和官員的模式。正如丁愛博（Albert E. Dien）很好地為顏之推辯護的那樣，「儒家的官員模式，這個有別於他對道德的說教效果的信任和他對國家利益的無私關心」理想化了「那些能幹的、忠誠的、官僚的官員們，他們假裝對政策和對那些認為最高的政治利益就是維持現狀的人不用負責任。」〔註59〕

　　南北朝（420～589）的畫面作為一個非常明顯的政治混亂時期和偉大的個體人格不定時期停留在中國歷史學家的腦海中。那時顏之推將他的包括政治的、哲學的、文學的和教育學的全部智慧融入他的著作中，想要幫助他的後人提高或者至少保持住他們的家庭遺產。1911 年前後，由於其政治的混亂和總體的不確定，能夠與南北朝時期很好地相比較。朱蓬仙教授有許多嚴肅的理由支持不建立一種官員的和文人的儒家典範。首先，他是不相信這樣一種典範存在的可能性的。但在他的觀念結構中，他找不到另外的、比顏之推的作品中所抱持的更好的東西來代替這種作為中國社會的頂梁柱的官員和文人的典範。五年或十年之後，中國的思想家們意識到，比如嚴（復）先生的觀點和其他相似的觀點已經失去了它們的營養價值，因此他們到世界上其他國家中去尋找新的源泉。然而，朱蓬仙是他那個時代和他所生存的環境的產物，而且他也受到了相應的影響。這很可能是由於那些年中國的教育實踐（與歐洲世界完全分離）引起的，但是，瞭解那個時期的思想史是非常有趣的。

　　1911 年 10 月 10 號，武漢起義發生了。它是 1911 年的辛亥革命的開始。位於嘉興的浙江省第二中學的學生們從一個學生在火車站買的上海報紙上得知了這一消息〔註60〕。消息很快在學生和教授中迅速地傳播開來。很有趣的是，也是革命者之一的代數教員，在同一個晚上走進茅盾和同學們的自修室，卻沒有對年輕學生們就「武漢起事」提出的各種好奇的問題提供什麼出奇的回答。只是在離開時，他看了看一些未剪辮的學生（茅盾也是其中一個），說

〔註57〕在上述引文中以及《回憶是心酸的罷，然而只有激起我們的奮發之心》第 62 頁。

〔註58〕《回憶辛亥》第 100 頁。

〔註59〕芮沃壽（Arthur F. Wright）和丹尼斯・特威切特（Dennis Twitchett）編，《儒家人格》（*Confucian Personalities*），斯坦福大學出版社，1962 年版，第 43 頁。

〔註60〕《回憶辛亥》第 101 頁。

道:「這幾根,辮子,今年不要再過年了。」〔註61〕接下來的那個下午,幾何教員計仰先也下了相似的結論:「假辮子用不著了。」然而,儘管他自己是一個革命者,也有一根假辮子。〔註62〕

茅盾寫了回憶辛亥革命的文章,在很大程度上所有文章中只有一篇例外,是關於辮子這個主題的。辮子是唯一使得茅盾這個年僅15歲的孩子對革命發生興趣的東西,辮子也似乎同樣使他那些革命的老師們變得有趣。這些老師中有的在日本做研究,是沒有留辮子的,回國後便使用假辮子,一直到頭髮重新長長。1911年這一重要的一年前後發生的所有事件,在一段時間裏,都與剪辮子(束縛的象徵)、「和尚頭」和假辮子相關。最後,國民黨成了國民官。在嘉興,老師們的情況也是如此。僅僅是因為他們成了「國民官」才使得學生們意識到他們有幸成為將要統治中國的新政權的締造者的學生。〔註63〕

我們可以從茅盾的回憶錄中看出,他的同學們是嚮往革命的。對他們來說顯而易見滿清政府已經腐朽,他們相信,取代它將帶給中國的要比它能給中國的多。他們甚至不瞭解中國農民起義的最基本的歷史知識,也不知道現代革命鬥爭的歷史,他們甚至也不懷疑某些將革命納入他們的計劃的組織的存在。當他們聽聞武漢所發生的事件後,他們天真地過早地相信勝利的到來〔註64〕。但他們又一次表現出不願意剪掉辮子。如果他們剪掉了辮子,他們就不能上街,因為那些「傻瓜」會起來反對他們。他們使用假辮子,但這當然不是一種合理的解決辦法。他們持續地生活在對權威和他們那些保守的同學們的害怕中〔註65〕。事實上,一點也沒有誇張,他們是將革命和辮子這兩個概念混淆在了一起。

我們不能確切知道茅盾在杭州的生活,在那裡,1913年的時候他參加了大學入學考試。也不清楚1913～1916年間他在北京大學念預科時的生活。他只在一處提到過在北京大學他研究那些使他能夠進入文學、法律或商科的科目〔註66〕。在其他地方,他簡潔而誇張地說他在那裡學習只不過吃到了中國

〔註61〕《回憶辛亥》第101～102頁。

〔註62〕同上,第102頁。

〔註63〕茅盾,《我所見的辛亥革命》,載《中學生》第38期,1933年10月,第3～4頁。

〔註64〕《回憶是心酸的罷,然而只有激起我們的奮發之心》第62～63頁。

〔註65〕《我所見的辛亥革命》第4頁。

〔註66〕《我的小傳》第276頁。

北方的沙塵。〔註67〕

1913～1916 年間，當茅盾在北京大學預科學習的時候正是那些年中國最古老也最大的以歐洲爲模式的這所大學巨大衰敗的時期。老師和學生的道德感低下。玩撲克牌或嫖娼代替了嚴肅的研究或者嘗試教給他們的聽者一些新的東西。研究的目的不再是培養人們淵博的、有用的知識，而是獲得地位和在其幫助下在官場上獲得有利的位置〔註68〕。不太清楚茅盾那些年的所作所爲。

總之，可以這麼說，在沈伯蕃去世後，年輕的茅盾失去了他現代哲學而且也可能包括政治進步的方向。他從學校裏並沒有得到太多東西。在家裏，他遵從祖父沈硯耕〔註69〕的「自然主義」。茅盾的母親並沒有太多影響他的生活，因爲她對這些事瞭解得並不多。茅盾的理想是著名的道家學說「無爲自然」。我們晚些時候會看到，茅盾超然於將要發生在他周圍的每一件事情之外。

1917 年底，蔡元培到北京大學做了校長，再加上教工的改變，使北京大學發生了巨大的變化。其時成了思想之溫床的北京大學在五四運動期間及之後，改變了中國。〔註70〕

然而，那時茅盾已經不在北京了。

（三）

1916 年下半年的前半期或後半期，茅盾在一個親戚的推薦下（不知道姓名），獲得了在上海的中國最大的出版社即商務印書館編輯所的一個位置〔註71〕。由於經濟的緣故茅盾不得不中斷他的研究〔註72〕。他母親的收入不夠他研究所需的花費。

對茅盾來說，上海是一個全新的世界，有那麼多中英文的書和雜誌，這對他開啓了一個新的，到那時還相當不可預知的視野。起初他做校對，然後翻譯各種科普文章並同時協助孫毓修（星如）先生編輯著名的中國古典文學集《四

〔註67〕《我的中學時代》第 91 頁。

〔註68〕周策縱（Chow Tse-tsung），《五四運動：現代中國的思想革命》（*The May Fourth Movement: Intellectual Revolution in Modern China*），哈佛大學出版社，1960 年版，第 49～50 頁。

〔註69〕《我的小傳》第 276 頁。

〔註70〕周策縱，前面所引書，第 47 頁。

〔註71〕《我的小傳》第 276～277 頁。

〔註72〕在上述引文中。

部叢刊》〔註73〕。那是茅盾的父親，一個西方科學的熱情追隨者的精神真正在他身上被激發的時期。他開始對與自然科學、技術問題以及那些與物理學、天文學、哲學和政治有關的問題產生興趣，對文學批評的問題產生興趣。〔註74〕

在上海他與五四運動的精神和成就發生了聯繫。自然，這次運動並不是從後來所指定的日期，即 1919 年才開始的，而是在那個時間之前已經有了差不多四年的舊傳統了。《新青年》雜誌及其投稿人也對茅盾產生了影響。他在一篇文章中曾說自己似乎生活在黑暗之中，直到五四運動為他打開了窗戶，一扇瞭解中國和世界問題的窗戶。〔註75〕

茅盾結束他在北京大學預科的課程後的一段時間，沈夫人對他的生活給予了強烈的干預。她在青鎮為他挑選了一位新娘。茅盾之前從未見過她（這一點他的另一位妻弟孔彥英加以了證實）〔註76〕。茅盾與她結婚時，她僅受過基本的教育〔註77〕。她人長得不是非常美，而且茅盾與她結婚很可能僅僅只是由於他母親的緣故，他是非常愛母親的。孔德沚夫人來自一個富裕的家庭，家裏有帶花園的大房子，名叫「庸園」。但到那個時候，幾乎已經沒有剩下什麼家產了，僅能維持生活所需〔註78〕。人們見第一眼會覺得孔德沚夫人與茅盾差別很大。她個子相對來說更高些，更壯些，而且與他早期小說中所描繪的婦女形象不同。

婚後，茅盾和夫人與母親一起搬到了位於上海寶山路鴻興坊的一幢寓所。之後他們搬到了位於商務印書館旁的順泰里街的一幢寓所〔註79〕。兩個孩子在那裡出生，取的名字都非常詩意。大一點的是女兒，名叫霞。小一點的是兒子，名叫霜。〔註80〕

〔註73〕孔另境，《懷茅盾》第 66 頁和茅盾，《關於文學研究會》，載《文藝報》第 8 期，1959 年，第 20 頁。

〔註74〕這些文章和譯文發表在《學生雜誌》上，從 1920 年開始也發表在《婦女雜誌》和《解放與改造》上。

〔註75〕茅盾，《五四回憶》，載《文萃》第 28 期，1946 年 9 月 2 日。參見華崗，《五四運動史》第 4 版，上海，1952 年版，第 112 頁。

〔註76〕1959 年 6 月，他與我在上海復旦大學的一次談話中說起這事。

〔註77〕孔彥英提供的信息。

〔註78〕孔另境，《庸園劫灰錄》，載《庸園集》第 1～10 頁。

〔註79〕孔另境，《庸園集》第 66～67 頁。

〔註80〕沈季豪提供的信息。茅盾在《茅盾傳》第 40 頁中予以了確認。

第二章　早期的思想發展

在浙江省第二中學，辛亥革命爆發之後的某一段時間裏，被命令緊急放暑假。假期後，學生們返迴學校。在那裡他們發現的是舊的教學方法和嚴格的、傳統的秩序。那些被說服相信革命是取得了勝利的，而且隨著革命的勝利整個的生活方式都有望發生變化的學生們，不願意與剛建立的中華民國裏的那些舊的「獨裁」的復活和解，他們決定起來反抗。十六、十七歲的男學生喝醉後打碎了那塊他們的學監陳鳳章常把那些犯錯的孩子的名字記在上面以示羞辱的布告牌〔註1〕。他們中一個身材單薄的小夥子，沒有參加這次破壞活動，卻送給那位可恨的學監一個裏面裝了一隻死老鼠的小袋子，紅封套上題著幾句《莊子》的話：「鴟得腐鼠，鵷過之，仰而視之曰：嚇！」〔註2〕

這句話是那位閱讀廣博的年輕人從《莊子‧秋水》中摘選的。哲學家惠施是梁國的臣相。莊子（公元前三世紀）去拜訪他。惠施猜疑莊子去拜訪他的理由是要取代他做梁國的大臣。他跑遍全國去尋找他。莊子，為了解除惠施的猜疑，親自去看他，給他講鳳凰從南海飛到北海的故事，鳳凰只在梧桐樹上棲息，只吃竹筍，只飲最純淨的泉水。而鷹，吃的是死老鼠，對著鳳凰發出尖銳的叫聲，認為鳳凰想要與它爭奪獵物。〔註3〕

〔註1〕 茅盾，《我所見的辛亥革命》第 105 頁和沈志堅，《懷茅盾》第 218 頁。
〔註2〕 赫伯特‧翟理斯（Herbert A. Giles）譯，《莊子：神秘主義者，倫理學家和社會改革家》（*Chuang Tzu, Mystic, Moralist and Social Reformer*），上海，1926年版，第 218 頁。
〔註3〕 《莊子‧秋水》全文如下：「惠子相梁，莊子往見之。或謂惠子曰：『莊子來，欲代之相。』於是惠子恐，搜於國中，三日三夜。莊子往見之，曰：『南方有鳥，其名為鵷，發於南海而飛於北海；非梧桐不止，非練實不食，非醴泉不

　　莊子的故事無需評價，它告訴了我們莊子書中所表現的政治哲學的一個重要部分：對政府的問題採取無政府主義的方法，對付人類問題的措施，對每個個體來說都是建立在對充分自由的要求基礎上的。

　　另一方面，有必要評論一下發生在嘉興中學的那件事。那個想要扮演生活在二十世紀二十年代初中國的現實之上的鳳凰的角色的年輕人就是茅盾。因爲侮辱權威，造反的學生被要求「永久地」離開浙江省第二中學堂（除名了）。〔註4〕

　　作爲辛亥革命時期的一個年輕男孩，茅盾受到了好幾個方面的影響。在讀小學的時候他已經遭遇了儒家經典；在讀中學時他又被灌輸《顏氏家訓》的內容。七、八歲的時候，他已經喜歡讀中國古代小說了。讀中學時，他廣泛地閱讀，這些都在他的作業的風格中有所體現。爲了克服他的風格的小說色彩〔註5〕，一位教授建議他讀莊子和哲學家韓愈（768～824）的作品。不知他是否研究過韓愈，但他非常喜歡莊子卻是事實。在與費德林（N. Fedorenko）的一次談話中，茅盾宣稱他受到道家思想的影響有差不多二十五年了〔註6〕。當然，他受道家思想的直接影響只是在他二十歲的時候，即直到他完成自己的學業時。後來，他接觸道家思想更多的是作爲一個研究者，比如他是《莊子》和《淮南子》〔註7〕的注評者。他自己也承認莊子與「非傳統時期」，即魏、晉（220～419）時期的中國歷史對他思想發展的影響。〔註8〕

　　1913～1916年間，當茅盾還是北京大學預科班的學生時，也由於整個國家持續惡化的憂鬱情形，他受到了莊子無政府主義和虛無主義因素的誘惑。1913年的時候，茅盾肯定已經意識到這樣一個事實，即辛亥革命其實並沒有取得勝利。這一年的九月，他親眼見到了所謂的第二次革命在袁世凱（1859～1916）總統的鎮壓下失敗。1914年的2月，袁世凱解散了國會，同年5月

飲。於是鵷得腐鼠，鴟過之，仰而視之曰：『嚇！今子欲以子之梁國而嚇我邪？』」（同上，第217～218頁）

〔註4〕《回憶辛亥》第105頁。
〔註5〕茅盾，《我曾經穿過怎樣的緊鞋子》，載茅盾，《話匣子》，上海，1934年版，第187頁。
〔註6〕尼古拉·費德林（Nikolay Fedorenko），《中國札記》（*Chinese Notes*），莫斯科，1955年版，第406頁。
〔註7〕沈德鴻，《莊子》選注，上海，1928年版，108頁。沈德鴻，《淮南子》選注，上海，1926年版，203頁。
〔註8〕茅盾，《良好的開端》，載《鼓吹集》，北京，1959年，第82頁。

他發表了一個章程，通過這個章程他被賦予了專制的權利。一年後，他同意簽署日本向中國政府提出的令人屈辱的《二十一條》。更有甚者，1915 年的12 月，他自封爲皇帝。

　　中國需要一場新的革命，政治的、社會的和文化的革命。文化的革命取得成功的機會最大。1915 年前後那些年是被稱作「五四運動」的一系列事件的開端。如果我們必須得概括這個時期最豐富和最有價値的思想的話，我們應該將其描繪成是對中國舊文明的攻擊，是對傳統的攻擊，其目的在於根據歐洲模式創造一個新的中國文明。第一個對這種思想進行宣傳的重要人物是陳獨秀，北京大學的教授和 1921～1927 年間中國共產黨的總書記。茅盾也是他的追隨者之一。

　　1917～1918 之交，茅盾懷著某種無政府主義——自由主義的目的寫了兩篇文章來闡發他的文明的哲學觀〔註9〕。那個時候，茅盾已經放棄了莊子。然而，正如我們後來所知道的，莊子的一些思想仍然含蓄地保留在茅盾的哲學思想中。

　　茅盾認爲：「文明潮流，譬猶急湍；而世界民族，譬猶小石也。處此急流之下之小石，如能隨波逐流以俱進，固無論矣。如或停留中路而不進，鮮不爲飛湍所排抉。固二十世紀之國家，而猶陳舊腐敗，爲文明潮流之障礙，必不能立於世界。」〔註10〕

　　中國是一個落後的國家。從德國那裡，茅盾看到了一個對中國來說強有力的模式。他崇拜德國的學校教育模式。在他看來，學生是文明進程中最重要的因素，是原動力。「學生爲一國社會之種子，國勢之強弱。」〔註11〕作爲第二重要的因素，他強調了思想和哲學思考的力量。茅盾沒有直接詳細闡述各種不同的思想，也沒有推薦任何具體的哲學體系。他只是總體地指出進行「思想改革」的必要性，即，放棄中國傳統的思維方式，採納「新的知識和新的學說」，也即是，歐洲的科學和哲學理論。〔註12〕

　　在這場思想改革的過程中，茅盾強調了四個先決條件（正如我們這麼稱

〔註9〕　雁冰（茅盾名），《學生與社會》，載《學生雜誌》第 4 卷第 12 號，1917 年 12
　　　　月，第 129～136 頁和雁冰，《一九一八年之學生》，同上，第 5 卷第 1 號，1918
　　　　年 1 月，第 1～5 頁。
〔註10〕《一九一八年之學生》第 1 頁。
〔註11〕雁冰，《學生與社會》第 129 頁。
〔註12〕雁冰，《一九一八年之學生》第 2 頁。

呼的）。他認爲如果這個過程想要成功的話，這些條件是至關重要的。

這些條件中的第一個是思想的自由，這種自由是健康發展的重要保證。思想領域的自由，思考的自由是戰國時期（公元前 453～221）的典型特徵。這個時期的軍事哲學家「不失爲精研一己之學業，發抒一己之見解」，這個是茅盾的理想。在繼儒家傳統的勝利之後，「漢朝」在茅盾看來已經是頹敗的同義詞。他指出這個時期是在開始統治科學和哲學世界的精神領域裏「奴隸」和「奴隸主」之間產生差別的開始，其時創造的強烈程度減低了，發展的軌迹變得越來越窄。〔註13〕

第二個先決條件是思想的獨立。通過引用王充（27～97）《論衡》一書《逢遇篇》中的一件事，茅盾證明了如果一個人想要做出什麼大事就要保持思想的獨立的重要性。獨立的個體是茅盾追求的直接目標。〔註14〕

第三個先決條件是與外國影響之間的創造性的關係。遺憾的是，就我們所知，茅盾對此並沒有進行進一步的闡發。他似乎只是認識到了這麼一個事實，那就是，僅通過模仿歐洲的文明，新的中國文明是不會形成的。〔註15〕

第四個先決條件是堅定，一種與中國的消極的社會心理相矛盾的鬥爭精神。茅盾希望年輕的中國人能夠理解「抱定人定勝天之旨，而以我力爲萬能也。」〔註16〕

很可能茅盾讀過嚴復（1853～1921）的那些譯文和評論，而且還受到了他的影響，儘管他自己從來沒有提到過。通過閱讀本傑明・史華慈（Benjamin Schwartz）的傑出著作《尋求富強》（*In Search of Wealth and Power*）〔註17〕我們知道，嚴復是一個卓越的哲學家和翻譯家，影響了中國現代歷史上許多優秀的人物如梁啓超、蔡元培、陳獨秀、胡適（1891～1962）、魯迅和毛澤東的青年時代，而且五四運動的一代從他的著作和譯著中「獲得了充滿希望的啓示」〔註18〕。很可能茅盾也不例外。

〔註13〕 雁冰，《學生與社會》第133～134頁。

〔註14〕 同上，第134頁。茅盾的故事文本和在劉盼遂編輯的《論衡集解》中找到的張衡的文本之間有不同。劉盼遂，《論衡集解》，北京，1958年版。我將茅盾的文本做了如下英譯（省略，譯者注）。阿爾弗雷德・福柯（Alfred Forke）英譯的王充文本如下（省略，譯者注）。見王充著，福柯譯，《論衡》第2部分，柏林，1911年版，第35～36頁。

〔註15〕 雁冰，《一九一八年之學生》第3～4頁。

〔註16〕 同上，第4頁。

〔註17〕 哈佛大學出版社，1964年版。

〔註18〕 本傑明・史華慈，前面所引書，第3頁和第217頁。

　　例如，茅盾對潛藏在年輕的學生身上的才能的信任與嚴復對他在《與〈外交報〉主人論教育書》〔註19〕中所表達的對教育的信任是一樣的。對德國學校教育體系和他們在經濟和軍事領域取得的成就的崇拜，可能是茅盾對嚴復翻譯的亞當‧斯密的（Adam Smith）《國富論》（*The Wealth of Nations*）〔註20〕產生興趣的緣故。思想的自由是茅盾，也是嚴復和約翰‧斯圖爾特‧穆勒（John Stuart Mill）的一個必不可缺的條件。嚴復曾翻譯過穆勒的《論自由》（*On Liberty*）。這三個作者都一樣相信（儘管程度不同），只有思想的自由才能最終導向真理〔註21〕。茅盾和嚴復都相信必須強調思想在人類歷史上的作用〔註22〕。最後，茅盾的第一篇文章一開始對「強」和「富」這兩個概念的強調讓人回想起嚴復的哲學，其中「強」和「富」是與「弱」和「貧」相反的兩個概念，在其中佔據關鍵的位置。

　　茅盾的「文明的哲學」這個概念在1917～1918年間在相對長的一段時間裏對他的哲學和政治的進一步發展起著綱領性的作用。這裡，很容易注意到，茅盾不再將學生看成是文明進程中最重要的因素了。

　　在歐洲作家中，蕭伯納（George Bernard Shaw）將成為年輕的茅盾的「第一個值得一讀的哲學家的文摘」〔註23〕。如果他之前讀過其他歐洲哲學家的作品的話，那麼這些著作是哪些還不清楚〔註24〕。茅盾接受了蕭伯納的社會主義中的基本經濟要求觀，即要求收入的平等與收入的普遍。這就意味著沒有明顯的無政府主義色彩的社會平等的問題（儘管蕭伯納是反對無政府主義的）〔註25〕是茅盾最感興趣的社會問題。

　　茅盾宣稱所信奉的社會的和政治的哲學可從他題為《尼采的學說》這篇內容豐富的文章中體現出來〔註26〕。這篇文章很有趣，原因有兩個。一是它

〔註19〕　本傑明‧史華慈，前面所引書，第49頁。
〔註20〕　同上，第127頁。
〔註21〕　同上，第135頁。
〔註22〕　同上，第43頁。
〔註23〕　參見弗蘭克‧哈里斯（Frank Harris），《蕭伯納》（*George Bernard Shaw*），倫敦，1931年版，第147頁。
〔註24〕　比如，他引用過盧梭和尼采的著作，但不清楚他讀過多少他們的東西。參見雁冰，《學生與社會》第132～133頁。
〔註25〕　蕭伯納是《無政府主義的不可能性》（*The Impossibilities of Anarchism*）一文的作者。該文於1891年10月16日投給費邊社（Fabian Society）。茅盾在《肖伯納》第19頁上中提到這本書。
〔註26〕　參見《學生雜誌》第7卷第1～4號，1920年1～4月，第1～12頁，第13～

包含了某些關於哲學學說和一般科學的研究標準。這些標準是茅盾（不僅僅是他）那時及後來對待這些信條的態度的特徵，同時，其中也包含了特別的和重要的資料，這些資料是從 1910 年倫敦出版的安東尼·路德維奇的（Anthony M. Ludovici）《尼采的生平與作品》（*Nietzsche, His Life and Works*）一書中特別選出來的。

茅盾完全贊成對不同的學說、對真理採取實用主義的和功利主義的態度。他認為：「我們無論對於那種學說，該有公平的眼光去看他；而且更要明白，這不過是一種學說，一種工具，幫助我們改良生活，求得真理的。所以介紹儘管介紹，卻不可當他們是神聖不可動的；我們儘管挑了些合用的來用，把不合用的丟了，甚至於忘卻，也不妨。……」〔註 27〕

更甚一步，茅盾也贊成對舊傳統和舊學說採取一種反權威的態度。將這種態度運用在尼采身上，他指出，把舊有的東西製造成偶像並認為他們的話是「堅定不移的法則」是不可能的。他強調了懷疑和批評的必要性（這個需要特別注意!），建議在閱讀前人們的著作時對所有閱讀的東西都加以研究是值得的。〔註 28〕

茅盾也對可被稱為真理的發展觀加以了辯護。這個觀點是從他的反權威的立場來的。在這個觀點產生的過程中，存在一種穩定的對人的知識的積累，而且在研究的漫長過程中，有一種對這種知識的經常的補充。對舊的東西所導致的錯誤不應該責備舊的東西。假如我們不盡我們最大的努力去消除這些錯誤，不進一步發展那些從舊的東西那裡所獲得的東西的話，那就應該責備我們自己。〔註 29〕

茅盾最後對尼采「重估一切價值」（Umwertung aller Werte）這個觀點的基本的哲學假設進行了辯護。當然，這絕不意味著 1919 年和 1920 年早期的茅盾是尼采的追隨者。那個時期他創作的文章對尼采的哲學進行了論述。〔註 30〕

茅盾 1919 年以及後來那些年的政治信仰是民主和社會主義。沒錯，他承認可以對這二者進行批評，但他反駁尼采對民主和社會主義進行攻擊。〔註 31〕

---

24 頁，第 25～34 頁和第 35～48 頁。
〔註 27〕同上，第 4 號，第 47～48 頁（文章為《尼采的學說》，譯者注。）
〔註 28〕同上，第 3 頁。
〔註 29〕在上述引文中。
〔註 30〕同上，第 2 頁。
〔註 31〕同上，第 46～47 頁。

茅盾在文中沒有提他喜歡的民主形式。然而，可以發現在 1919 和 1920 年初與他最接近的是世界著名的俄羅斯無政府主義者彼得·克魯泡特金（Peter Kropotkin）所宣稱信奉的形式上的無政府主義的社會主義。

在茅盾的尼采研究中，他反對就社會達爾文主義者的「生存竟爭」、斯賓塞（H. Spencer）的「生活中的能動元素」和尼采的「權力意志」（Wille zur Macht）的某些基本法則和關鍵前提進行平行分析。他主要關注的是社會達爾文主義者和尼采。最後，他對相關部分做了如下歸納：「但我以爲尼采的話固然不對，那派視人只爲求生的，也有些不盡然；人如果止有求生的目的，現在的文明，便是多事，人如果常想發揮勢力，也流於人相食。」〔註 32〕茅盾認爲克魯泡特金的觀點是正確的，他的學說是進化理論的頂點〔註 33〕。他對克魯泡特金的那本迷人的書《互相援助》（Mutual Assistance）著迷。該書是中國的無政府主義者的手冊。克魯泡特金是從生物觀察開始的（正如達爾文和許多其他人在過去所做的那樣）。然而，與他們中的絕大部分人不同的是，克魯泡特金強調的不是相互之間的競爭，而是他不僅在動物的生活中而且在更大的程度上在人類世界的不同發展階段所看到的相互之間的幫助、同伴情誼和團結。

1919 和 1920 年初茅盾的政治信仰的一個更顯著的特徵是，他對國家這個奴隸制的典範機構的憎恨。他沒有攻擊國家，而是利用了一種比他可用的武器更有力的武器，那就是尼采的《查拉圖斯特拉如是說》（Also sprach Zarathustra）一書的格言。其中「國家」被表現爲一種新的崇拜物，一個用所有對他們或好或壞的詞來吹噓的欺詐者，它用偷來的牙齒撕咬，把每樣東西都給了那些對它點頭哈腰的人。對那些零餘者，對那些想要權利和金錢的人，那些能幹的人，那些貪婪的踩著別人往上爬同時又將彼此推進泥地的猴子來說它是一個機構。不存在國家的地方，便是零餘者的開始，具備偉大靈魂的人的開始。〔註 34〕

1919 年底的一段時間裏，茅盾開始瞭解伯特蘭·羅素（Bertrand Russell）的《通往自由之路：社會主義、無政府主義和工團主義》（Proposed Roads to Freedom: Socialism, Anarchism and Syndicalism）。這本著作對茅盾產生了深刻

〔註 32〕 參見《學生雜誌》第 7 卷，第 30 頁。（應爲《尼采的學說》一文，第 3 號）
〔註 33〕 在上述引文中。
〔註 34〕 《新偶像》，載《解放與改造》第 1 卷第 6 號，1919 年 11 月 15 日，第 61～64 頁。該文是對《查拉圖斯特拉如是說》（Thus Spake Zarathustra）第 11 章的翻譯。

的影響，儘管這種影響是暫時的。〔註35〕

　　羅素這本書用含蓄的、邏輯性的方式寫的著作爲茅盾無政府主義的觀點帶來了諸多變化。在其社會的、政治的哲學中，羅素從巴枯寧（M. Bakunin），甚至是從更遠的克魯泡特金開始，對社會主義採取了一種如馬克思所暴露出來的否定立場。沒錯，他在作品中多處引用，然而不是將其作爲論據。大多數情況下克魯泡特金只是作爲他論證的手段，用其觀點使他處於一個更加親切的關係中。當然，羅素不是一個無政府主義者，而是一個基爾特社會主義者。羅素在兩個重要的方面對無政府主義給予了批判。一是在工作和工資方面，因爲他不相信一個沒有勞動義務和對工作沒有報酬而只有平均分配的社會能夠繁榮興旺〔註36〕。二是在政府和法律方面，因爲他指出，國家這個表面上爲了某些目的而必不可少的機構在一段時間裏是不能被忽視的〔註37〕。在他看來，假如社會否定理想與其他的構成因素在於主張各種行爲的話，無政府主義者的這個理想本身是不能被法律禁止的〔註38〕。羅素甚至指出，無政府主義存在不足之處，這「使得在任何合理的一段時間之內，即便它（無政府主義）被建立起來也可以不持續很久成爲可能。」〔註39〕

　　馬克思的社會主義觀在羅素的書中被放在了一個不易激發起茅盾的熱情的位置。另一方面，羅素喜歡的基爾特社會主義，在茅盾看來是不適合中國的情況的〔註40〕。這是茅盾1919年底時的看法。

　　1920年上半年茅盾的看法發生了變化。那時他正受到哲學家張東蓀（1886～1973）的影響。張東蓀提議將中國的職業公會改爲政治組織。〔註41〕

　　很可能是在張東蓀的影響之下，茅盾開始尋求一種能夠在另一領域帶來

〔註35〕有雁冰的《東方雜誌》和《解放與改造》兩個譯本。《東方雜誌》中有羅素（B. Russell）的《巴枯寧與無政府主義》（*Bakunin and Anarchism*）第2章的譯文，第17卷第1號，1920年1月10日，第57～64頁和第2號，1920年1月25日，第60～67頁；《解放與改造》中，有羅素《社會主義下的科學與藝術》（*Science and Art Under Socialism*）第7章的譯文，第1卷第8號，1919年12月15日，第39～50頁。

〔註36〕伯特蘭·羅素，前面所引書，第105頁。

〔註37〕同上，第137頁。

〔註38〕同上，第121頁。

〔註39〕同上，第211頁。

〔註40〕參見茅盾對其翻譯的羅素的《通向自由之路：社會主義、無政府主義與工團主義》（*Proposed Roads to Freedom: Socialism, Anarchism and Syndicalism*）第2章的評價，載《東方雜誌》第17卷第1號，第57頁。

〔註41〕周策縱，前面所引書，第229頁。

更好的生活方式的行動工具。他迅速研究了美國的工團主義組織「世界產業工人聯盟」（Industrial Workers of the World 〔I. W. W.〕），這個組織與所有的工團組織一樣，更喜歡經濟鬥爭，非常堅決和激進，旨在「使所有受控的產業完全屈服，成為有組織的工人。」〔註42〕保羅・弗雷德里克・布里森登（Paul Frederick Brissenden）的那本《世界產業工人聯盟：美國工團主義研究》（*I. W. W.---A Study of American Syndicalism*）是張東蓀借給他的。〔註43〕

除了世界產業工人聯盟在行動上的堅決和鬥爭方式上的激進主義之外，茅盾可能喜歡這個組織對政治的厭惡和它對政治鬥爭的無能的堅信。

然而，這種厭惡沒有持續多久。在1920年的上半年，茅盾對世界產業工人聯盟的問題進行了廣泛的研究。1920年的5月，陳獨秀組織的第一個共產主義小組在上海成立，正在急切地尋找一種可能的行動工具的茅盾成了其中的一員〔註44〕。似乎那時他開始研究其時他顯然還不瞭解的對馬克思主義的布爾什維克主義的闡釋。

馬克思主義哲學家李達和文學批評家陳望道，兩者都是著名的中國共產黨員，取代張東蓀成了茅盾的新朋友。〔註45〕

1920年11月7日，中國共產黨的上海創始組織的媒介，非法刊物《共產黨》第1期在上海出版。第2期和第3期中有幾篇譯文和一篇署筆名P. 生〔註46〕的文章。茅盾用這個筆名的用意，到現在也沒有提過。從這篇發表時

〔註42〕伯特蘭・羅素，前面所引書，第77頁。

〔註43〕這本書是由哥倫比亞大學政治科學系以系列叢書《歷史、經濟和公共法律研究》（*Studies in History, Economics and Public Law*）的形式出版的，第83卷，共438頁（第2版，1920年）。在《解放與改造》第2卷第7～9號，1920年4月1號～5月1號的第18～44頁，第19～38頁和第25～43頁的《讀書錄》欄目中有茅盾讀布里森登的書之後的評論。

〔註44〕參見費德林，《中國文學》（*Chinese Literature*），莫斯科，1956年版，第560頁。費德林沒有提及茅盾加入上海馬克思主義小組的確切時間。索羅金，前面所引書，第13頁指出是在1919年。根據何干之主編的《中國現代革命史》，北京，1959年版，第33頁，在上海，1918年就已經有由中國共產黨建立的馬克思主義研究社團了。但由於茅盾在1918～1919年間的觀點，他在那麼早的時候成為這個社團的一員是不太可能的。以文本中所表達出來的事實為基礎，我認為他成為共產黨組織的一員的時間是1920年。

〔註45〕根據周策縱，前面所引書，第248頁，也有上海共產主義小組的成員。

〔註46〕《共產黨》所有稿件都是用筆名發表的。我們甚至贊同「丙生」是茅盾的筆名這個觀點，理由如下：

　　（1）茅盾使用筆名「丙生」，即是他出生的那年，也即是公曆1896年。參見

題爲《自治運動與社會革命》的文章中可以清楚地看出，至少在 1921 年的第三季度，茅盾接受了某些在一定程度上可與列寧主義相媲美的東西。在茅盾看來，1921 年的中國需要的是什麼呢？

他在文章中用了感歎號。「這就是無產階級革命！立刻舉行無產階級的革命。無產階級的革命便是要把一切生產工具都歸勞工所有，一切權利都歸勞工們執掌，直到滅盡一分一毫的掠奪制度，資本主義決不能復活爲止。這個制度，現在俄國已經確定了，並且已經有三年的經驗，排除了不少的困難，降服了不少的反對者。……最終的勝利一定在勞工者，而且這勝利即在最近的，只要我們現在充分預備著！」〔註47〕

這裡有許多是老生常談，但可以肯定的是，到 1920 年底或 1921 年初時，茅盾在研究蘇聯的革命實踐和列寧主義後相信無政府主義是不可能的。他開始翻譯列寧（V. Lenin）的《國家與革命》（*State and Revolution*）。〔註48〕

可以遵循這個說法，茅盾在 1921 年成了一個列寧主義者。我們不必在事實上對此加以確定。但我們相信茅盾在這一年對列寧的興趣取代了他對克魯泡特金、羅素和基爾特社會主義的興趣。

然而，對文學批評，這本書的主要研究對象，茅盾尋找的卻是另外的來源。

馬立安・高利克（Marián Gálik），《茅盾眞名和筆名考》第 87 頁。P. Sheng 即是 Ping Sheng 的縮略形式。（使用『生』字，即出生），在舊曆年的名之後，或地名、季節等之後作爲筆名，這種情況在 1919 年之後並不常見。在《共產黨》中有一個投稿人使用了 K. Sheng，這很可能是 Keng Sheng（庚生），即 1900 年出生。

(2)《共產黨》1920 年 12 月 7 日，第 2 期，第 15～27 頁上以筆名「丙生」發表的譯文中有一封第三國際給美國 I. W. W.組織的信，從文本中可以明顯看出茅盾對 I. W. W.的極大興趣。除這篇譯文外，我們還可以找到以「丙生」爲筆名發表的其他有關美工共產黨的譯文：1)《共產主義是什麼意思？》第 2 期，第 9～11 頁，該文是美國共產黨中央行政廳的一個公告：2)《美國共產黨黨綱》，同上，第 11～15 頁。3)《美國共產黨宣言》，同上，第 30～46 頁。4)哈德森（W. Hudson），《共產黨的出發點》第 3 期，1921 年 4 月 7 日，第 17～20 頁。I. W. W.和共產黨都是美國組織，任何一個研究 1920 年的美國共產黨問題的人也不得不在一定程度上去研究 I. W. W.以便對事情的情況獲得一個滿意的看法。基於這些主張，我認爲「丙生」和「茅盾」就是同一個人。

〔註47〕《共產黨》第 3 期，第 10 頁。
〔註48〕丙生譯，《國家與革命》，載《共產黨》第 4 期，1921 年 5 月 7 日，第 30～35 頁。

第三章　文學批評第一步

（一）

　　不僅僅是茅盾，中國現代文學批評的建立者中，除魯迅外，都是在 1915 年之後首次登場亮相的。

　　第一個出場的是胡適，他後來成了一個著名的哲學家、文學批評家和歷史學家。1917 年 1 月他在《新青年》上發表了著名的文章《文學改良芻議》，該文是倡導中國文學革命的第一次宣言的〔註1〕。文中他解釋了六種需要禁止的和兩種需要控制的事項，後來他對其在風格上進行了修改並稱之爲「八不主義」（eight-don'ts-ism）。具體如下：

　　一曰，須言之有物。

　　二曰，不摹倣古人。

　　三曰，須講求文法。

　　四曰，不作無病之呻吟。

　　五曰，務去濫調套語。

　　六曰，不用典。

　　七曰，不講對仗。

　　八曰，不避俗字俗語。〔註2〕

〔註1〕　《新青年》第 2 卷第 5 號，1917 年 1 月 15 日，第 1～11 頁。也可參見《中國新文學大系》第 1 集，第 34～43 頁。

〔註2〕　我對「八不主義」的翻譯參照了狄百瑞（Wm. Theodore de Bary）編，《中國傳統的來源》（*Sources of Chinese Tradition*）第 2 卷，哥倫比亞大學出版社，

　　胡適的「八不主義」讓人想到美國意象派的宣言之一，其作者是埃茲拉‧龐德（Ezra Pound）〔註3〕。當然，兩個作者所處的情形以及他們所抱持的觀點所含的目的都是不同的。自然，宣言本身所蘊含的信息也是有差別的。

　　1913～1921 年被認爲是美國的新自由、新民主、新民族主義和新共和國時期。萬事萬物皆新。「新」這一詞有著充滿想像力的力量〔註4〕。胡適那時住在美國，呼吸著那裡的空氣，毫無疑問會受到它的影響。

　　在文學領域胡適受到了美國意象派詩人、詩學復興的代表人物的觀點的影響，他想在中國實施這些觀點，不過是在要寬泛得多的範圍內。這種影響在本質上更多是藝術上的或形式上的，因而，它反映了在文學和藝術領域美國所起的先鋒作用的特徵。相對來說，這有別於那些歐洲的文學流派。

　　當問到「什麼是文學？」時，胡適的回答非常簡單，但並不恰當：「語言文字都是人類達意表情的工具：達意達的好，表情表的妙，便是文學。」〔註5〕他在「感情」和「思想」中看到了文學的本質，他的「八不主義」的第一條是根據這個寫的〔註6〕。文學對胡適來說是世界進化的表現。「文學者，隨時代而變遷者也。一時代有一時代之文學：周秦有周秦之文學，漢魏有漢魏之文學，……此非吾一人之私言，乃文明進化之公理也。」〔註7〕以文學革命的名義，胡適呼籲一種新的現代文學作爲現代時期的新的藝術表現。

　　胡適重點強調了文學的形式，特別是其在語言上的表達。在他的文章《建設的文學革命論》中，他寫道：「我的《建設新文學論》的唯一宗旨只有十個大字：『國語的文學，文學的國語』。我們所提倡的文學革命，只是要替中國創造一種國語的文學。」〔註8〕

　　根據胡適的觀點，作品使用的語言是衡量文學作品價值的主要標準。語言可以是活的，像白話；也可以是死的，即文言。用白話寫的文學作品是活文學，用文言寫的是死文學。胡適沒有宣稱所有用白話創作的作品都是有藝

　　　　1964 年版，第 158 頁。

〔註3〕 艾略特（T. S. Eliot）編，《埃茲拉‧龐德文論》（*Literary Essays of Ezra Pound*），格拉斯哥，1954 年版，第 4～7 頁。

〔註4〕 參見羅伯特‧斯皮勒（Robert E. Spiller）等，《美國文學史》（*Literary History of the United States*），紐約，1949 年版，第 1107～1118 頁。

〔註5〕 胡適，《什麼是文學？》，載《中國新文學大系》第 1 集，第 214 頁。

〔註6〕 《中國新文學大系》第 1 集，第 35 頁。

〔註7〕 在上述引文中。

〔註8〕 《中國新文學大系》第 1 集，第 128 頁。

術價值的，但他明白地指出「用死了的文言決不能作出有生命有價值的文學來。」〔註 9〕這就意味著中國經典文學的價值是直接與其使用的白話（或真正的口頭語言）成比例的。

胡適繼而對中國文學遺產的大部分進行了譴責。不僅通過他對舊語言的惱怒的攻擊，而且也通過他工具主義的文學觀，其中語言的作用被他極度地誇大了。這就是爲什麼後來的中國文學批評家和歷史學家拒絕胡適理論的主要原因。

在語言方面，胡適也追隨了其他的文學形式和主題成分。他意識到這樣一個事實，那就是，單有「工具」（即「語言」）對作家來說是不夠的。要創造一部文學作品，還需要「方法」，即，搜集材料的方法、實地的觀察和個人的經驗、活潑精細的理想（imagination）以及不可缺少的技巧，即描寫、剪裁和布局的方法。〔註 10〕

這裡首先要對兩點給予強調。胡適可能是中國文學批評家中的第一個對「實地的觀察」的必要性進行強調的，而且，他還恰當地指出了「個人的經驗」對作家的重要性。他進一步指出，在作家所採納的材料領域，可用來描寫「官場、妓院、齷齪社會」的還不夠多，但是也有必要描繪「今日的貧民社會，如工廠之男女工人、人力車夫、內地農家、各處大商販及小店鋪，一切痛苦情形，都不曾在文學上占一位置。」〔註 11〕

在我們繼續談茅盾之前，應該提一下另外兩個幾乎與胡適同時登場亮相的批評家，他們是陳獨秀（後面我們會講到他）和周作人（生於 1885 年，是魯迅的弟弟）。

陳獨秀努力從一個不同於胡適所採納的視角，即，從革命的視角和有社會政治傾向的人去刻畫文學的特徵。

周作人比陳獨秀更接近胡適。他的觀念在某些方面與胡適的主張相似。在胡適的體系中，「人道主義」或「道德」世界取代「語言」世界是綽綽有餘的。在周作人看來，新文學只能是「人的文學」，每一種非人的文學都應該受到譴責〔註 12〕。他將「人道主義」理解成「利己的人道主義」，因而，

〔註 9〕　《中國新文學大系》第 1 集，第 129 頁。
〔註 10〕同上，第 136～138 頁。
〔註 11〕同上，第 136 頁。
〔註 12〕周作人，《人的文學》，最初發表在《新青年》第 5 卷第 6 號，1918 年 12 月，
　　　　第 575～584 頁。也可參見《中國新文學大系》第 1 集，第 129 頁。

並非「悲天憫人」，或「博施濟眾。」〔註13〕如同樹是森林的一部分一樣，人是社會的一部分。他愛人類僅僅只是因為他是人類的一部分。為了獲得意義，這類的人道主義必須從個體的人出發。對自己不愛而要去愛他人是不可能的。以某種東西為名的過分自謙和自我犧牲也是非人道的。周作人對中國現代文學批評史最重要的貢獻恰恰在於他題為《人的文學》的文章。他在文中寫道，「用這人道主義為本，對於人生諸問題，加以記錄研究的文字，便謂之人的文學。」〔註14〕因而「利己的人道主義」便是衡量一部文學作品價值最重要的標準。因此，如莫泊桑（G. de Maupassant）的小說《一生》（*Une Vie*），是寫人間獸欲的人的文學；而《肉蒲團》則是毫無價值的非人的文學。同樣，亞歷山大·庫普林（Alexander Kuprin）的《坑》（*The Hole*）是寫娼妓生活的人的文學，而中國小說《九尾魚》則是非人的文學。自然，周作人沒有期望每一部作品都具有利己的人道主義，但他要求作品應該表達出作者對於所描寫的現實所持的確切態度。這種態度不是為了迎合讀者只為在文學中尋求娛樂的口味。〔註15〕

當周作人把這個標準運用到中國舊文學中時，他發現其中包括很少的「人的文學」，而且，「從儒教道教出來的文章，幾乎都不合格。」〔註16〕他因而（即在前面提到的文章中）將諸如蒲松齡的《聊齋誌異》、《西遊記》和《水滸傳》等偉大作品排除在文學之外〔註17〕。周作人的標準遠比胡適使用的標準還要窄。通過對文學作品在倫理方面的強調，他讓人想到年輕時王國維在文學批評中衡量藝術作品的價值時將所謂的「不隔」（release）的嚴格要求作為其最重要的標準。〔註18〕

後面會看到，茅盾與陳獨秀離得更近些。他以比自己那些前輩們更多樣

〔註13〕《中國新文學大系》第 1 集，第 195 頁。

〔註14〕同上，第 196 頁。

〔註15〕在上述引文中。

〔註16〕在上述引文中。

〔註17〕在上述引文中。

〔註18〕馬立安·高利克（Marián Gálik），《論外國思想對中國文學批評的影響（1898～1904）》（*On the Influence of Foreign Ideas on Chinese Literary Criticism, 1898～1904*），載《亞非研究》第 2 期，1966 年，第 45 頁。關於周作人的文學批評，可參見卜立德（David E. Pollard）《周作人與自己的園地》（*Chou Tso-jen and Cultivating One's Garden*），載《亞洲專刊》（*Asia Major*）第 11 卷第 2 期（新系列），1965 年，第 180～198 頁。此後，周作人的文學批評變得相當的印象主義。

的方式去理解文學，並且努力以更加通用的方式去對它加以闡釋。對他而言，文學意味著一種巨大的文化價值，是民族和人類的共同財富。他試圖不僅僅通過理解藝術作品的某一方面（如胡適所為）或者或多或少通過其特別的藝術因素（如周作人所為）去定義作品的積極的或消極的特徵。茅盾試圖以完全的方式，從作品形式與內容的統一去發現並評價文學作品。

（二）

　　茅盾的第一篇文學批評文章於 1919 年初發表，是獻給他文學上的崇拜者蕭伯納的（George Bernard Shaw）〔註19〕。第二篇文章，與第一篇相關，在同一年的第二個季度發表，是獻給茅盾喜愛的另一位文學大師托爾斯泰（L. Tolstoy）的。文章實際上僅從哲學的本質回答了茅盾在蕭伯納的戲劇和序言中尋找的問題，而且進一步回答了比文學特徵更具哲學特徵的問題，他是在托爾斯泰的作品去尋找答案的。

　　我們想要暫停一下說說這篇題為《托爾斯泰與今日之俄羅斯》的文章。因為這篇文章，儘管其具有顯而易見的哲學特徵，但卻包含了我們這裡想要解決的問題的材料。〔註20〕

　　1919 年上半年茅盾處於文明哲學觀的影響之下。他的托爾斯泰觀的發展可能是受到了嚴復的影響。他看待托爾斯泰的態度與嚴復看待亞當·斯密的態度相似。嚴復將亞當·斯密看成人類文明發展的工業時期的「思想源泉」；茅盾則把托爾斯泰看成是 19 世紀末 20 世紀初進步思想的源泉和現代世界思想的最初之動力。〔註21〕

　　茅盾寫道：「而十九世紀，則俄人思想一躍而出始興之時代，亦即大成之時代。二十世紀後數十年之局面，決將受其影響，聽其支配。今俄之 Bolshevism（布爾什維主義）已彌漫於東歐，且將及於西歐。世界潮流澎湃蕩動，正不知其伊何底也。而托爾斯泰實其最初之動力。」〔註22〕

〔註19〕雁冰，《肖伯納》，載《學生雜誌》第 6 卷第 2～3 號，1919 年 2～3 月，第 9～19 頁和第 15～21 頁。

〔註20〕《學生雜誌》第 6 卷第 4～6 號，1919 年 4～6 月，第 23～32 頁；第 33～41 頁；第 43～52 頁。

〔註21〕參見本傑明·史華慈，前面所引書，第 113～114 頁和雁冰，《托爾斯泰與今日之俄羅斯》第 25～26 頁。

〔註22〕雁冰，《托爾斯泰與今日之俄羅斯》第 25～26 頁。

　　在亞當・斯密和托爾斯泰這兩種情形中，相似的主張是一種誇張的過分敘述。事實上，人類文明發展的工業時代的產生受到了諸如亞當・斯密等好些思想源泉的影響，是否恰巧就是托爾斯泰被看成是 19 世紀末 20 世紀初俄羅斯思想領域裏引發思想騷動的原初推動力是值得質疑的。

　　在嚴復和茅盾這兩種情形下，我們可以看到對這兩位世界經濟科學和文化的傑出人物的實際而客觀的重要性的某種程度的曲解。嚴復將亞當・斯密看成了一個瞭解發展過程及發展趨勢的聖人（從儒家的角度講）。他能控制它，能與它合作，能夠將它帶到最後。由於托爾斯泰是思想、文學和藝術領域裏最好的（這個茅盾在他的文章中提到過），茅盾則以相似的眼光來看待他。茅盾甚至認爲托爾斯泰是世紀之交世界歷史上最偉大的人物。〔註 23〕

　　讓我們來更加仔細地看看與我們的話題最接近的藝術理論。不容置疑，托爾斯泰是批評史上最傑出的代表人物，但認爲他是「現代時期最重要的人」——就這個領域而言——似乎有些誇大其詞了，而且顯而易見的是並沒有從茅盾寫的所有那些關於托爾斯泰的東西中產生什麼結果。他僅僅是指出了一個所謂的托爾斯泰的斷言，認爲當作者是好的時他創作出來的藝術也是好的，當作者不好時他創作出來的藝術也是不好的。甚至，莎士比亞（W. Shakespeare）算不上是一位藝術家，因爲他對貴族給予了同情。根據托爾斯泰的另一斷言，專業藝術也不能稱爲藝術。藝術源於感覺而非被其他什麼所引導。〔註 24〕

　　茅盾最後將托爾斯泰的藝術觀做了如下總結：

> 托爾斯泰論藝術，以通俗爲主，……各國文學，咸力求其簡明，爲通俗而便用也。托爾斯泰以爲藝術而離於社會一般人之嗜好，便是無益的，便是不生產的。托氏思想勢力之所以能及全俄者，其通俗文學之力也。故其藝術之意見，已爲世界所公認，而爲將來趨勢之一，必然無疑也。〔註 25〕

這個總結將我們引導至另一個觀點。

　　毋容置疑這麼個事實，即在五四運動時期茅盾不同尋常地對托爾斯泰著迷。很可能托爾斯泰（L. Tolstoy）的批評論著《什麼是藝術》（*What is Art ?*）

〔註 23〕參見本傑明・史華慈，前面所引書，第 114 頁和雁冰，《托爾斯泰與今日之俄羅斯》第 47～52 頁。
〔註 24〕雁冰，《托爾斯泰與今日之俄羅斯》第 47 頁。
〔註 25〕同上，第 52 頁。

是這類作品中第一部引起茅盾極度興趣的。當然，那個時候茅盾並非托爾斯泰在中國的唯一崇拜者。〔註26〕

要解釋茅盾的思想爲什麼會追尋這麼一條道路相對來說是比較容易的。

當我們在第二章中說到茅盾與尼采的關係時，有一個詞可能在論茅盾對倫理問題的興趣時已經被包括在其中了。沒有必要再補充說這是由於中國舊哲學的無意識的影響了。這種哲學的構成主要是倫理學說體系，而且它在茅盾上學時以及五四運動時期不停地被灌輸給他，那時有許多關於倫理問題的文章。

此外，托爾斯泰在19世紀末所表達的觀點僅是對藝術的一種道德異議，或至少是對其大部分的一種反對〔註27〕。他猛烈反對的程度，此前唯柏拉圖有過之而無不及。茅盾，也許還有那個時代其他的中國批評家，都將托爾斯泰的道德異議、他的道德譴責包括進了他們自己的無論是新還是舊的藝術語境中，當然也包括進了他們自己的文學語境中。

在托爾斯泰看來，偉大的藝術是每個人都可接近的、可理解的。《聖經》中約瑟夫的故事或者印度釋迦牟尼的故事常常給世界上每一個男人或女人留下深刻的印象，它們沒有種族的或是語言的限制。另一方面，新的藝術能被一小部分人接近和理解，這部分人絕大部分都是富裕的、受過良好教育的。作品中的暗示、象徵和獨特性不能被每一個人都理解。〔註28〕

那個時期進入中國的文學以及至少兩千年以前的幾乎整個文學，即被傳統文學批評所認可的文學，只能被少部分有學問的人理解。這一小部分人由上流社會人士組成，文學就是注定爲他們而寫的。這些文章用的是文言，即舊時的傳統語言，不過是象牙塔而已。甚而，它們不能被更廣泛的讀者所理

〔註26〕 《什麼是藝術》於1921年由耿濟之譯成中文，書名爲《藝術論》。耿濟之可能是20年代初中國最著名的宣傳托爾斯泰的人了。除此書外，他還翻譯了托爾斯泰（L. Tolstoy）的《復活》（*Resurrection*）和《黑暗的力量》（*The Power of Darkness*），與瞿秋白合譯了托爾斯泰的短篇小說，書名爲《托爾斯泰短篇小說集》。瞿秋白分析了托爾斯泰寫於1921～1922年間的《十月革命以前的俄國文學》。參見施奈德（M. E. Shneider），《瞿秋白的創作之路》（*Creative Road of Ch'u Ch'iu-pai*），莫斯科，1964年，第40～41頁。張聞天寫了一篇研究《托爾斯泰藝術觀》的文章，載《小說月報》俄國文學專號，1921年第12卷號外。

〔註27〕 弗農·霍爾（Vernon Hall, Jr.）《文學批評簡史》（*A Short History of Literary Criticism*），紐約，1963年版，第133頁。

〔註28〕 艾默爾·莫德（Aylmer Maude）譯，《什麼是藝術》（*What is Art ?*），倫敦，1899年版，第75～105頁，特別是第102～103頁。

解。它們是由許多不同種類的典故，由高度精鍊的形式上的陳詞濫調組成的，包含了大量的暗諷以及諸如此類的東西。即便這些 20 世紀 20 年代出現的所謂的通俗文學，也只能爲一小部分城市居民，尤其是上海的城市居民所理解，因爲這些小說關注的是這個社會階層的思想和情感生活。在任何情況下，卑微的階級都是被絕對排除在中國藝術和文學的大部分消費圈之外的。

托爾斯泰認爲，世界是被不好的藝術統治著的，其中充滿了各種不同的借來的、模仿的、有驚人效果的和有趣的東西。僞造的藝術與眞正的、偉大的藝術之間沒有任何的相同之處。〔註29〕

托爾斯泰所謂的「借」，指的是對年長的或著名的作者的模仿。眾所周知，模仿即是從別的作者那裡「拿來」（剽竊），在中國算不上是對文學或藝術在倫理上的侵犯。實際上，整個中國文學史都充斥著這種模仿的痕跡。五四運動之前的時期也被認爲是對創造性文學方法的一種模仿。而且正是這種方法，從 1917 年即文學革命一開始便受到了攻擊。〔註30〕

在托爾斯泰看來，模仿是卑鄙的、複雜的，是對對象徹頭徹尾的照相式的描寫，尤其是對那些偶然事件的外在方面。這也是那個時期中國文學的顯著缺陷，也正是茅盾在後來指出的不足之處。作家們完成自己的作品就像會計將他的收入放進帳簿，把任何藝術性的選擇都放在了一邊，沒有生命力可言。〔註31〕

在托爾斯泰看來，「有驚人效果的」成爲與其相反的有力表現。作家把殘忍的與溫柔的、美麗的與醜陋的、喧囂的與安靜的這些相反的東西放在一塊，其中有對性本能的反應的詳細描寫與再現，有對痛苦與死亡的細節描寫〔註32〕。這些東西也部分呈現在那個時期的中國文學中，尤其是「黑幕派」作家的作品中。〔註33〕

托爾斯泰認爲，不好的藝術的第四個缺點在於爲了引起讀者的興趣所做的過度的努力，不管是在複雜的情節的形式上，還是對某些歷史時期的、或

〔註29〕托爾斯泰，《什麼是藝術》第 106 頁。

〔註30〕胡適，《文學改革芻議》，載《中國新文學大系》第 1 集，第 35 頁。

〔註31〕沈雁冰，《自然主義與中國現代小說》，載《小說月報》第 13 卷第 7 號，1922 年 7 月 10 日出版，第 2～3 頁。

〔註32〕托爾斯泰，《什麼是藝術》第 109～110 頁。

〔註33〕參見志希（羅家倫筆名），《今日中國之小說界》，載《中國新文學大系》第 2 集，第 349～350 頁。

是對現在生活的某些特別分支的文獻式的過度詳細的描寫上〔註34〕。在前面已經討論過的中國文學的那個時期，那種為了激發讀者的興趣所做的過度努力特別明顯地表現在「鴛鴦蝴蝶派」的文學作品中。「鴛鴦蝴蝶派」作品的主要美學原則是「趣味第一」（being interesting, this is the main criterion）〔註35〕。值得注意的是，這一派的文學在數量上成了辛亥革命和五四運動時期之間中國文學最廣泛的潮流。

貝特（Walter Jackson Bate）教授認為托爾斯泰的《什麼是藝術》是「現代批評觀中最傑出的陳述，它認為藝術的價值在於其顯而易見的社會有用性上。」貝特將托爾斯泰的「藝術的功能」這個概念解釋為「在人們的頭腦中傳播和灌輸特別的社會理想。」〔註36〕托爾斯泰的社會理想確實很特別。它們是由「宗教觀念」（religious perception）所決定的。這個「宗教觀念」是托爾斯泰在他那個時代的「我們物質與精神的、個體的與集體的、暫時的與永恆的幸福感中，在所有人中間那種兄弟情義的生長中——在他們彼此間充滿愛的和諧中」看到的〔註37〕。茅盾可能從來都不曾是「宗教觀念」的提倡者。事實上，他意識到了表面的社會有用性是藝術價值的一個方面。在前面提及的他對托爾斯泰藝術觀的總結中，他關注藝術的社會使命，而且，注意到藝術的無用以及普通大眾對藝術的不可得和不可理解導致藝術創造力的缺乏。

托爾斯泰的「宗教觀念」也是他對於藝術有好與不好這個觀點的關鍵。在我們這個時代藝術必須是寬宏大量的，這適用於整個世界，而且人類也必須以那樣的方式團結在一起。只有兩種藝術傾向於這種聯合。一是宗教藝術，它表達人與上帝和人與他人之間的關係。二是普遍的藝術，它闡釋居住在這個世界上的每一個人簡單的、普通的感情。托爾斯泰反對教會藝術、愛國藝術、滿足感、悲觀主義、壞脾氣、過度克制和誇張的情感以及從性生活中流露出來的情緒，這些對大部分人都是不可思議的〔註38〕。在托爾斯泰看來，「藝術旨在通過藝術家所經驗的感情感染人。」〔註39〕這個命題也是托爾斯泰的藝術觀的前提條件之一。根據這樣的標準，沒有任何現代藝術是完美的。這

〔註34〕托爾斯泰，《什麼是藝術》第 110 頁。
〔註35〕《中國小說史稿》，北京，1960 年版，第 579 頁。
〔註36〕貝特，《批評序》（*Prefaces to Criticism*），紐約，1959 年版，第 196〜197 頁。
〔註37〕托爾斯泰，《什麼是藝術》第 159 頁。
〔註38〕同上，第 165〜166 頁和第 172 頁。
〔註39〕同上，第 113 頁。

些現代藝術即是那些借來的、模仿的、有驚人效果的和有趣的事物,它們有代替其主要屬性,即「藝術家所經驗的感情」的傾向〔註40〕。對所有反對中國古代文學的人而言,這種觀念無異於穀物與石磨的關係。

　　1919 年的前半年,茅盾確實堅信托爾斯泰的影響將會波及全世界,並最終導致「重大的改革」。這種改革當然也包括了藝術的改革。可以被每個人理解的藝術將會取得勝利。〔註41〕

　　然而,後來茅盾對托爾斯泰的很多觀點都不再贊同。比如,在他半年後所寫的一篇批評文章中,茅盾選擇了國民文學的立場,這顯而易見與托爾斯泰的世界藝術觀是對立的。然而,一定程度的道德抗議、對無用藝術的道德反對(即茅盾認爲是無用的)、對藝術的社會創造性和有用性的相信以及關於托爾斯泰的批評的其他一些特徵,全都在他身上體現出來了。

(三)

　　1920 年 1 月的最初幾天,有 17 篇文章或是文章的部分內容(都是譯文或者評論)在《東方雜誌》、《婦女雜誌》、《學生雜誌》、《小說月報》、《解放與改造》以及《時事新報》的副刊《學燈》等刊物上發表出來。這些文章有的署名「佩韋」。〔註42〕

　　「佩韋」是「西門豹」的詩意的代稱。據說「佩韋」出生在戰國時期的魏國。他是現今河南北部鄴的一名官員。鄴人對每年來搜刮民財,買少女來扔進漳河的污吏很信任。此舉被描繪成「祭河神。」人們認爲這種做法是悲傷而殘忍的。最後,那個巫婆被西門豹扔進了河裏。由此,人們的生活得以改變。〔註43〕

　　「佩韋」意爲「皮腰帶」。西門豹性急,佩韋以提醒自己要克制住自己的暴脾氣。然而,現在的年輕人使用這個筆名(這次又是茅盾),並沒有意在要被馴服之意。上面提及發表的 17 篇文章,涉及哲學、社會學、文學方面的內

〔註40〕 托爾斯泰,《什麼是藝術》第 114 頁。

〔註41〕 雁冰,《托爾斯泰與今日之俄羅斯》第 50 頁。

〔註42〕 可參見如松井博光(Hiromi Matsui)編,《茅盾評論目錄》(A Biography of Mao Tun's Critical Works),東京都立大學,1957 年版,第 1 頁。但僅提到了其中的 5 個。(高利克先生把作者松井博光的名字搞錯了,應爲:Hiromitsu Matsui. Hiromi Matsui 爲:松井宏美,不是此書的作者。譯者注。)

〔註43〕 參見《辭海》第 2 版,上海,1949 年版,第 1224 頁。

容，在僅僅幾天這麼短的時間之內發表出來，就是例證。

　　茅盾在諸如《現在文學家的責任是什麼？》的文章中使用筆名「佩韋」〔註44〕。文章是以小字體印刷的，編輯也沒太注意它，佩韋是一個完全不爲人知的人。除了其引經據典的內容，這個名字並沒有傳達任何信息。然而，這篇文章在一個想要成爲文學革命者的人的發展中卻佔據著確定的位置。

　　這篇文章的特點是充滿了口號，它將問題提出來卻不對其加以解決。然而，它仍然不失爲一篇有趣的、關於五四運動時期中國文學思想的文獻，儘管到現在仍然被忽視。

　　茅盾在文章的一開始這樣寫道：「自來一種新思想發生，一定先靠文學家做先鋒隊，借文學的描寫手段和批評手段去『發聾振聵』。」〔註45〕

　　如上文所示，到1919年末，茅盾開始對哲學問題產生濃厚的興趣。當他寫這篇文章時他頭腦中首先想到的問題是文學與哲學之間的關係問題，這是很容易理解的。

　　根據茅盾的看法，比如，十八世紀的個人主義發源於盧梭（J. J. Rousseau）的《新愛洛綺絲》（Nouvelle Héloïse）與《愛彌兒》（Émile）中，尼采的哲學顯而易見包含在茅盾認爲是「小說」的《查拉圖斯特拉如是說》中。他甚至認爲托爾斯泰是人道主義和無產階級之父，蕭伯納和霍普特曼（G. Hauptmann）在他們的作品中宣傳社會主義。茅盾做了如下的總結：「中國現在正是新思潮勃發的時候，中國文學家應當有傳播新思潮的志願，有表現正確的世界觀（Weltanschauung）在著作中的手段。」〔註46〕

　　這篇文章中茅盾關注的第二個問題是文學的本質問題。

　　「文學是被創造出來表現生活的。」〔註47〕這個定義與英國文學批評家伍德伯里（E. G. Woodberry））相對出名的定義非常相似：「文學是對生活的表現。」〔註48〕而且還可以在19世紀末20世紀初英國和美國文學批評家的著作中找到與其相近的好些變形〔註49〕。它是茅盾文學理論的前提條件之一，

〔註44〕《東方雜誌》第17卷第1號，1920年1月10日出版，第94～96頁。

〔註45〕同上，第94頁。

〔註46〕在上述引文中。

〔註47〕《東方雜誌》第17卷第1號，1920年1月10日出版，第95頁。

〔註48〕伍德伯里（E. G.. Woodberry），《文學鑒賞》（The Appreciation of Literature），紐約，1909年，第1頁。

〔註49〕根據哈德森（W. H. Hudson）在《文學研究導論》（An Introduction to the Study of Literature），倫敦，1910年版，第11頁上的觀點，文學是「通過語言媒介

在這個過程中經歷了不同的變化，有些像是茅盾文學發展的晴雨錶。

茅盾認為，假如讓一個作家來表達的話，生活不是一個人或者一個家庭的生活，而是社會生活與國家生活。沒錯，作家對一個人、兩個人的生活，或者一個家庭、兩個家庭的生活進行描繪。然而，在進行這種描繪之前，他必須得研究整個社會，研究整個民族，而且他必須認識這個社會和民族的病根。只有這樣的文學才是「表現人生的文學」〔註50〕。捷克漢學家奧德瑞凱‧克勞（Oldřich Král）在其一篇論茅盾的文章中將其定義為「眼見世界之複雜性」〔註51〕的東西我們可在茅盾一開始就對藝術作品的要求中找到。

茅盾感興趣的第三個問題是新、舊文學間存在的不同。在他看來，舊文學是對崇高情感的表達，在刻畫一個人的感情時舊文學是從作者的瞬間感情出發的。新文學從社會現實出發，屬於整個社會，屬於整個民族集體。舊作家是主觀型的，只屬於他自己，屬於一個階級。新作家正相反，他屬於每一個人，屬於每一個階級。對舊作家來說，研究文學問題就已經足夠了，他可以即刻開始寫作。在茅盾看來，新作家則必須研究倫理學、心理學（社會心理學）和社會學。

文中茅盾將關注的焦點放在了新文學家與舊文學傳統之間的關係上。他對這個問題的處理與他對新文學家與舊哲學學說之間的關係的處理方法相似。茅盾提出了如下問題：「江西派的詩在黃山谷（1045～1105）何嘗不好，但是末流成了什麼東西？研究版本何嘗不是讀書人應有的一番功夫，但是迷信了宋刊元槧便是障！考據何嘗不是真學問，但是束縛太甚便成了偶像！文學也正是如此。能從根柢上研究舊文學不是壞事，最怕的是舊也沒有根底新也僅得皮毛。」〔註52〕

最後一個問題在文章的標題本身已經明確地表達出來了。茅盾給新文學家分配了兩個任務。第一個任務是「將西洋的東西一毫不變動的介紹過來；而在介紹之前，自己先得研究他們的思想史，他們的文藝史，也要研究到社

對生活的一種表達。」溫切斯特（C. T. Winchester）在《文學批評的原則》（*Some Principles of Literary Criticism*），紐約，1899年版，第48頁上則指出，文學是「對生活的批判，是對生活的表達和闡釋或許更好些。」

〔註50〕佩韋，《新文學研究者的責任是什麼》第95頁。

〔註51〕《茅盾對科學現實主義的探索》（*Mao Tun's Quest for Scientific Realism*），布拉格，1960年版，第102頁。

〔註52〕佩韋，《新文學研究者的責任是什麼》第95～96頁。

會學人生哲學，更欲曉得各大名家的身世和主義。」﹝註53﹞第二個任務是「把德謨克拉西（即民主）充滿在文學界，使文學成為社會化，掃除貴族文學的面目，放出平民文學的精神。」﹝註54﹞

正是在此處，在這篇文章最重要的一點上，文學的進程被設立。這個進程是茅盾後來那些年裏竭盡全力倡導的。他非常明顯地將其與文學革命時期陳獨秀在中國現代文學中所開啟的傳統聯繫在一起。

陳獨秀既不是文學理論家也不是批評家。然而，他在中國現代文學批評的形成中的功勞遠比通常所認為的要大得多。

陳獨秀關注文學和藝術。首先他認為文學是偉大的文化復合體中一個重要的部分。因此，比如，現實主義和自然主義在他看來是文學領域中現代歐洲和世界（文化世界）精神的一種變形﹝註55﹞。這一點稍後再談。

現在我們簡明扼要地討論一下陳獨秀文學理論的另外兩個特徵。

除了他的觀點外，正如前面已經指出的，陳獨秀認為文學也是一種非常重要的社會現象。

在文章《文學革命論》中，陳獨秀堅持創造「一種明瞭的、通俗的社會文學」﹝註56﹞，而且在他為此提供論據之後，他寫道，中國的「山林文學，深晦艱澀，自以為名山著述，於其群之大多數無所裨益也。」﹝註57﹞

實用主義的觀點使得陳獨秀為他的文學理論規劃了另一個準則。他說建設「平易的、抒情的國民文學」﹝註58﹞是必要的。為闡明自己的理由，他寫道：中國的「貴族文學，藻飾依他，失獨立自尊之氣象也」。﹝註59﹞

陳獨秀是五四運動時期中國首批將文學看成是政治革命強有力的武器的

﹝註53﹞ 佩韋，《新文學研究者的責任是什麼》第 96 頁。

﹝註54﹞ 在上述引文中。

﹝註55﹞ 陳獨秀在《今日之教育方針》，載《新青年》第 1 卷第 2 號，1915 年 1 月 15 日，第 3～4 頁中寫道：「現實世界之內有事功，現實世界之外無希望。唯其尊現實者，則人治興焉，迷信斬焉：此近世歐洲之時代精神也。此精神磅礡無所不至：見之倫理道德者，為樂利主義；見之政治者，為最大多數幸福主義；見之哲學者，曰經驗論，曰唯物論；見之宗教者，曰無神論；見之文學美術者，曰寫實主義，曰自然主義。」

﹝註56﹞ 這篇文章發表在《新青年》第 2 卷第 6 號上，1917 年 2 月 1 日出版，第 1～4 頁。也可參見《中國新文學大系》第 1 集，第 44 頁。

﹝註57﹞ 《中國新文學大系》第 1 集，第 46 頁。

﹝註58﹞ 同上，第 44 頁。

﹝註59﹞ 同上，第 46 頁。

文化工作者之一。在他看來，新文學家有義務跟上世界社會文學和時代精神的步伐。沒有現實主義或自然主義的文學（這種文學正是這種精神的變形），沒有社會的和通俗的文學（這些正是世界現代文學的趨勢！）要勝過孟賁是不可能的。孟賁是戰國時期最強壯的人，水行不避蛟龍，路行不避虎狼。此處即是說要克服舊中國所有那些反動的東西，那些統治、阻礙它進步的東西。〔註60〕

　　在文學革命的第一時期陳獨秀起到了一個戰略家的作用，諸如對各種具體任務的闡述，關於文學的本質、方法論、文學與哲學的關係、文學與政治、語言、人生和道德的關係，以及文學的趨勢、文學類型等等問題都是他留給文學家們自己去思考的問題。這些問題中有的茅盾也做了討論。

　　在這一章中我們主要指出了平行的狀態。1919 年和之前的那些年是我們研究的時期，也因而是受到影響的時期。

　　影響並非意指每一件事。這種影響不過是一種推動力而已。重要的是在這些影響之下的對象在新的維度和新的價值方面能夠得以豐富。

　　對茅盾而言，我們說到的這些影響，落在了已準備好的土壤上。茅盾對其他他所理解的現代世界思想中有價值的認知也給予了批判性的評價。

〔註60〕在上述引文中。

第四章 中國現代文學：進退兩難的困境

　　我們在前面說過，陳獨秀認爲，現實主義和自然主義是文學領域中現代歐洲和文化世界精神的變形。這是他文學理論最重要的前提。

　　現實主義和自然主義是流行的話題。20 世紀 20 年代以現實主義與自然主義爲特徵的文學的發展受到了阻礙。陳獨秀沒有對後現實主義的文學加以考慮。1915 年底對於中國文學他是這樣寫的：「吾國文藝尤在古典主義理想主義時代；今後當趨向寫實主義。」〔註 1〕他頭腦中的理想主義的概念是浪漫主義。

　　陳獨秀多次寫關於現實主義與自然主義的話題，如在 1915 年 10 月題爲《今日之教育方針》的文章中〔註2〕，進而是在 1916 年 2 月他對《新青年》的一封讀者來信的回覆中〔註3〕。在文學批評領域中他最具代表性的那篇題爲《文學革命論》的文章中，他只寫了現實主義，而在 1917 年 4 月他回覆批評家曾毅的信中則僅提到了自然主義〔註4〕。在陳獨秀看來，現實主義和自然主義是文學革命的兩個連續階段。

　　19 世紀末 20 世紀初文學發展的進化觀在文學批評領域非常流行。在歐洲文化圈這個概念已經爲亞里士多德和希臘、羅馬的文學批評所熟知〔註5〕。中

〔註 1〕　《新青年》第 1 卷第 4 號，1915 年 12 月 15 日，第 2 頁。
〔註 2〕　參見第 3 章注釋 57。
〔註 3〕　《新青年》第 1 卷第 6 號，1916 年 2 月 15 日，第 1〜2 頁。
〔註 4〕　《新青年》第 3 卷第 2 號，1917 年 4 月，第 10 頁。
〔註 5〕　勒內‧韋勒克（René Wellek）就這個主題寫了一篇非常有趣的文章──《文學史上的演變概念》（*The Concepts of Evolution in Literary History*），載《批評的概念》（*Concepts of Criticism*），耶魯大學出版社，1963 年版，第 37〜53 頁。

國的文學批評至少早在王充和葛洪（公元 4 世紀）的時候已經知道一種特別的文學進化發展理論。王充，作爲中國文學批評的第一人，通過他的反傳統的歷史感，確信經、傳、聖人名士之言在古代和現代的用語中是不同的，而且與它們的起源也有關係〔註6〕。葛洪進一步發展了王充的文學理論基礎。在他的著作《抱朴子》中他異常大膽地指出《書經》「然未若近代優文、詔、策、軍書、奏議之清富贍麗也。」在同一本著作中他進一步強調《詩經》「然不及《上林》、《羽獵》、《二京》和《三都》之汪濊博富也。」〔註7〕葛洪生活在魏晉時期，以其反對儒家傳統，向新道家哲學和享樂主義的精神致敬而出名。不容置疑，他的觀點是非常進步的，儘管他對更舊的文學持反對的態度。他試圖證明那些舊時代的作家是沒有天賦的，他們的思想不深，風格有些莫名其妙，因爲他們的作品不容易被理解。而且，另一方面，當代作家不是沒有才能，也不缺乏創造力，他們的風格清晰易懂。當然，古代作家的風格在過去也是可以理解的。語言上的變化、辯證的分歧、永恒持久的命運、不同的篡改、文字、句子或段落的省略等造成了風格的沉悶〔註8〕。明代公安派的代表人物之一袁宏道（1568～1610），以如下的話表達了自己對於文學進化發展觀的信仰：「理不必古所恒有，語不必人所經道。……子文一代之文也，子詩一代之詩也。藉古人以文其短是強笑強合之類也。」〔註9〕

由於僅有很少數量的文學資料可以獲得，很難說陳獨秀的文學進化觀追隨的是誰。當然不是中國的，因爲中國的文學進化觀認爲進化通常是不同時期文學類型的一系列後續變化。最有可能的是他沿襲了一條由黑格爾（G. W. F. Hegel）和泰納（H. Taine）開始並發展的批評實踐的線路。這一點我們將在後面闡述。

根據陳獨秀的觀點，自然主義走得比現實主義要遠一步，尤其是在其對生活的實際意象的揭示方面，儘管其所反映的東西相當粗俗而且不避諱任何

〔註6〕 劉盼遂編，《論衡集解》，北京，1958 年版，第 583 頁。關於王充的文學批評可參見蘭僑蒂（Lionello Lanciotti），《對中國古代文藝美學的思考：王充論文學自主性的起源》（*Considerazioni sull' estetica letteraria nella Cina antica: Wang Ch'ung ed il sorgere dell'autonomia delle lettere*），羅馬，1965 年版，共 33 頁。

〔註7〕 《抱朴子内外篇》，載《萬有文庫》第 629～630 頁。文中提及的詩分別爲司馬相如、揚雄、張衡和左思所作。

〔註8〕 在上述引文中。

〔註9〕 《袁宏道全集》，上海，1935 年版，第 6 頁。（應爲《袁中郎全集》，上海圖書館，1935 年版。譯者注）

東西。與現實主義相比，至少在對人生現象的直接的、眞實的描寫方面，自然主義比它更接近現實，更多跨了一步。陳獨秀認爲，「歐洲自然派文學家，其目光惟在寫自然現象，絕無美醜善惡、邪正懲勸之念存於胸中。彼所描寫之自然現象，即道即物，去自然現象之外，無道無物。」〔註10〕

陳獨秀認爲，理想派（即浪漫派）是超自然主義者，因爲他們超乎自然現象之外。他們是絕對主觀的，因爲他們僅描寫感情和他們自己的觀點。他將古典派的特徵概括爲僅僅是對陳言的抄襲者。〔註11〕

茅盾相當明顯地是追從了陳獨秀的觀點。

茅盾用「佩韋」這個筆名來發表前面討論過的那篇文章時，他也寫了另一篇題爲《「小說新潮」欄宣言》的文章。文章是在 1920 年 1 月《小說月報》的第一次局部改革的情形下寫的。〔註12〕

在這篇文章的一開始我們可以讀到如下的話：

> 現在新思想一日千里。新思想，是欲新文藝去替他宣傳鼓吹的，……況且西洋的小說已經由浪漫主義進而爲寫實主義、表象主義、新浪漫主義，我國卻還是停留在寫實以前，這個又顯然是步人後塵。所以新派小說的介紹，於今實在是很急切的了。〔註13〕

這些話顯然會讓人想到陳獨秀的主張。但這篇文章中其他的話則更讓人想到陳獨秀的觀點：

> 我們中國現在的文學只好說徘徊於「古典」、「浪漫」的中間，《儒林外史》和《官場現形記》之類雖然也曾描寫到社會的腐敗，卻絕不能就算是中國的寫實小說（黑幕小說更無論了）。〔註14〕

當茅盾認爲現實主義和自然主義是中國新文學最適當的運動（現實主義、自然主義以及其他的主義包含在茅盾的文學運動觀中）時，他是從兩個特別的問題出發的。一是假設「文學是思想一面的東西，然而文學的構成全靠藝術。」〔註15〕每個遵循其文學原則變得很有藝術價值的對象，都能通過不同的方法形成。他可能由自然派創作成自然主義的文學，可能由象徵派創

〔註10〕《中國新文學大系》第 2 集，第 8 頁。
〔註11〕在上述引文中。
〔註12〕《小說新潮欄宣言》第 1～5 頁。
〔註13〕同上，第 1 頁。
〔註14〕同上，第 3 頁。
〔註15〕同上，第 1 頁。

作成象徵主義的文學，也可能由神秘派創作成神秘主義的文學〔註16〕。從這個引文中我們可以看出，茅盾對於與人類這個受體相關聯的思想體系的快速適應能力是相信的。另一方面，他也意識到了這樣一個事實，要欣賞一部文學作品的藝術特徵，或是至少理解和正確地認識它，需要一個長期的過程。也即是，對與人類相關的藝術體系的適應（同時對作者和消費者來說），要遠遠滯後。在研究一部作品的藝術特徵時，必須「探本窮源，」〔註17〕亦即要徹底瞭解作者，瞭解作品創作時的時代和思想背景，瞭解其藝術性的闡述和批判性的評價。

茅盾的第二個出發點是文學的進化觀。他與20年代早期絕大部分中國文人一樣相信文學發展的統一過程是存在的，並且適用於全世界。否則，他不會說中國停留在寫實以前，或中國對西方文化的介紹應該從寫實派、自然派開始。茅盾可能是從黑格爾的辯證法來構思這個發展過程的。

如前所述，亞里士多德就已經知道文化發展的進化觀了。黑格爾通過他自己的辯證法對進化的思想加以了再評價。在他自己看來，談論連續性原則（natura non fecit saltum，自然不跳躍原則）是錯誤的。連續性原則已經統治了西方文學史兩千多年。實際上，突然的變革，逆轉成對立面，然後廢除並保留，這些構成了歷史的而且也是文學史的動態。文學被理解為在社會與歷史之間不停地相互轉換的過程中的一種自我發展的現象〔註18〕。於是，泰納遵循了黑格爾的觀點。在泰納看來，文學「作為一個有機整體被理解為歷史進程的一部分。」〔註19〕

茅盾在這個方面究竟是從哪個來源獲得的影響還是個問題。然而，事實上，當茅盾說到20世紀初浪漫主義在世界文學中的復興時他指出過黑格爾著名的「正反等於合」（triad method）的方法。根據茅盾的觀點，舊的浪漫主義是「正反等於合」的第一個階段，即，立論；寫實主義是第二個階段，即對立面；最後，新浪漫主義是一個結果性質的階段，即綜合〔註20〕。他明確地強調這三個階段不是循環的發展，而是一個遵循進化原則的發展。

〔註16〕在上述引文中。
〔註17〕在上述引文中。
〔註18〕勒內・韋勒克，前面所引書，第40～41頁。
〔註19〕同上，第43頁。
〔註20〕雁冰，《文學上的古典主義、浪漫主義和寫實主義》，載《學生雜誌》第7卷第9號，1920年9月，第19頁。

　　由於文學的進化是總體進化的一個側面，協作其實現的文人們有義務意識到文學進化的法則和嚴格的時序。他們不應該只介紹最近的，也不應該只以新浪漫主義的精神或象徵主義的手法進行創作。如果這樣做，即便他們意識到「文學是現社會的對症藥，新思想宣傳的急先鋒」，那他們也不能做得正確。因為這麼做，「他們未免忽略了文學進化的痕迹。」〔註21〕

　　茅盾指出了哲學的發展與在文學上作為一種相應狀態之類比的哲學認知（指中國的）的當代狀態之間的相似：

　　　　治哲學的倘不先看哲學史，看古來大哲學家的著作，不曉得以
　　前各家本體論的說頭怎樣，現在研究到怎樣，價值論認識論又怎樣，
　　而只看現代最新的學說，則所得的仍只是常識，不算是研究。〔註22〕

　　新作家必須以與此相似的情形進行。普通人以前沒有碰到過現實主義和自然主義，不理解神秘主義（一說到神秘主義，茅盾頭腦中想到的是 19 世紀晚期的愛爾蘭作家），也不懂象徵主義和「為藝術而藝術」。根據茅盾和他之前的陳獨秀的說法，他們是在中國文學中瞭解到古典主義和浪漫主義的。

　　因而看來，現實主義和自然主義的作品需要被宣傳，需要被介紹。

　　茅盾制定了一個宣傳和介紹的計劃。他將其分為兩部分。這兩部分都包括了自然派的和寫實派的作品。第一部分更重要，也更廣泛，包括俄國、法國、波蘭和北歐文學的 12 個作家的 30 部作品。這部分包括在內的作品有諸如屠格涅夫（I. Turgenev）的《父與子》（*Fathers and Sons*）、陀思妥耶夫斯基（F. Dostoyevsky）的《白癡》（*The Idiot*）、契訶夫（A. Chekhov）的《櫻桃園》（*The Cherry Orchard*）、果戈理（N. Gogol）的《死魂靈》（*Dead Souls*）、高爾基（M. Gorky）的《在底層》（*The Lower Depths*）、左拉的《崩潰》（*La Débacle*）、莫泊桑的《彼得與約翰》（*Peter and John*）、易卜生（H. Ibsen）的《青年同盟》（*The League of Youth*）等。第二部分包括選自俄國、英國、法國和德國文學的 8 個作家的 13 部作品。在第一部分中，茅盾主要關注的是分別對各個文類藝術標準的評價。而在第二部分中，他則主要選取了「問題」戲劇和小說，這些也成為 20 年代的中國文學中最受歡迎的文類。也即是說，對這一部分，茅盾更為關注的是各類作品的思想價值。被茅盾歸進這一類的作品有托爾斯泰的《戰爭與和平》（*War and Peace*）、陀思妥耶夫斯基的《罪與罰》（*Crime and*

〔註21〕《小說新潮欄宣言》第 2 頁。
〔註22〕在上述引文中。

Punishment)、霍普特曼（G. Hauptmann）的戲劇《織工》（*The Weavers*）和蕭伯納的《爲清教徒所寫的三部戲劇》（*Three Plays for Puritans*）。

然而，問題是，這樣的劃分是否正確，是否能夠將一部作品的藝術與其思想分離開來，是否在文學中也可以像在國民經濟中所做的那樣進行計劃。但是，茅盾用以解釋他的步驟的話卻是值得引起注意的：

> 我以爲總得先有了客觀的藝術手段，然後做問題文學做得好，能動人。〔註23〕

茅盾強調，「欲創造新文學，思想固然重要，藝術更不容忽視。」〔註24〕

茅盾證明宣傳和介紹現實主義和自然主義的必要性的論據還有一個。知道這個論據我們將能更好地理解他的文學進化觀。他認爲，最新的不一定就是最美的、最好的。在闡明「新」或「舊」的意義時，不得不將時代的色彩加以考慮，因爲「新」與「舊」之間的差別在於事物的本質而非其形式。〔註25〕

（二）

當我們在討論茅盾的哲學觀時，也可在他這些年的文學批評中發現同樣迅猛的發展。

1920 年 9 月茅盾在《學生雜誌》上發表了一篇題爲《文學上的古典主義、浪漫主義和寫實主義》〔註26〕的重要的研究文章，以及一篇關於胡先驌大約萬餘字的研究的辯論文章，題爲《〈歐美新文學最近之趨勢〉書後》。辯論文章發表在《東方雜誌》上。〔註27〕

這兩篇文章對茅盾作爲一個文學批評家的進一步發展起到了至關重要的作用。然而，這兩篇文章都不太爲人所知。只有一些關於第一篇文章的簡要信息在葉子銘的書《論茅盾四十年的文學道路》中有所介紹〔註28〕。至於第二篇，似乎沒有引起研究者和讀者的關注。

〔註23〕《小說新潮欄宣言》第 5 頁。
〔註24〕同上，第 1 頁。
〔註25〕同上，第 2 頁以及丙（也是茅盾的筆名之一），《新舊文學平議之評議》，載《小說月報》第 11 卷第 1 號，1920 年 1 月 10 日，第 3～4 頁。
〔註26〕參見本章注釋第 20 條（即雁冰，《文學上的古典主義、浪漫主義和寫實主義》，載《學生雜誌》第 7 卷第 9 號，1920 年 9 月，第 19 頁），第 1～19 頁。
〔註27〕參見《東方雜誌》第 17 卷第 18 號，1920 年 9 月 25 日，第 76～78 頁。（文章爲：雁冰，《〈歐美新文學最近之趨勢〉書後》，譯者注。）
〔註28〕上海，1959 年版，第 20 頁。

在創作《文學上的古典主義、浪漫主義和寫實主義》時，茅盾給自己定了三個任務，三個目標：

一、解說這三個主義的意義和本身的價值；

二、用「鳥瞰」的記述，說明文藝進化之大路線；

三、為古典主義、浪漫主義鳴冤，為寫實主義聲明不受過分之譽。

從中我們可以清晰地看出在研究哲學和政治問題時茅盾所持的「工具主義觀」，這個觀點他同樣也用在了文學的問題上。意義和文學的「主義」的實際價值在茅盾的觀點中是具有重要作用的因素，並且對它們給予了最大程度的關注。他並沒有具體關注某一個「主義」，不管是哪一個。

茅盾具體將所謂的古典主義、新古典主義和假古典主義包括進古典主義的概念中。兩個時間臨界點構成了其局限：文藝復興時代和浪漫主義時代的到來。他沒有提供更多關於不同亞類的古典主義的具體特徵，只是在總體上概括了古典主義的特徵。他認為拉辛（J. B. Racine）和布瓦洛（N. Boileau）是古典派最傑出的代表人物，他們的文學「格調嫻雅，章法謹嚴，詞句華贍，而且大多含有諷刺的意思，正合中國所謂『怨誹而不亂』，是『中正』之音。」〔註29〕

茅盾從理、強調的重點以及理性主義幾個方面來看古典主義存在的理由。理性主義在勻稱、諧和、完具、全備——在「一成的無可增損的美」方面是顯而易見的。

就像某個藝術運動中的每一件好的藝術作品一樣，古典文學作品也有它們的價值。然而，假古典主義的模仿之作卻是沒有任何價值的。韓愈（768～824）、柳宗元（773～819）、歐陽修（1007～1072）和蘇東坡（1037～1101）的散文，甚至李白（701～762）、杜甫（712～770）和黃庭堅（1045～1105）的詩，如果將它們算在古代作品中的話，是有價值的。茅盾是從它們所擁有的創造精神中去看它們的價值的。假古典主義的作品是從模仿開始的，茅盾對假古典主義持反對的態度。

創造性的浪漫主義開始於古典主義結束之處。在茅盾看來，「自由」一詞本身就包含了浪漫主義最重要的特徵。由於法國大革命除了自由之外沒有宣稱任何東西，浪漫主義，即文學上的法國現代革命運動同樣也是除了自由其他任何東西都沒有要求。

〔註29〕雁冰，《文學上的古典主義、浪漫主義和寫實主義》第 2 頁。

　　在歸納古典主義的特徵時，茅盾沒有考慮文學與古代哲學之間的關係，儘管他是完全意識到了這點的。然而，這次他相對徹底地論述了哲學與文學之間的關係，這可能是因爲在 20 世紀 20 年代後期浪漫派作家的哲學思想的一些方面對他來說並不陌生的緣故。這尤其適用於思想領域裏的自由觀，然後是個人主義這個被茅盾認爲是浪漫主義的奠基者盧梭（J. J. Rousseau）作品的特徵。在哲學和文學的這段繁榮期之後，唯心主義哲學（這不是茅盾定義的）開始興盛起來，導致了對主觀成分的過度強調。不受理性約束的想像的力量創造出過度虛幻的作品。工業革命之後，科學開始突飛猛進地發展。人心開始受到無處不在的科學思想的統治，科學開始進入人類生活的各個領域。在文學領域，浪漫主義由於不能經受住科學批評的考驗而失去了它的位置。

　　茅盾認爲浪漫的文學——儘管它是法國大革命的產物——不能被認爲是「徹底的革命文學。」〔註 30〕這是因爲它不是爲人民的文學。法國革命不關心大眾，它關注偉大的、英雄的名人。浪漫主義的文學是排外的、貴族的，注定是爲貴族服務的。這個觀點顯而易見是對托爾斯泰和陳獨秀觀點的回應。隨著貴族權利的衰敗浪漫主義文學也接近了尾聲。

　　茅盾認爲文學上的現實主義的興起有兩個原因。首先，19 世紀的後半葉是科學的時期，其時科學方法開始浸入生活的各個領域。其次，它正當其時，恰好處於民主的繁榮時期和勞動運動的萌發時代。大眾開始意識到悲慘的社會條件，清楚地看到理想的文學與現實生活不相符合。他們認識到民主的本質。

　　茅盾指出，現實主義作家對浪漫主義作家的攻擊沒有進入藝術領域。不能說浪漫主義的作品就沒有藝術價值。然而，可以說它們不是「合理」的藝術〔註 31〕。在現實主義作家看來，這意味著浪漫主義的作品不是以客觀觀察爲基礎創作的藝術作品。

　　這是「客觀觀察」這一表達第一次出現在茅盾的作品中。這個表達也可在在他後來的文章和論文中發現。客觀觀察，或者也可叫作「實地觀察」成了他的文學理論和批評實踐中最重要的基本條件。

　　茅盾還指出了寫實派作家從思想上對浪漫派作家的攻擊。寫實派作家認

〔註30〕雁冰，《文學上的古典主義、浪漫主義和寫實主義》第 10 頁。
〔註31〕同上，第 11 頁。

爲，「舉凡文學，美術，都欲德謨克拉西化，不能再爲一階級少數人的私有物，娛樂品。」〔註32〕由於浪漫文學不是爲人民而寫的，它注定將從民主世界的文學中消失。

還有其他有趣的東西。

在茅盾看來，寫實主義的「重鎮」是左拉（E. Zola）和莫泊桑（G. de Maupassant）。福樓拜（G. Flaubert）是他們的前驅，巴爾扎克（H. de Balzac）還仍然是個浪漫派作家。寫實主義在福樓拜尚不過是一種趨向，到左拉手裏才確立起來，到莫泊桑手裏，才光大而至於大成。

在發表了這個觀點之後，茅盾接著說道：

> 那個時期的（即莫泊桑時期，馬立安·高利克注）寫實主義同時便也受到自然派（Naturalism）的名號，以與易卜生、比昂斯騰·比昂松（Björnstjerne Björnson）、奧古斯特·斯特林德伯格（August Strindberg）、尤金·白里歐（Eugène Brieux）、約翰·高爾斯華綏（John Galsworthy）等人的問題的寫實文學相別。〔註33〕

最偉大的俄國寫實派作家中茅盾提到了托爾斯泰、陀思妥耶夫斯基、屠格涅夫（I. Turgenev）、契訶夫（A. Chekhov）和高爾基五位。這個時期是俄國寫實主義文學的極盛時代。茅盾認爲，陀思妥耶夫斯基代表了「心理的寫實派」；屠格涅夫代表了「詩意的寫實主義」；托爾斯泰是「主義的寫實主義」的代表，而高爾基和契訶夫是「純粹的寫實主義和嫡派的自然主義」的代表。茅盾認爲高爾基的文學作品革命性極強極烈，自托爾斯泰以來能夠得俄國青年一致歡迎的莫過於高爾基了。至於契訶夫，「他是自然派在俄的孤種。」〔註34〕

從這裡所討論的關於茅盾的自然主義的理論可以看出，對茅盾來說，寫實主義的概念與自然主義是交錯在一起的。在《文學上的古典主義、浪漫主義和寫實主義》這篇文章中，他將寫實主義僅僅理解爲是福樓拜、左拉和莫泊桑時代的寫實主義，或者也包括了他們的繼承者，如在他概括契訶夫的特徵時他在某處認爲他是一個寫實派作家，而在幾行之後又說他是一個自然派作家。

在與我們正討論的這篇文章發表的同一個月，但是是在十天後，茅盾發

〔註32〕在上述引文中。
〔註33〕雁冰，《文學上的古典主義、浪漫主義和寫實主義》第12頁。
〔註34〕在上述引文中。

表了另一篇題爲《給新文學研究者進一解》的文章〔註35〕。這篇文章實際上是前面這篇文章的後續。然而，在這篇文章中，是自然主義而非寫實主義被理解爲是在新浪漫主義進化發展的三個階段中的一個。文中「寫實主義」一詞僅出現了一次，並且是在開始，甚至沒有解決文中提出的問題。文中19世紀80年代與20世紀20年代的最初幾年這段時期被認爲是俄國寫實主義的極盛時期。同時，茅盾在文中還指出，19世紀的最後20年是自然主義持續發展的極盛時期（當然，這樣說並不意味著自然主義運動不再在俄國繼續下去！）茅盾在文章中將藝術概括爲是「客觀觀察」的一門藝術，同時認爲自然派文學是「只重觀察」〔註36〕。最後，文章將高爾基、安特萊夫和米克哈爾‧阿爾志跋綏夫（Mikhail Artsybashev）描寫爲寫實派，但卻又說他們是自然派文學家。

文中茅盾將寫實主義的特徵概括爲四個。在闡述每一個特徵時他用了浪漫的對比來幫助自己。

一、浪漫派重想像，寫實主義重觀察；浪漫派文學是主觀的，寫實派文學是客觀的；

二、浪漫派承認相對美的存在，不認爲那些古代大師的作品的美是至高無上的美；因爲美是相對的，它允許藝術家進行創造；寫實派不承認美的存在，認爲美是一種幻覺，現實生活中除了醜惡，沒有其他。

三、浪漫派文學描寫的是上層社會的生活，寫實派文學關注的是下層社會的生活。

四、浪漫派文學在總體上強調的是藝術，寫實派文學強調的則是生活。

第一、二自然段中茅盾說寫實派文學和自然派文學各走自己的路，很難說哪個更好哪個更差；而在另兩段中茅盾的觀點則是浪漫派文學不能與寫實派文學相比。

我們並非想在此猜測這些特徵中究竟茅盾的哪一種說法是正確的，哪一種是錯誤的。這樣做並不能達到任何目標，也不是我們研究的目的。我們僅考慮一下那些年代茅盾思想體系的特徵，那些在中國文學批評中很快佔據了確定位置的思想。

茅盾認爲在某些重要方面浪漫派和寫實派是具有同樣價值的藝術運動，

〔註35〕參見《解放與改造》第3卷第1期，1920年9月15日，第99～102頁。
〔註36〕同上，第99頁。

如在時間與空間方面、在如何藝術地處理與現實的方法方面、在這種方法的哲學方面以及美學價值方面。然而，當涉及到與人生的關係時，即思想的價值而非藝術的價值時，尤其是與不同社會階層的關係時，茅盾更喜歡寫實主義。當然，是他特別構想的那種寫實主義。

1919〜1920 年間，茅盾還沒有固定的價值觀，還沒有什麼可以被認為是「不可改變的原則」的學說和主義。這個說法適合他研究和涉及的每一個領域。當他碰巧變得對某件事充滿熱情時，──這種情況很少出現──比如對克魯泡特金式的無政府主義，或是對托爾斯泰，在經過一段或短或長的時間之後，他的立場會變得更冷靜，也更客觀。1920 年初，當作為文學運動的寫實主義或自然主義欲指明中國現代文學的道路時，茅盾在九月已經有了不同的觀點。這點我們晚些時候再來論證。

茅盾開始批評寫實主義。他看到了以下不足之處：

一是過度強調客觀描寫。

二是過度強調批評的破壞性特徵，缺乏與所描繪的客觀現實相關的建設性的成分。

茅盾寫到：「講到藝術方面呢，本來不能專重客觀，也不能專重主觀。專重主觀，其弊在不切實；專重客觀，其弊在枯澀而乏輕靈活潑之致。講到批評呢，雖是寫實主義的好處，同時也是寫實主義的缺點。他把社會上各種問題一件一件分析開來看，盡量揭穿他的黑幕，這一番發聾振聵的手段，原自不可菲薄。但是從事批評而不出主觀的簡介，便使讀者感著沉悶煩憂的痛苦，終至失望。舉個譬喻，今有人走路走錯了，你對他盡言，說出去路是錯，你說得很透徹很明白，走路的人是相信你了，但你卻不把那一條是大路指給他，那麼他還是彷徨中道，出不得一毫主意，對於你說的話固然是承認了，但對於前途的希望也沒有了。」〔註37〕

辯論文章《〈歐美新文學最近之趨勢〉書後》首先是對寫實主義的辯護。茅盾認為胡先驌的研究「簡練精湛，而又明白曉暢」，然而，卻有三個「不敢苟同」之處。其中兩個指的是寫實主義的問題。這兩個中一個是指在總體上作為一種藝術現象的寫實主義，一個是指所謂的醜惡的美化的問題。後者更接近寫實主義。

〔註37〕雁冰，《文學上的古典主義、浪漫主義和寫實主義》第 17 頁。

我們僅來看看這三個「不敢苟同」中的第二個。在論及第一個的時候，茅盾論辯的方法與該章分析的文章是一樣的。

胡先驌在文章的一處指出〔註 38〕，如果自然派專寫下層社會人民的罪惡與缺陷，這樣的作品是激發不起讀者的美感的。

茅盾對此觀點是這樣回應的：

> 鄙意未敢苟同。夫醜惡的美化，非近代藝術哲理中一大發明乎，可徒詆之爲病的現象而不承其爲藝術之進化乎。古學文學所崇奉之「完美與洗煉」的美，尚能適合今人尖銳之思想而無感衝突乎。文學既爲表現人生，豈僅當表現貴族之華貴生活而棄去最大多數之平民階級之卑賤生活乎？〔註 39〕

當茅盾準備創作《文學上的古典主義、浪漫主義和寫實主義》時，他可能沒有打算寫新浪漫主義。然而，當他想以文學現實爲基礎「指出文學進化之大路」時，他不得不也對新浪漫主義加以考慮。在所有現代文學運動中新浪漫主義是最適合他的文學進化理念的。

至於新浪漫主義，茅盾（在《文學上的古典主義、浪漫主義和寫實主義》一文中）的研究非常簡潔，不超過三、四行。比胡先驌的那篇辯論文章中的論述要多一些，而《給新文學研究者進一解》則實際上整篇都是對新浪漫主義的崇拜。

儘管《文學上的古典主義、浪漫主義和寫實主義》一文幾乎沒怎麼談新浪漫主義，然而我們可在如下這些有趣的話語中發現它：

> 一年以來，浪漫文學爲國人唾棄到地，寫實文學爲國人高擡到天，這都不是能懂得文學進化的道理的人說的話。浪漫文學所本有的思想自由，勇於創造的精神，到萬世之後，尚是有價值，永爲文學進化之原素，這一句話是我可斷言的；寫實文學中所包有的批判精神和平民化的精神，我也敢決言永爲文學中添出新氣象的。所以恭維寫實文學到極點的話，寫實文學實在不敢當；而輕蔑浪漫文學到極點的話，浪漫文學實也太委屈。最後還有幾句話，就是新浪漫主義不盡能包括現在以及將來的趨勢；……。〔註 40〕

〔註38〕《解放與改造》第 2 卷第 15 期，1920 年 8 月 1 日，第 20 頁。

〔註39〕《〈歐美新文學最近之趨勢〉書後》第 77 頁。

〔註40〕雁冰，《文學上的古典主義、浪漫主義和寫實主義》第 19 頁。

（三）

1920 年初茅盾開始接觸 19 世紀末的愛爾蘭文學，主要是其三個代表人物：威廉・葉芝（William Butler Yeats）、格雷戈瑞夫人（Lady A. Gregory）和約翰・辛格（John M. Synge）。他那篇論這三位代表人物的文學作品的「文章」題爲《近代文學的反流——愛爾蘭的新文學》〔註 41〕。在茅盾看來，愛爾蘭文學最偉大的地方在於其作家們對國家從英格蘭的束縛中解放出來的強調，以及他對那個時期這樣一個事實所感到的驚愕，那就是，愛爾蘭文學正在尋求除上個世紀末的寫實主義文學之外的其他的表現手法和內容。〔註 42〕

稍後，茅盾也開始對安納托爾・法郎士（Anatole France）的印象主義批評發生興趣，主要包括在他的四卷本著作《文學生活》（*La vie littéraire*）中。比如，茅盾引用過法郎士這套著作第三卷的序言。該序言是法郎士對布雨丹納（F. Brunetière）對他的主觀批評的直接攻擊的回應。與第一卷序言一樣，法郎士在該序言中指出，客觀的批評是不存在的，同樣也不存在客觀的藝術。眞理是，人不能逃避他的自我，因爲用蒼蠅那鑲拼式的眼睛，或者用星星似的笨拙的、簡單的大腦來看待世界是不可能的。我們就好像是被關在牢中的囚犯一樣將我們的性格封閉起來。而且，如果我們不能保持安靜的話，那我們就在談論我們自己。法郎士不相信一些科學方法可以用來研究文學。最能感動我們的，最使我們覺得可愛和嚮往的東西，顯然是那些部分帶著神秘而使我們永遠不明白的東西。美、美德和天才對我們來說永遠都是秘密。克利歐佩特拉（Cleopatra）的韻、亞西西的方濟各（Francis of Assisi）的媚或者拉辛（J. B. Racine）的詩永遠都不能用形式表現出來。而且，如果這些東西成爲科學的話，那麼他們也會是直覺科學，是永不滿足，永無止境的。〔註 43〕

〔註 41〕《東方雜誌》第 17 卷第 7、8 號，1920 年 3 月 25 日和 4 月 10 日，第 72～80 頁和第 56～66 頁。事實上，這篇文章是錢德勒一書兩章的詳細內容。具體出版信息爲：錢德勒（W. F. Chandler），《現代戲劇面面觀》（*Aspects of Modern Drama*），紐約，1916 年版，第 233～276 頁。此兩章標題分別爲《神秘主義和民間歷史的愛爾蘭戲劇》（*Irish Plays of Mysticism and Folk History*）和《農民愛爾蘭戲劇》（*Irish Plays of the Peasantry*）。

〔註 42〕同上，第 66 頁。

〔註 43〕安納托爾・法郎士（Anatole France），《作品全集》（*Oeuvres complètes*）第 7 卷，巴黎，1926 年版，第 8 頁和第 13 頁以及雁冰，《爲新文學研究者進一解》

　　茅盾同時也將他的注意力集中在愛德華·卡彭特（Edward Carpenter）的作品上。卡彭特是一個英國作家，是瓦爾特·惠特曼（Walt Whitman）和哈維洛克·埃利斯（Havelock Ellis）的崇拜者。在其作品中我們找到了一本與 1899 年出版的題為《文明的成因及防治》（*Civilization: Its Cause and Cure*）的論文集。在書中收錄的論文中，茅盾可能對一篇題為《現代科學：一種批評》（*Modern Science, A Criticism*）的文章感興趣。這本書集俄譯本的序言是由列夫·托爾斯泰寫的。〔註 44〕

　　卡彭特是一個懷疑論者。文中他指出，50 年後著名的「科學精神」（esprit scientifique）將繁榮起來，科學將發現自身「最大限度地存在於每個方面，受到無望的懷疑而且是不確定的」。根據他的觀點，科學方法事實上是一種「束縛的方法或者一種現時的非科學的、無知的方法」〔註 45〕。在我們的時代，知識只是實際發生的事情的一條切線而已。比如以不同的法則（如牛頓〔Newton〕的或者波義爾〔Boyle〕的）為例，這些法則在哲學和科學的水平上代表了事物、現象或是從它們的內部本質或精華流溢出來的過程之間的某種關係。這裡，知識僅僅只是觸及了真實現象的某一個點。因為它僅僅「作為一條代表一個小弧形上的曲線的過程的切線」，同樣，不同的理論「也代表了一個小的觀察範圍內某些事實的狀態。」〔註 46〕

　　1920 年的時候茅盾有些猶豫，一度他不再相信科學的理想。這些人的懷疑立場顯而易見地向他表明科學並不是無處不在的，批評的精神和健康的懷疑的精神毫無疑問是需要的。不能說他完全同意這些觀點。當談到法郎士對科學的攻擊時，茅盾明確指出，在這些反自然主義的攻擊中有許多是公正的。但在贊成新浪漫主義作為一種運動，作為文學發展中的一種新趨勢時，他卻是相當積極的。〔註 47〕

　　那個時候茅盾對兩個作家很著迷，一個是羅曼·羅蘭（Romain Rolland），

　　　第 100～101 頁。

〔註 44〕雁冰，《巴比塞的小說〈名譽十字架〉》，載《解放與改造》第 2 卷第 13 期，1920 年 7 月 1 日，第 62～63 頁。

〔註 45〕我只是從捷克譯本《文明及其後果與治療及其他研究》（*Civilizace, její následky, léčení jich a jiné studie*）瞭解卡彭特（E. Carpenter）的書的。布拉格，1910 年版，第 22 頁。

〔註 46〕同上，第 28 頁。

〔註 47〕雁冰，《為新文學研究者進一解》第 101 頁。

是茅盾第三個最喜愛的文學大家。另一個是亨利・巴比塞（Henri Barbusse），是第四個茅盾最喜愛的大師。羅蘭的作品《約翰・克里斯托夫》（*Jean-Christophe*）在很長一段時間裏都是茅盾最愛讀的。羅蘭最大的同情，當然是給這部小說的主人公的，「這部書中英雄的思想和生活好比是一條河，一切的人生觀都依次在他生平中經過。」〔註48〕茅盾熟悉的《約翰・克里斯托夫》顯然是吉爾伯特・坎南（Gilbert Cannan）的英譯本，坎南對於《約翰・克里斯托夫》的觀點被看成是架通 19 世紀到 20 世紀思想的一座橋梁。茅盾在文章中對這些觀點加以了引用。〔註49〕

　　儘管那時茅盾至少部分贊成他那個時代的懷疑論者的觀點，但在約翰・克里斯托夫的形象中，他高度欣賞的真理是普遍的真理（epitheton constans）：「書中的英雄是個極好真理的人。不問環境如何，不問自身以及一己的性命，所知的只是真理。」〔註50〕

　　最有可能的是，茅盾是中國讀者中第一個知道巴比塞作品的。20 世紀 20 年代下半時期開始時，除了張崧年翻譯的《精神獨立宣言》（*Déclaration d'independence de l'esprit*）中有一處評論外，巴比塞在中國還一無所知〔註51〕。茅盾將關注的重心放在了巴比塞的代表作《火》（*The Fire*）、《地獄》（*The Hell*）以及他的短篇小說上，闡釋了巴比塞的毀滅性的戰爭觀、社會平等（這是他長期關注的問題）、互愛、自由以及科學觀。由於進步只是加深了人類的痛苦與憂患，巴比塞對現代科學所導致的後果是不滿意的。〔註52〕

　　對 1920 年的茅盾來說，羅蘭和巴比塞是新浪漫主義最重要的兩個代表人物。

　　茅盾是如何概括新浪漫主義的特徵的呢？

　　他將其看成是「旨在反抗自然主義的運動。」在論辯文章《〈歐美新文學

〔註48〕 在上述引文中。
〔註49〕 在上述引文中。
〔註50〕 在上述引文中。
〔註51〕 《巴比塞的小說〈名譽十字架〉》第 60 頁提及的宣言被出版，並由許多知識分子領袖人物簽名，如羅曼・羅蘭、羅素（B. Russell）、亨利希・曼（H. Mann）、貝內德托・克羅齊（B. Croce）、塞爾瑪・拉格洛夫（S. Lagerlöf）等。周策縱在《五四運動史》第 175～176 頁中認為：「他們譴責世界知識分子放棄了自己的思想和精神，向勢力屈服，加入了政治的、黨派的、國家的或階級的利益之戰中，他們倡導所有的民族之間的民主和國家之間的手足之情。」中文可參見《新青年》第 7 卷第 1 號，1919 年 12 月 1 日，第 30～48 頁。
〔註52〕 雁冰，《巴比塞的小說〈名譽十字架〉》第 63 頁。

最近之趨勢〉書後》中他寫道，新浪漫主義消除了寫實主義「豐肉弱靈」之弊，清除了寫實主義誇張地批評而不指引的毛病，修正了寫實主義不見惡中有善的錯誤。〔註53〕

在茅盾看來，浪漫主義（但不是假浪漫主義）擁有「一種革命的、解放的、創新的精神。」〔註54〕這種精神是 19 世紀歐洲文學的創造者。這種精神也正是「在連真真的浪漫文學都不曾有過，一向鋦躅於好古主義的下面，浪漫精神缺乏得很」的中國所需要的〔註55〕。我們可以看出，這種說法與茅盾在 1920 年早期的說法是非常不同的。他在「自覺」中看出了浪漫主義最偉大的信條。浪漫主義之父讓・雅克・盧梭（J. J. Rousseau）的《懺悔錄》（Les Confessions）就是在這種信條的基礎上創作出來的。現代文學正是以這種自覺的精神爲標誌的。只有自然主義運動，受到了「科學方能說暫時的變態」的影響，是個例外〔註56〕。當科學不能解決社會問題時，其熱情之火便熄滅了，爲新浪漫主義的復活創造了條件。假如我們意識到這點，我們便不會認爲「自然主義文學有多麼重大。」〔註57〕

1920 年初的時候，茅盾在《「小說新潮」欄宣言》中以一個宣傳者的身份介紹寫實主義和自然主義作品，不那麼急於堅持自己的提議了。同年，茅盾將巴比塞、葉芝、格萊葛瑞夫人和鄧塞尼爵士（Lord Dunsany）的作品譯成中文，不再認爲他們是寫實主義作家了。〔註58〕

正如大家所見，茅盾也沒有繼續堅持他在那年年初時所宣稱的觀點。

〔註53〕《〈歐美新文學最近之趨勢〉書後》第 76 頁。
〔註54〕雁冰，《爲新文學研究者進一解》第 102 頁。
〔註55〕在上述引文中。
〔註56〕在上述引文中。
〔註57〕在上述引文中。
〔註58〕這一年茅盾將巴比塞（H. Barbusse）的兩個短篇小說翻譯成中文：《復仇》（The Revenge），載《解放與改造》第 2 卷第 14 期，1920 年 7 月 15 日，第 60～66 頁；《爲母的》（Wei mu-ti），載《東方雜誌》第 17 卷第 2 號，1920 年 6 月 25 日，第 108～112 頁。茅盾翻譯了葉芝（W. B. Yeats）的獨幕劇《沙漏》（The Hour Glass），同上，第 17 卷第 6 號，1920 年 3 月 25 日，第 109～118 頁。鄧塞尼爵士（Lord Dunsany）的《遺帽》（The Lost Silk Hat），同上，第 17 卷第 16 號，1920 年 8 月 25 日，第 111～118 頁。格萊葛瑞夫人（Lady Gregory）的《市虎》（Spreading the News），同上，第 17 卷第 17 號，1920 年 9 月 10 日，第 93～105 頁。此外，茅盾也翻譯了托爾斯泰的《死了的人》（The Man Who was Dead）以及拉格洛夫（S. Lagerlöf）、貝克（J. M. Beck）和愛倫・坡（E. A. Poe）的短篇小說。

　　茅盾最後得出結論，認爲中國新文學必須是新浪漫主義的而不能是自然主義的（這留下餘地讓我們說甚至不是寫實主義的）。對於「爲什麼」，茅盾的回答非常簡潔，這可能也是受到羅曼・羅蘭作品影響的緣故：新浪漫文學可以將我們引導至正確的世界觀，可以幫助我們獲得自覺的精神。這種精神不是別的什麼，就是「我是我，是世界的一個人，不是什麼主義什麼信條的人。」〔註 59〕

　　應該強調的是，1920 年下半年茅盾在後現實主義文學中預見了中國文學的未來。但僅是在後來（在 1921～1922 年間）他才開始相信寫實主義或自然主義只是文學進化發展史上的很短的時期〔註 60〕。他在主觀上用這樣的希望安慰自己，中國自然主義或寫實主義的歷史很快將會結束，中國文學將加入那個時代的世界現代文學之流。

〔註 59〕　雁冰，《爲新文學研究者進一解》第 102 頁。
〔註 60〕　參見《最後的一頁》，載《小說月報》第 12 卷第 8 號，1921 年 8 月 10 日，第 8 頁。也可參見茅盾給周贊襄的信，同上，第 13 卷第 2 號，1922 年 2 月 10 日，第 4 頁。

第五章　文學研究會與 1921～1930 年間的茅盾

（一）

1917～1920 年間文學革命的主要內容是反對文言和傳播白話。白話的支持者也在《新青年》、《新潮》、《少年中國》等雜誌上寫批評文章、詩歌和短篇小說。但這樣的作者非常少。

從 1921 年開始，一種得到加強的、創造性的、批判性的進展開始變得顯而易見。

1920 年 11 月，北京一些年輕的文學愛好者決定創辦一種自己的刊物，將其取名爲《文學雜誌》。這個計劃可能是鄭振鐸構想的，他那時是北京交通大學一名年僅二十歲的年輕學生〔註1〕。他周圍有一小群想要爲雜誌投稿的人。他們的計劃大膽，但是很實際，符合文學革命的精神。但是需要一名出版商。

〔註1〕 鄭振鐸和他的朋友們在 20 年代初已經在文學批評界小有名氣。他是《新社會》雜誌的編輯。1919 年 11 月～1920 年 5 月間，文學研究會的其他成員如瞿世英、瞿秋白、耿匡（即耿濟之）、許地山和王統照等在上面發表他們的文章。從這個事實我們可以看出，文學研究會的核心比通常認爲的形成得要更早些。除許地山外，所有這些人都在《曙光》上發表過文章。這些雜誌的性質和目的相似。第一在於「揭露舊社會的邪惡，通過和平、現實的辦法建立一個民主的新社會。」（周策縱：《五四運動研究導論》(*Research Guide to the May Fourth Movement*)，哈佛大學出版社，1963 年版，第 48 頁。）另一則在於「通過科學研究促進社會改革」（同上，第 49 頁。）1920 年 8 月《人道月報》創刊號上也可發現周作人、郭紹虞和黃廬隱的文章。

那個時候，商務印書館經理張菊生和編輯部與翻譯部的主任高夢旦都在北京。鄭振鐸和他的朋友們於是便把他們的計劃和願望告訴了他倆。一開始他們沒有達成協議，直到他們決定成立一個協會，一個足以宣傳並將向新文學運動的著名人物開放的協會的時候，張菊生和高夢旦接受了他們的建議。1920年 12 月初，鄭振鐸起草了新協會的簡章。協會被命名為「文學研究會」。周作人擔當起草宣言的任務。1921 年 1 月 4 日，「文學研究會」在北京中山公園的一個大廳裏舉行了正式的成立儀式，參加的 21 個代表中，有 12 個是創始成員。除周作人和鄭振鐸外，參加的有郭紹虞，一個寫實主義的熱心追隨者，後來成了也許是中國古代文學批評的最高權威〔註2〕。耿濟之，19 世紀俄國文學最重要的翻譯家。瞿世英，一個文學批評家，早期受到 19 世紀末 20 世紀初那時流行的（至少在中國）英美文學批評的影響，後來轉向了哲學問題的研究。朱希祖，日本早稻田大學的學生，寫評論文章、翻譯，後來轉向了歷史研究。他們中年紀最大的是蔣百里，那時已經四十歲，是一個軍人，對歐洲文藝復興時期的文學感興趣，成了梁啓超團體的著名成員。葉聖陶以寫短篇小說著名，之前曾在《新潮》上發表過文章。王統照和許地山是學生，後來變得很出名。孫伏園曾經常給《新潮》雜誌投稿，很少參加文學研究會的活動，是文化生活的編輯和組織者。因而，在很大的程度上，可能多虧了他的努力中國現代文學最好的作品，如魯迅的《阿 Q 正傳》才得以面世。12 個創始成員中的最後一個是茅盾。鄭振鐸在一封私人信件中催促他加入文學研究會。茅盾接受了邀請〔註3〕。徵得商務印書館管理委員會的同意，他被編委會委任全面改革《小說月報》這個協會的準官方媒體。

文學研究會可以說比實際上鄭重其事地宣佈成立的時間要早一個月建立。1920 年 12 月 4 日，可以被認為是其眞正成立的確切日子。事實上，早在其莊嚴地開幕之前，我們已經可以在 1920 年 12 月那一期的《小說月報》上發現 15 位文學研究會成員的名字。這些人與創始成員是一致的。此外還有兩位女性作者，冰心和黃盧隱，後來都很有名。再就是後來成了黃盧隱的丈夫的郭夢良。郭夢良是社會主義研究會的一名活躍的成員，後來成了基爾特社

〔註2〕 文學研究會成立時的會員的簡歷，可參見威廉·艾爾斯的（William Ayers）《1921～1930 年間的文學研究社團》（*The Society of Literary Studies, 1921～1930*），載《中國研究論文集》（*Papers on China*），哈佛大學出版社，1953 年，第 68～69 頁。

〔註3〕 《關於文學研究會》，載《文藝報》第 8 期，1959 年，第 20 頁。

會主義研究會的創始人。沈澤民也以筆名「明心」出現在 12 月的同一期《小說月報》上。〔註 4〕

　　後來其他許多活躍在中國新文學運動和文學批評中的傑出人物加入了文學研究會。首先應該提到的是魯迅。儘管他不是正式成員，但他為雜誌寫稿，觀點也與成員們很接近。其次是瞿秋白，瞿世英的侄兒，後來成了一個馬克思主義批評家，那時是非常出名的散文家和翻譯家；然後是朱自清，詩人和散文家；再就是傅東華，文學批評家，他將不少西方批評作品和文學作品翻譯成了中文。還有其他許多人。文學研究會成立兩年後，其成員超過了 70 人。〔註 5〕

　　文學研究會給自己設定了六個主要宗旨。前三個宗旨包含在鄭振鐸起草的研究會簡章中（這幾條直接指向文學的問題）〔註 6〕；另外三個在周作人起草的文學研究會宣言中表達出來了（這幾個目標有關文作者和他們作品的內容）。〔註 7〕

　　包含在簡章第二條中的三個宗旨是這樣的：

　　第一、研究介紹世界文學；

　　第二、整理中國舊文學；

　　第三、創造新文學。

　　另外三個宗旨表達得更詳細，構成了整個宣言的主要內容。

　　宗旨的第一條是：「聯絡感情」。這個表達包含了一種認知或者說一種絕對必要的團結的意識感覺；一種對每個社團或組織的成功生存至關重要的凝聚力。章程認為團結對於中國現代文學來說尤其重要，因為對舊文學的追隨者的攻擊並沒有停止，即便是在新文學的支持者之間爭鬥也難免爆發。中國一千多年以來就有「文人相輕」的舊傳統。這個觀點是曹丕（187～226），魏文帝在其著名的《典論・論文》中首先提出來的〔註 8〕。但中國 20 世紀 20 年代文學界的情形遠比曹丕那個時代更為複雜。文人間單純的互相不尊重，即不同的人對藝術作品的各種不同的評價或解讀，是沒什麼問題的。處於文學

〔註 4〕　《本月特別啟示四》，1920 年 12 月。

〔註 5〕　《國內文壇消息》，載《小說月報》第 14 卷第 2 號，1923 年 2 月 10 日，第 1 頁。

〔註 6〕　《文學研究會簡章》，載《小說月報》第 12 卷第 1 號，1921 年 1 月 10 日，附錄四。

〔註 7〕　《文學研究會宣言》，同上。

〔註 8〕　如郭紹虞，《中國文學批評史》，北京，1955 年版，第 40 頁。

的各種新的努力之最前線的是具有不同藝術信仰和政治信念,具有不同的藝術傾向、態度和性格的作家和批評家。他們最終的競爭——常常是完全或差不多完全是不正當的——容易傷害年輕的中國文學的發展。「聯絡感情」的提法並不是指將藝術的理想連接在一起。文學研究會在這一方面是不同的,其成員所宣稱信奉的文學觀相近,但彼此卻常常差別相當大,正如冰心的和茅盾的文學觀〔註9〕。研究會提出這個宗旨意在交換意見、相互理解。從這層意義上說,這個觀點表達得明智且正當時。

第二個宗旨是增進知識。

宣言稱:

> 中國的文學研究,在此刻正是開端,更非互相補助,不容易發達。整理舊文學的人也須應用新的方法,研究新文學的更是專靠外國的資料。但是一個人的見聞及經濟力總是有限。而且此刻在中國要蒐集外國的書籍,更不是容易的事。所以我們發起本會,希望漸漸造成一個公共的圖書館研究室及出版部,助成個人及國民文學的進步。〔註10〕

這第二個宗旨已經在第一個中有所暗示。第一個宗旨理所當然認為凝聚力和相互理解是必要的,第二個宗旨則是相互合作必不可少的前提之一。實際上,在文學研究會成立的早期,我們可以發現某些類似於克魯泡特金互助小組的特徵。在其活動的最初,成立了研究小組。提議成立兩類研究小組:一是中國、英國、俄國、日本文學小組;二是研究小說、短篇小說、詩歌、戲劇和文學批評的小組。成員們一個月聚會一次,報告自己閱讀的書籍。這些報告以書面的形式寫下來,將小冊子分發給成員們〔註11〕。據我們所知,在北京成立了五個這樣的小組,都是屬於第二類的。研究小說和短篇小說、詩歌、戲劇和文學批評的小組後來也傾向於研究散文的創作。〔註12〕

文學研究會沒能實現自己成立出版部的計劃。幸運的是,他們與其他出

〔註9〕 《中國新文學大系》第 10 集,第 71 頁。

〔註10〕 《文學研究會簡章》,載《小說月報》第 12 卷第 2 號,1921 年 2 月 10 日,附錄四。

〔註11〕 《文學研究會會務報告》,載《小說月報》第 12 卷第 6 號,1921 年 6 月 10 日,附錄一。

〔註12〕 《文學研究會會務報告》,載《小說月報》第 12 卷第 2 號,1921 年 2 月 10 日,附錄五、六。

版社的合作很滿意。商務印書館出版《小說月報》，也為他們出版了《文學研究會叢書》。這套叢書出版的書的總數不太清楚，但其成立的兩年內出現了 16 種書，有 10 種準備出版〔註13〕。這些書包括列夫·托爾斯泰、屠格涅夫、科洛連科（V. Korolenko）、契訶夫、福樓拜、莫泊桑、法郎士、高爾斯華綏、蕭伯納、王爾德（O. Wilde）、霍普特曼、蘇德曼（H. Sudermann）、易卜生、斯特林德伯格（A. Strindberg）以及其他作家的作品。中國作家中我們可以發現瞿秋白、葉聖陶、王統照、許地山、茅盾、朱自清、黃盧隱以及其他人的作品。

1933 年，茅盾描寫了與文學研究會相關的兩次交談。在第一次中，他回憶了 1926 年在廣州參加革命運動的時候，一群年輕人問他為什麼文學研究會不再提倡「為人生而藝術」，現在文學研究會究竟主張什麼。茅盾回答說文學研究會這個團體從未主張過什麼。但文學研究會會員卻主張過很多。年輕的廣州革命者以為任何集團必得有個「主張」，沒有集團主張的集團是他們所不瞭解的。他們感到很驚訝，有些失望。最後他們問茅盾，文學研究會究竟代表著什麼呢。茅盾對此回答說：「代表了文學研究會叢書。」〔註14〕

儘管茅盾的回答似乎隱含了一種誇張的成分，但卻很可能是相當正確的。文學研究會確實是以，僅舉最重要的幾個出版物為例，《小說月報》、《時事新報》的文學副刊《文學旬刊》以及其後續出版物為特徵的，其時已有 60 卷《小說月報叢刊》。但這些出版物中也包含了不少二流的、質量較次的東西。另一方面，《文學研究會叢書》包含的僅是世界文學中重要的作品和中國現代文學中的好作品。

第二次交談發生在 1932 或 1933 年。據說是茅盾遇見一位朋友，一位工程師，當他把過去七、八年的陳年舊事說完後，突然問茅盾文學研究會是否還存在。茅盾沒有馬上回答，因為他認為即便這位天天與水泥鋼筋作伴的朋友對文學研究會這樣的事也應該知道一些。可是在朋友眼睛的盯視之下，他終於簡潔地回答說「不存在」。他的朋友不肯相信，拒絕被說服研究會不存在。茅盾於是說道：

> 那麼，稱他是存在罷！這個團體，自始就非常奇怪。說他是一
> 個空名目麼？事實上不然。說他是有組織的集團麼？卻又不然。辦

〔註13〕《文藝新聞》第 1 頁。
〔註14〕茅盾，《關於「文學研究會」》，載《中國新文學大系》第 10 集，第 86～87 頁。別與發表在《文藝報》上的文章搞混了。

　　　　雜誌的人有兩句經驗之談：「起初是人辦雜誌，後來是雜誌辦人。」
　　　　文學研究會這個團體也好像如此。起初是人辦文學研究會，後來是
　　　　文學研究會辦人了。凡屬文學研究會會員而住在上海的，都被他辦
　　　　過。〔註15〕

　　文學研究會的會員身份給幾乎所有的成員都留下了印記。它讓他們相信
文學的力量，教導他們瞭解和尊重文學作品真正的藝術價值，使他們成為了
新文學嚴肅的開拓者和創造者。他們打下的基礎對文學產生的影響持續到
1949 年，使得中國現代文學中絕大部分最成功的作品得以創作出來。不僅是
魯迅、茅盾、鄭振鐸、葉聖陶和冰心，或者實際上是文學研究會的成員與其
有緊密的接觸，而且其他中國現代文學的傑出代表，他們一開始也在研究會
的期刊上發表文章，或者由研究會的批評家所組成。這些人中有如老舍、巴
金、丁玲、張天翼、沈從文等。

　　最後，宣言的第三個宗旨是建立著作工會的基礎。從中我們可以讀到如
下著名的語句：「將文藝當作高興時的遊戲或失意時的消遣的時候，現在已經
過去了。我們相信文學是一種工作，而且又是於人生很切要的一種工作。治
文學的人也當以這事為他終身的事業，正同勞農一樣。」〔註16〕

　　文學研究會成員——以及其他每個嘗試過的人，直到 1949 年，——沒有
能建立起著作工會。那個時候的中國，大大小小的文學社團開始大量湧現，
據說在 1922～1925 年間有不少於一百個社團〔註17〕之後，這種大面積的繁
殖實際上停止了，所有的文學活動都被一些比較大的社團控制著。屬於這些
比較大的社團的首先要數創造社，它是文學研究會最危險的對手。其次是太
陽社和新月社。曹丕的斷言——當然是對它的現代闡釋——在最大程度上，
可以適用於所有這三個社團。

　　這三個宗旨在文學研究會成員的作品中得以實現，不管是作為個人還是
作為更大些的集體。

　　這樣，比如在我們這本書最關注的文學批評領域，更即時的目標被設立
了：使文學的「基本知識」能夠普遍於中國的文學界，乃至於普通人的頭腦
中〔註18〕。文學研究會的成員讓中國讀者有機會接觸到下面這三本書：英國

〔註15〕茅盾，《關於「文學研究會」》，載《中國新文學大系》第 10 集，第 87～88 頁。
〔註16〕《中國新文學大系》第 10 集，第 71～72 頁。
〔註17〕茅盾，《現代小說導論》，載《中國新文學大系》第 3 集，第 4～8 頁。
〔註18〕《文學研究會叢書緣起》，載《中國新文學大系》第 10 集，第 73 頁。

作家威廉・哈德森的（William H. Hudson）《文學研究導論》〔註 19〕（*An Introduction to the Study of Literature*）、凱萊布・溫切斯特（Caleb T. Winchester）教授的《文學評論的原理》〔註 20〕（*Some Principles of Literary Criticism*）和理查德・莫爾頓（Richard G. Moulton）教授的《文學的現代研究》〔註 21〕（*The Modern Study of Literature*）。在文學研究會存在的最初幾年中，美國作家巴克（G. Buck）的書《文學的社會批評》〔註 22〕（*The Social Criticism of Literature*）引起了讀者的興趣。同時還有日本學者廚川白村（Kuriyagawa Hakuson）教授，商務印書館出版了他的《文藝思潮論》（*On Literary Criticism*）一書〔註 23〕。魯迅翻譯了受到柏格森和弗洛伊德影響的廚川白村的兩本書：《苦悶的象徵》（*Symbols of Sorrow*）和《出了象牙塔》（*Outside the Ivory Tower*）〔註 24〕。如果除這些作品外我們再加上他的譯本《近代文學十講》（*Ten Lectures on Modern Literature*）〔註 25〕，這本在中國市場上被作爲緊隨托爾斯泰的《什麼是藝術》（*What is Art？*）之後出現的第二本關於文學批評的書，以及一系列小論文的話，我們將會發現廚川白村，這位並不非常突出的日本批評家，也絕對算不上是世界知名的，是 20 年代前半期在中國被譯介得最多的作家。1925 年，文學研究會的成員翻譯了日本學者本間久雄（Homma Hisao）的《新文學概論》（*An Outline of the Modern Literature*）〔註 26〕。這些全都是文學批評領域中可以提供基本知識或更加專業的知識的比較重要的著作。在這些偉大的、著名的論批評的作品中，中國讀者唯一可得到的除了托爾斯泰的《什麼是藝術》，就是亞里士多德（Aristotle）的《詩藝》（*Poetics*）。〔註 27〕

　　翻譯領域中，其次使我們感興趣的是對現代作品過度的強調。在現代時

〔註 19〕 在《小說月報》第 14 卷第 1～3 號，5～6 號（1923 年）上連載，鄧演存譯。
〔註 20〕 商務印書館出版。參見《中國新文學大系》第 10 集，第 361 頁。
〔註 21〕 在《小說月報》第 17 卷第 1～3 號，第 5 號和第 8 號上連載（1926 年），傅東華譯。
〔註 22〕 在《小說月報》第 16 卷第 6～7 號，第 10～11 號（1925 年）上連載，傅東華譯。同時由商務印書館以小冊子的形式出版。
〔註 23〕 《中國新文學大系》第 10 集，第 361 頁。
〔註 24〕 維克多・彼得洛夫（Viktor Petrov），《魯迅》（*Lu Siň*），莫斯科，1960 年版，第 372 頁。
〔註 25〕 《中國新文學大系》第 10 集，第 361 頁。
〔註 26〕 在上述引文中。
〔註 27〕 傅東華譯。首先在《小說月報》第 16 卷第 1～2 號上發表（1925 年），然後以書的形式出版。參見《中國新文學大系》第 10 集，第 362 頁。

期，遵守文學進化的「原則」的文學研究會成員，尤其強調了對現實主義作家作品的介紹。後現實主義傾向的作品也可以獲得，只是在程度上要小些。其中被譯介得最多的作家是托爾斯泰、泰戈爾和契訶夫。那些作品大量出現在文學研究會的期刊和叢書中的作家，之前已經提到過。離現在更近一些的作家的作品中，特別受關注的有莫里斯‧梅特林克（Maurice Maeterlinck）、利奧尼德‧安特萊夫和米克哈爾‧阿爾志跋綏夫的作品。老作家的作品中，只有但丁（A. Dante）的刪略本《神曲》（Divine Comedy）、莫里哀（J. Molière）的一部戲劇、歌德的兩部戲劇和一些詩歌、莎士比亞的兩首十四行詩。總共就只有這些。〔註 28〕

這兩個領域及其內容是中國現代文學和文學批評中最重要的。對這些人的追隨者的批評作品和創作作品進行進一步分析毫無疑問地表明，實際上有許多其他的因素在發揮作用。然而，當我們斷言它們在文學批評領域中的形成受到了 19 世紀末 20 世紀初歐洲、美國甚至是日本的文學批評的影響時（俄國的文學批評，除托爾斯泰外，只在 20 世紀 20 年代的中期產生了影響），也許是正確的。從創造性方面看，他們主要受到了 19 世紀下半葉寫實主義文學的影響，以及在一定程度上，也受到了後現實主義文學的影響。

（二）

1921 年開始之前的一段時間，茅盾的哲學觀開始在某種程度上穩定下來。他對世界和中國政治和經濟問題的觀點表明它們是與馬克思主義的觀點相近和一致的。大約是在這個時候他加入了中國共產黨，儘管確切的日期還不清楚。〔註 29〕

《上海周報》刊登了一篇署名楊甫，題為《茅盾的轉變》的文章。文章語氣帶有很強的傾向性，並且部分歪曲了事實。然而，其中部分資料是報導，是真實的。例如，文章指出，革命前的時期（即 1924 年前）茅盾在商務印書館工作時，他「雖然沒有參加什麼實際活動，但他做了共產黨中央的重要交通員。」〔註 30〕另一種叫《社會新聞》的刊物，刊登了一篇以適安為筆名，題為《沈雁冰又右傾》的文章，文章第一句話為：「沈雁冰本係共黨中央交通

〔註 28〕這些觀點可參見《中國新文學大系》第 10 集。
〔註 29〕根據（宋）雲彬，前面所引書，第 17 頁的觀點，茅盾是在這之前突然結束了與商務印書館的關係的。可能是在 1920 年或 1921 年已經結束了。
〔註 30〕《上海周報》第 2 卷第 8 期，1933 年 7 月 20 日，第 122 頁。

員之一，固一十足老牌布爾塞維克也。」〔註31〕根據楊甫的看法，直到 1925 年春天，茅盾扮演的是中央委員會交通員的角色。

中國共產黨人可能是讓那時在作家中最活躍也最成功的茅盾只在或者主要在文藝領域工作。1921 年以後，我們在任何中國共產黨的刊物上再也找不到茅盾的名字，也看不到可以確認爲是他的筆名。

從 1921 年開始，茅盾將自己全部投身到了文學中。到 1925 年時他的生活或許可以劃分爲兩個時期：

一、編輯《小說月報》（到 1922 年底）；

二、在商務印書館的國文部工作（從 1923 年始一直到 1925 年底）

我們一起來看看第一個時期。

從 1910 年創刊始，《小說月報》就是舊文學傑出的論壇，即便是著名的翻譯家林紓（1852～1924）也在上面發表東西。《小說月報》和《禮拜六》是 1910 至 1920 年間最具影響力的刊物。與那個時期其他有名的期刊一樣，《小說月報》是被鴛鴦蝴蝶派統治的天下。鴛鴦蝴蝶派成立於 1908 年的某個時候，在中國文學領域佔據統治地位直到辛亥革命之後〔註32〕。這並不是一個有統一組織的文學流派，但他們作品的內容和風格彼此間很相似。如前面所指出的，它們衡量作品的美學標準就是娛樂性。在主題上這些作品大都圍繞婚姻和花燭夜。「佳人和才子相悅相戀，分拆不開，柳陰花下，像一對胡蝶，一雙鴛鴦一樣。」〔註33〕這是魯迅對這些作品特徵的概括。它們是供娛樂和消遣的。《小說月報》在其主編爲王蕙濃時宗旨與這是一樣的。有一段時期，另一個編輯惲鐵樵努力想要在其中注入以崇古而著名的桐城派的精神，但最終不得不離開了自己的位置。〔註34〕

茅盾因此而面臨著一項非常複雜而艱巨的任務。他不得不從根本上改變刊物的精神，使之成爲新文學的一個平臺而同時又保留住其讀者。而且，可能的話，還要提高讀者人數。除了一個願意只做些管理事物的人幫忙外，茅盾一個人處理工作，這自然需要付出超人般的努力。〔註35〕

〔註31〕《社會新聞》第 6 期，1932 年 10 月 19 日，第 126 頁。

〔註32〕《中國小說史》，北京，1960 年版，第 578～581 頁。

〔註33〕《魯迅全集》第 4 卷，北京，1957 年版，第 231 頁。

〔註34〕葉聖陶，《略談雁冰兄的文學工作》，載《文哨》第 1 卷第 3 期，1945 年 10 月 1 日，第 3 頁。

〔註35〕茅盾，《關於文學研究會》，載《文藝報》第 20 頁。也可參見徐調孚，《《小說

　　有一次茅盾回憶說，那個時候每天只要睡眠四個小時就足夠神清氣爽，讓思想「像野馬一般飛跑。」〔註 36〕在家中，他總是被成堆借來的或買來的書包圍著，每天要寫或翻譯幾百個字的東西〔註 37〕。他必須得努力工作，因爲 1921～1922 年間他在期刊上發表了不下 164 篇文章、散文、雜談、小說譯文和劇本。此外，還有《海外文壇消息》上的 151 條消息，其中一些被編輯成小文章。這個數目還不包括對詩歌和已經發表的信件的翻譯。對一個人來說這確實是相當驚人的產出。

　　茅盾的工作從這個時期開始可以分爲幾個部分。其中最令我們感興趣的是他的理論和批評工作，這個將是第六章的主題。我們就不談他寫的那些關於陀思妥耶夫斯基、博耶爾（J. Bojer）、比昂遜（B. Björnson）、顯克微支（H. Sienkiewicz）、哈姆生（K. Hamsun）、斯皮特勒（C. Spitteler）、亨利克·易卜生等的文章，關於霍普特曼的文章除外。我們一樣也將忍住不去評論他寫的那些關於歐洲各種文學的文章，因爲其最基本的出發點僅在於介紹歐洲文學，並且總體上很可能它們並不以人生、涉及的作者作品、或者被討論的文學的更深層的知識爲基礎。這個時期茅盾盡可能多地譯介不同的國別文學，尤其是北歐和中歐文學。借助於英語，他翻譯了匈牙利、捷克、俄國、挪威、意第緒、烏克蘭、美國、葡萄牙、荷蘭、法國、愛爾蘭等國的，可能還有其他的國別文學作品。

　　1921～1922 年間，茅盾對婦女解放問題給予了更多的關注。注意到這個問題應該是挺有趣的，那就是，茅盾早在 1920 年 1 月就發表了他的第一篇關於婦女問題的文章，用的是筆名「佩韋」，題爲《婦女解放問題的建設方面》〔註 38〕。編輯對他的文章給予了相當的關注，將其作爲社論發表。文中茅盾指出，中國的家庭體制不改革，不引進一個更有效的更民主的教育體制，不允許職業男女平等的地位，婦女解放問題以及賦予婦女平等權的問題就不可能解決。僅在 1921 年，茅盾就爲《婦女雜誌》寫了或譯了 15 篇文章來論述婦女平等權的問題。此外，1921～1922 年間，茅盾在《婦女評論》〔註 39〕（上海《民國日報》的副刊。茅盾和沈澤民是婦女評論社的成員）上發表了他關

　　　　月報〉話舊》，載《文藝報》第 15 期，1956 年，第 20 頁。
〔註 36〕茅盾，《冬天》，載《話匣子》第 73 頁。
〔註 37〕沈志堅，前面所引書，第 164 頁。
〔註 38〕《婦女雜誌》第 6 卷第 1 期，1920 年 1 月 5 日，第 1～5 頁。
〔註 39〕《婦女評論》第 28 期，1922 年 2 月 15 日。

於這個話題的觀點。後來，我們也可以發現茅盾與魯迅的兩個兄弟周作人和
周建人，以及其他13個婦女評論研究會〔註40〕的創社成員在一起。1921～1922
年間的同一個時期，茅盾在《婦女評論》上發表了大約40篇文章，其中大部
分是「隨感錄」。後來他又回到了關於婦女解放的問題。他的理論研究和後來
在革命活動中與婦女的會面有助於茅盾成為中國文學中的名人，因為他創造
了源於生活、具有高度藝術價值的女性人物。

　　1922年1月，經過一年多的暫時休整後，新文學的對頭們的聲音又重新
冒了出來，這次甚至比以前更有力，而且是以有組織的方式〔註41〕。其中有
哈佛大學的前校友，如吳宓、梅光迪、胡先驌和其他一些不那麼出名的人。

　　20世紀20年代開始的時候，歐文‧白璧德（Irving Babbitt）教授——新
人文主義的創立者和他們的老師——在他的著作《法國現代批評大師》
（*Masters of Modern French Criticism*）中闡述他的文學觀和以民主為中心的文
學批評觀。19世紀末20世紀初的時候，民主對他來說還只是偽民主，那些「目
光敏銳」的傳統的維護者失去了對文學品味的控制，自降身份去思考普通的、
大眾化的品味。運用常規語言去「描寫事物」對文學來講是危險的，其時文
學已經商業化和新聞化。他打下了民主化傾向的烙印，在現代文學中為人文
主義的謬論做了自我證明〔註42〕，並在托爾斯泰身上看到了這個謬論的極端
代表。根據周策縱和H. C. Meng的觀點，白璧德在1922年寫道：「他認識到
中國必須擺脫『偽古典形式主義』的常規，但同時督促中國的改革者保持那
些包含在其偉大傳統中的真理的靈魂；他警告國人不要模仿西方，『急切地想
要進步以致於把孩子和著洗澡水一起潑了出去。』」〔註43〕

　　在20世紀的轉折之交，白璧德成為了最重要的美國批評家之一，不是通
過他作品的質量，而是更多地通過他對作家們以及其他人產生的影響。

　　關於白璧德二、三十年代在美國和歐洲的情況已經有很多的論述了，或
許比其他任何的批評家都要多〔註44〕。即便在中國沒有人研究他而致於不被
人所注意，他也會是20年代早期以及後來的中國新文學，也是20年代末和

〔註40〕《婦女評論》第28期，第52頁，1922年8月2日。
〔註41〕這在中國現代文學運動的所有歷史中都有探討。
〔註42〕白璧德（Irving Babbitt），《〈法國現代批評大師〉結語》（*Conclusion to The Masters of Modern French Criticism*），波士頓和紐約，1912年版，第352～354頁。
〔註43〕周策縱，《五四運動史》第282頁。
〔註44〕貝特（W. J. Bate），《批評序言》（*Prefaces to Criticism*），第207～208頁。

30 年代初無產階級文學最有影響力的對手，尤其是對梁實秋而言。〔註 45〕

之後，無論是在中國還是在國外，對於這些「復古」的對手的諸多作品沒有詳細的研究。這些文章是用文言寫的，很難理解，在讀者接觸它們時並不能嚴肅對待其科學價值。魯迅在談到這些作者時說他很驚訝他們居然能把東西寫得如此愚蠢，如果說他對他們有什麼崇拜的話，那就是他們厚顏無恥到膽敢把這些東西發表出來〔註 46〕。第四章中論及茅盾以批評的態度對待胡先驌的文章，但同時也很鎮靜。然而，當吳宓和他的朋友們成為年輕的中國現代文學的危險時，茅盾採取的卻不是妥協的態度。他攻擊的一個例證就是他的文章《寫實主義流弊》〔註 47〕，文中他對吳宓把俄國寫實主義小說、黑幕小說和鴛鴦蝴蝶派小說放進了同一個籃子裏進行了猛烈的抨擊。茅盾指出了對南京學者來說仍然模糊不清的幾個重要問題。沈志堅回憶說，那個時候當茅盾與學衡派的追隨者筆戰時，鄭振鐸問茅盾為什麼他要那麼無情地嘲笑他們，茅盾這樣回答道：「我爭的是理論，不是為感情。」〔註 48〕

茅盾也沒有放過對黑幕派或鴛鴦蝴蝶派的攻擊〔註 49〕。在這些事件發生期間，《小說世界》雜誌將由商務印書館於 1923 年 1 月發行。顯然，商務印書館的管理層不能忍受他們的雇員在他們自己辦的刊物內一家卻反對另一家。他們通過解除茅盾《小說月報》主編的職務來阻止了這種情況（的發生、發展），任命鄭振鐸代替了這一職務，而茅盾則被派到了國文部。〔註 50〕

這標誌著 1921～1925 年間茅盾第二個時期的活動的開始。對商務印書館來說，這是惡意的懲罰。但對新文學運動而言，則意味著損失。實際上，茅

〔註 45〕《現代出版界》第 5 卷第 6 期上發表了一篇梁實秋的文章，題為《白璧德與人文主義》。梁實秋自己在《浪漫的與復古的》（上海，1928 年版）一書的序中（第 1 頁）承認白璧德對他作品的影響。他也編輯白璧德文章的中譯文並以剛才提到的那篇文章同樣的標題發表它們。參見梁實秋，《文學因緣》，臺灣，1964 年版，第 60 頁。

〔註 46〕《中國現代文學史參考資料》第 1 卷，第 78 頁。

〔註 47〕《文學旬刊》第 54 期，1922 年 11 月 1 日，第 2 頁。

〔註 48〕沈志堅，前面所引書，第 168 頁。

〔註 49〕參見如玄（茅盾筆名），《雜談》，載《文學旬刊》第 51 期，1922 年 10 月 1日，第 4 頁。其中可見四篇評論文章關注中國當代「流行的」短篇小說。也可進一步參見《真有代表舊文學舊文藝的作品麼？》，載《小說月報》第 13卷第 11 號，1922 年 11 月 10 日，第 2～3 頁。最重要的攻擊是茅盾的文章《自然主義與中國現代小說》。

〔註 50〕茅盾在那裡編輯中國古代哲學和文學作品，我將在該章最後討論這個問題。

盾繼續將自己致力於探討新文學的問題，但是結果卻不如從前，這從他的產出中顯而易見地反映出來了。從 1923 年 1 月 1 日到 1925 年底，他在雜誌上發表的文章不到 100 篇，這確實是個給人深刻印象的數字，但是跟前幾年比實質上是下降了。早在 1921～1922 年間，茅盾主要是在《小說月報》上發表文章（除詩歌、信件和海外文壇消息外有 77 篇），現在他則主要是在《學燈——文學》和《文學周報》上發表（總共有 64 篇文章）。

1923 年，茅盾的文學批評活動下降了，一直到這年年底當他對惲代英所寫的一篇於 1923 年 12 月 8 日發表在《中國青年》第 8 期上的文章做出反應時才又重新復活過來。這篇文章題為《八股？》。惲代英是個共產黨員，同時也是茅盾的朋友。他不是一個文學家，而是一個哲學家和政治家。然而，討論的這篇文章中所包含的字句多年來卻對茅盾產生了相當大的影響，儘管一開始茅盾並不完全同意這些觀點：

> 我以為現在的新文學若是能激發國民的精神，使他們從事於民族獨立與民主革命的運動，自然應當受一般人的尊敬；倘若這種文學終不過如八股一樣無用，或者還要生些更壞的影響，我們正不必問它有什麼文學上的價值，我們應當像反對八股一樣的反對它。
>
> 〔註51〕

茅盾的回答表明了他在文學批評的新階段開始時的觀點〔註52〕。沒錯，這個階段只有到了 1924 年的下半年和 1925 年的時候才變得很明顯，但是他的第一次火花可在這個回答中見出。〔註53〕

1923 年後，茅盾開始將自己更多地投身到非文學活動中。1923～1924 年間，或 1924～1925 年間，茅盾在由共產黨建立和領導的上海大學做了關於小說的發展和神話問題的演講〔註54〕。1925 年，他參加了五卅運動。比如，我們確信他以私人的名義參加了 1925 年 5 月 31 日在上海南京路的抗議

〔註51〕《中國現代文學史參考資料》第 1 卷，第 193 頁。

〔註52〕《雜感》，載《學燈——文學》第 102 期，1923 年 12 月 17 日，第 4 頁。

〔註53〕我將在第 8 章中討論這個問題。

〔註54〕葉子銘認為茅盾是 1923 年開始在上海大學做講座。他在上海大學講了大約 1 年的時間。在《茅盾傳》第 15 頁上，茅盾批註說是在 1924～1925 年間。葉子銘只談到了茅盾關於小說的發展那場講座。孔另境在《懷茅盾》一文第 67 頁上提及，茅盾也作了關於神話的講座。孔另境那時也在上海大學，他的證據可能更可靠些。

遊行。〔註 55〕

　　同一年，或者稍早些的時候，茅盾回到對莊子作品的研究。他準備了一個關於莊子的選集並且對其做了評注，寫了緒言。茅盾的《〈莊子〉選注本》出現在《學生國學叢書》中。與他十年前所爲相似的是，他又一次對莊子哲學中的無爲和無政府主義的成分做了特別的注釋。

　　「因爲莊子的根本思想是虛無主義，所以他把當時的兵亂苛政全不算一回事；他沒有出過一條『撥亂反之正』的方案。他不贊成那時的政治，也不贊成那時的各派思想；但是他儘管攻擊別人，卻不肯積極的和他所不贊成的思想爭有天下。因爲如果去爭，便與他的『獨與天地精神往來，而不敖倪於物；不譴是非，以與世俗處』的宗旨相反了。」〔註 56〕

　　他進一步寫道：「莊子的政治思想極近於現代的無治主義（即無政府主義）。」〔註 57〕茅盾從《莊子》中引了羅素幾年前在一本書中引用過的段落，羅素的這本書對茅盾的思想發展產生過影響〔註 58〕。他仍然認爲《莊子》這本書是中國思想史上「極重要的一頁」，但是卻勸誡讀者要採取歷史的研究態度。莊子之道不適合今之世。茅盾曾經信仰的無政府主義世界中的發生和繁榮，現在被其稱作「夢想——的理想世界」。〔註 59〕

　　這個時期茅盾仍然在繼續他的《淮南子》〔註 60〕的哲學作品以及一卷古詩集《楚辭》的研究。〔註 61〕

　　在很大程度上《淮南子》似乎對茅盾來說並沒有什麼興趣。至於《楚辭》，他發現其非常適合用來作研究中國神話的材料。

　　1925 年 12 月 31 日，茅盾在商務印書館持續了差不多 10 年的工作結束〔註 62〕。他選取了職業革命家作爲自己以後的工作。然而，由於發生了一

〔註 55〕《文學周報》上有茅盾的報告《暴風雨》，描繪了這場遊行。參見第 180 期，1925 年 7 月 5 日，第 66～67 頁。

〔註 56〕《莊子》第 5 版，上海，1938 年版，第 13 頁。

〔註 57〕在上述引文中。

〔註 58〕引用源自《馬蹄》一章。羅素引自前面所引書，第 34～35 頁以及茅盾，《〈莊子〉選注本》緒言，第 13～14 頁。

〔註 59〕同上，第 10 頁。

〔註 60〕《淮南子》，上海，1926 年版。

〔註 61〕《楚辭》，上海，1928 年版，共 97 頁。

〔註 62〕茅盾，《幾句舊話》，載司馬文森編，《創作經驗》，上海，1935 年版，第 49 頁。

系列的事情，他只得繼續這樣的狀態達一年半之久。

（三）

1926年1月1日，茅盾與另外四位同志登上開往廣州的「醒獅號」。他們五位是國民黨第二次會議的上海代表（其時正是國民黨與中國共產黨合作時期）。五位可能都是共產黨員。其中，惲代英甚至被選爲國民黨中央委員會的成員。〔註63〕

會後，茅盾沒有返回上海而是留在廣州作毛澤東的秘書。毛澤東那時代理汪精衛作國民黨中央委員會宣傳部的主任〔註64〕。除了每天的日常工作外，給茅盾的主要指示就是編輯《政治周報》。〔註65〕

1926年3月18日，「中山艦」事件在廣州爆發。蔣介石發動了對共產黨員的迫害行動，迫害那些不能採取有效措施保護自己的共產黨員。茅盾在1926年4月返回上海的原因還不太清楚，但他很可能是被黨的領導人派遣回去的〔註66〕。在上海，他作爲一個宣傳家展開工作，儘管他原本是派去做《國民日報》的主編的〔註67〕，這個刊物期望同時能獲得國民黨左翼和共產黨的支持。《國民日報》是國民黨的機關報，那時在很大程度上受到右翼的影響。國民黨的右派分子們想要將左翼分子從黨內排除出去，脫離與共產黨的一切合作。但是《國民日報》從來就沒有成立起來。〔註68〕

1926年7月，北伐戰爭開始。1926年10月10日，辛亥革命第15週年紀念日，武漢全部被北伐軍接管，準確地說是武漢將要在那時的革命中發揮最重要的作用。1927年1月，茅盾與妻子一起達到武漢，作爲北伐軍的陸軍上尉在黃埔軍校發表了演講〔註69〕。1927年5月6日，武漢的共產黨開始出

〔註63〕 參見玄珠（茅盾筆名），《南行通信》（I），載《文學周報》第210期，1926年1月31日，第330～331頁。問到他們去廣州的原因，茅盾在《茅盾傳》中是這樣回答的：「同去之人都參加國民黨第二次全國代表大會，是上海市的代表。第15頁」要瞭解惲代英的情況，可參見《惲代英生平》，載《上海周報》第2卷第23期，1933年11月2日，第358頁。

〔註64〕 楊甫，《茅盾的轉變》第122頁，以及孔另境，《懷茅盾》第67頁。

〔註65〕 茅盾的信息。

〔註66〕 茅盾，《幾句舊話》第50頁。

〔註67〕 在上述引文中。茅盾對關於他在上海的工作性質這個問題的回答如下：「實即共產黨員。（《茅盾傳》第15頁。）

〔註68〕 （宋）雲彬，前面所引書，第15頁。

〔註69〕 楊甫，《茅盾的轉變》第122頁。

版他們自己的日報——《民國日報》，茅盾做了主筆〔註70〕。那時，他主要從事編輯工作，僅寫一些重要的文章。〔註71〕

　　1927 年 7 月 26 日，國民黨中央委員會終止了與共產黨的合作。早在三天前，茅盾和他的另外兩個朋友離開了武漢，坐「襄陽丸」輪船沿長江去了九江，從那裡去了著名的廬山牯嶺〔註72〕。（人們）總是一成不變地認為茅盾是悄悄地去那裡恢復健康的，但是事實並非如此。武漢失利之後，中國共產黨將他們的勢力集中在南昌。對那些希望以最便捷、耽擱時間最少的方式到達南昌的人來說，九江是起點。1927 年 8 月 1 日，在南昌組織了由朱德和周恩來領導的南昌武裝起義。茅盾沒能到達那裡〔註73〕，因而延長了他呆在廬山的時間大約一個月左右。在廬山，他翻譯了愛德華多·柴瑪薩斯（Eduardo Zamacois）的短篇小說《他們的兒子》（*Their Son*）〔註74〕。8 月底，茅盾回到了上海。回去後，他發現妻子生了病（是流產了）〔註75〕，自己經濟上困難。而且，作為「紅色」的著名代表人物，他不得不時時躲避國民黨警察的監視。

　　那時茅盾是完全隱居的。文學研究會的成員中他可能只與葉聖陶有聯繫，其時葉聖陶是《小說月報》的主筆〔註76〕。魯迅和他最小的弟弟周作人曾經去拜訪過茅盾一次〔註77〕。那時他們住在同一條叫橫濱路景雲里的街上，幾乎是住對面。魯迅住在 23 號，茅盾住在 19 號半。這很可能是純粹的巧合。〔註78〕

　　可能是在茅盾回上海不久就著手《蝕》三部曲第一部的創作的，他將其取名為《幻滅》。這是他的第一部小說，以茅盾為筆名發表在《小說月報》上

〔註70〕 在《茅盾傳》中茅盾批註到：「當時武漢的《國民日報》的主席是董必武，我任總主筆，總經理是毛澤民……」（第 16 頁）。

〔註71〕 茅盾的信息。

〔註72〕 茅盾，《幾句舊話》第 54～55 頁。

〔註73〕 在《茅盾傳》中茅盾批註道：「在當時只能說『治病』，其實是革命到南昌集中，到九江後路斷，乃上牯嶺。待翻山到南昌，然而也不可能，結果下山回上海。」（第 17 頁）

〔註74〕 茅盾，《幾句舊話》第 54～55 頁。

〔註75〕 （宋）雲彬，前面所引書，第 19 頁。

〔註76〕 葉聖陶，《略談雁冰兄的文學工作》第 4 頁。

〔註77〕 茅盾，《紀念魯迅先生》，載茅盾等人合編，《憶魯迅》，北京，1956 年版，第 62 頁。

〔註78〕 孔另境，《憶魯迅先生》，載《文藝月報》第 10 期，1956 年 10 月，第 36 頁。

〔註 79〕。那是他第一次使用茅盾這個筆名。後來他在一篇關於魯迅的文章中以及在三部曲的第二部《動搖》中也用了這個筆名〔註 80〕。這部小說完成於 1927 年 12 月的某個時候〔註 81〕。1928 年初，茅盾翻譯了希臘作家帕拉默斯（K. Palamas）的短篇小說《一個人的死》（A Man's Death）〔註 82〕。2 月他寫了一篇題爲《創造》〔註 83〕的短篇小說。1928 年 4 月和 5 月間他完成了三部曲的第三部《追求》。〔註 84〕

在完成三部曲之後，茅盾馬上去了日本。在那裡，他以「方保宗」爲化名完全隱姓埋名了差不多兩年〔註 85〕。這次隱退的動機是啥還不太清楚，但似乎很可能是與政治有關，也有家庭的原因。

茅盾在日本的工作可以分爲兩個部分：一是寫批評文章、歷史，研究神話；二是做一個活躍的作家。

在茅盾呆在日本期間，他發表了如下科學著作：《小說研究 ABC》〔註 86〕、《中國神話研究 ABC》〔註 87〕、《近代文學面面觀》〔註 88〕、《現代文藝雜論》〔註 89〕、《六個歐洲文學家》〔註 90〕、《騎士文學 ABC》〔註 91〕、《希臘文學 ABC》〔註 92〕。同時，他還寫了著名的《西洋文學通論》〔註 93〕。《西洋文學通論》是瞭解茅盾 1928～1929 年間文學批評觀最好的史料。這部著作是以那時還不爲中國批評家所知的筆名「方壁」發表的。這個時期茅盾的文章有兩

〔註 79〕茅盾筆名的故事在葉聖陶的《略談雁冰兄的文學工作》有所描寫，第 4 頁。
〔註 80〕方壁（茅盾筆名），《魯迅論》，載《小說月報》第 18 卷第 11 號，1927 年 11 月 10 日，第 37～48 頁。
〔註 81〕伏志英編，《茅盾評傳》，上海，1931 年版，第 347 頁。
〔註 82〕帕拉默斯（K. Palamas）短篇小說在《小說月報》第 19 卷第 6～7 號，1928 年，第 710～712 頁和第 851～860 頁上發表。
〔註 83〕這個短篇小說是在 1928 年 2 月 23 日完成的。
〔註 84〕伏志英編，前面所引書，第 347 頁。
〔註 85〕根據單演義，前面所引書，茅盾在日本時所用的化名是保宗，但茅盾自己在《茅盾傳》第 18 頁上批註爲「方保宗」。
〔註 86〕上海，1928 年版，共 118 頁。
〔註 87〕2 卷本，上海，1929 年版，分別爲 106 頁和 107 頁。
〔註 88〕上海，1929 年版。文章被分別編號。
〔註 89〕上海，1929 年版。文章被分別編號。
〔註 90〕上海，1929 年版。文章被分別編號。
〔註 91〕上海，1929 年版，共 101 頁。筆名：「玄珠」。
〔註 92〕上海，1930 年版，共 110 頁。筆名：「方壁」。
〔註 93〕上海，1930 年版，1933 年第 2 版，共 324 頁。筆名：「方壁」。

篇值得注意，一是《從牯嶺到東京》，另一是《讀〈倪煥之〉》。〔註94〕

　　這個時期茅盾出版了兩本短篇小說集和散文集，以及一部小說。

　　第一個短篇小說集題為《野薔薇》〔註95〕，包括了從 1928 年至 1929 年第一個季度間創作的作品。在為這本關於中國年輕人（他們大部分是革命者）所寫的文集想一個名字時，茅盾回憶起了挪威作家約翰・博耶爾（Johan Bojer）的一個短篇小說，一個表達了生活就像是一支野薔薇的信念的短篇故事。茅盾想到了他的年輕的朋友們和敵人，想到了周圍那些「無趣而沉重的現實」，並贊同自己在作為批評家一開始時宣傳的觀點〔註96〕。茅盾寫道：「人生便是這樣的野薔薇。硬說它沒有刺，是無聊的自欺；徒然憎恨它有刺，也不是辦法。」〔註97〕在繼《蝕》之後，《野薔薇》是茅盾向那些年輕的、沒有經驗的、過度樂觀的中國革命者發出的又一次挑戰。這些革命者有意想要表明他們自己那當然不是革命者的形象。

　　茅盾為他的另一本集子選的名字是《宿莽》〔註98〕。當決定用這個名字時，他可能頭腦中想到了中國最偉大的詩歌作品，屈原的《離騷》。詩中「宿莽」是長壽和堅持不懈的象徵〔註99〕。茅盾這麼做是想表明他仍然是 1927 年革命失敗之時的那個作家，要改變是很難的。因為改變將意味著對這個自己在其中長大的文學傳統的反抗，意味著對已經決定了他並且還在塑造著他的環境的影響的反抗。茅盾希望在作品中改變的是他自己和他的主人公，但這不僅僅是因為他擔心歲月會把他拋在後面，他不用提防那些喜歡過分責難的批評家們。

　　1929 年 4 月至 7 月間，茅盾忙於小說《虹》的創作〔註100〕。即便是小說的名字也有一種象徵的、啟發的意義。在京都這個日本最美的地方之一，有色彩斑斕的群山圍繞，散佈著寺廟和聖祠，他興趣盎然地閱讀（已經是讀第三次了）俄國先鋒派戲劇家尼古拉・埃弗雷諾夫（Nikolai Evreynov）的劇本。

〔註94〕第一篇發表在《小說月報》第 19 卷第 10 號，1928 年 10 月 10 日，第 1138～1146 頁。第二篇發表在《文學周報》第 8 卷第 20 期，1929 年 5 月 12 日，第 591～614 頁。

〔註95〕1929 年在上海初版，第 7 版於 1933 年出版。

〔註96〕沈雁冰，《腦威現存的大文豪鮑具爾》，載《小說月報》第 12 卷第 4 號，1921 年 4 月 10 日，第 1～5 頁。

〔註97〕茅盾，《寫在〈野薔薇〉的前面》第 7 版，上海，1933 年版，第 VII 頁。

〔註98〕最初以 M. D. 為筆名發表在上海，1931 年版上。

〔註99〕參見林文慶，《離騷》，上海，1929 年版，第 62 頁和 121 頁。

〔註100〕茅盾，《〈虹〉跋》第 3 版，上海，1930 年版。

雨剛停，太陽出來了。茅盾寫道，他放下書，在下午的天空中他看到了一道彩虹，這讓他想起了古希臘關於春之女神普洛塞爾皮娜（Proserpine）的傳說，以及關於彩虹的傳說。彩虹也是希望的象徵〔註 101〕。在這本小說中，與這個時期茅盾其他的作品一樣，他描繪了周圍的現實，他那個時代和環境的現實，僅僅只是通過他的才能對其進行了再現。然而，與這個時期他的絕大部分作品相反，茅盾心中的目標在於表明在未來更好的事物中存在希望是有道理的。

可能是在 1930 年的 3 月或者 4 月，茅盾回到了上海〔註 102〕。這次回去標誌著他創作和批評發展的另一階段的開始。

（四）

我們已經看到 20 年代前期那些對文學批評感興趣的人——而且他們大都是文學研究會的成員——是如何努力介紹那些將對國民提供「基本知識」的作品的。與此同時，創造社的追隨者們則選擇了忽略這個要求。後面我們將有機會看到這個。

儘管似乎文學研究會的成員們在中國現代文學批評上有決定性的話語權，但事實證明卻完全不同。隨後的討論的語氣和重要的話題將是由創造社的成員們來決定的。

1923 年創造社的文學政策發生了根本的改變，郭沫若成了創造社的精神領袖。這時郭沫若決定將創造社的文學完全投入到為政治和社會鬥爭的服務中去。從德國的印象主義批評理論中他接納了藝術是「內在本性的產物」的觀點。「自我表現」觀不僅是文學和藝術的創造形式，也是生活的創造形式。在這種理論的影響下，郭沫若起來反對亞里士多德的模仿論，對自然主義、文藝復興傳統、文學藝術領域裏現代先鋒派之前的每一種藝術形式都予以猛烈的攻擊。從德國激進主義的理論（激進派是左傾的表現主義派）郭沫若接受了一種有效的反資本主義和反帝國主義的鬥爭思想，一種世界性的、和平主義的理念，以及與他自己國家的和整個世界的無產階級的一種曖昧的打情賣俏〔註 103〕。繼郭沫若之後是中共黨員惲代英和鄧中夏，他們提出了文學功

〔註 101〕茅盾，《虹》（此為小論文，馬立安・高利克），載《宿莽》第 129 頁。
〔註 102〕在《魯迅日記》第 770 頁上有一條關於 1930 年 4 月 5 日的簡短記載：「今晚聖陶、沈餘及其夫人來訪。「沈餘」為茅盾筆名之一。1930 年 4 月 10 日《出版月刊》第 4 期第 42 頁上也有一條簡短通告，說茅盾已回國。
〔註 103〕參見馬立安・高利克，《郭沫若的印象主義批評》（*The Expressionistic Criticism*

能的新概念，認爲文學應該在社會和政治領域發揮作用。

1925 年 9 月，《洪水》雜誌創刊。雜誌的投稿人大部分都是創造社的年輕成員。雜誌的風格，成員文章的風格，都是 1923 年《創造周報》開始時典型的郭沫若的宗旨。這種宗旨，充滿了相當強烈的偶像破壞的理念，但也帶著創造的思想。

第一期的序言，題爲《撒但的工程》，內容如下：

> 美善的創造是難能的而且是必需的，因爲他能從空虛混沌的無物中，變幻出光明燦爛的世界；沒有創造，便沒有世界。眞正的破壞也是難能的而且是必需的，因爲他是在虛僞醜惡的世界上，掃除去一切頑劣的怪物；沒有破壞，怪物便要大施猖獗。〔註 104〕

宣言繼而寫道：

> 技巧的大師，不能在舊屋沒有拆除的基地上築造巍峨的巨廈。眞正愛花的人們，也絕不肯袖手讓荊棘叢生在自己心愛的花園裏，把心愛的花兒淩踐致死。所以破壞是比創造更爲緊要。不先破壞，創造的工程是無效的。澈底的破壞，一切固有勢力的破壞，一切醜惡的創造的破壞，恰是美善的創造的第一步工程。〔註 105〕

嘴上念叨著這樣的信念，中國年輕的知識分子們對過去那些舊式的思想、藝術、科學、社會和政治信條發起了挑戰。1924 年，當《撒但的工程》寫出來時，他們的聲音還很弱，但是結果表明，他們是值得引起注意的。

然而，事實證明，這種力量是能夠被包圍、被控制的。這些人的激進主義常常只是膚淺而表面的，並非源自內在本質。他們的信念缺乏足夠有力的認識論的和情感的背景。他們在宣言中寫道：「我們並沒有什麼遠大的計劃，也沒有什麼巨大的野心，更沒有什麼主張。」〔註 106〕正是因爲這最後一點「沒有什麼主張」，它成了常常困擾他們的東西。而且因爲這個原因，他們並非是不可征服的。

創造社的早期成員中有郭沫若、郁達夫和成仿吾，年輕一些的有周全平，一個短篇小說家和散文家；葉靈風，一個劇作家，短篇小說家和散文家；洪

---

of Kuo Mo-jo)，載《東京漢學學會通報》(*Bulletin of the Tokyo Sinological Society*) 第 13 期，1967 年，第 231～243 頁。

〔註 104〕《中國新文學大系》第 10 集，第 110 頁。
〔註 105〕在上述引文中。
〔註 106〕《中國新文學大系》第 10 集，第 111 頁。

爲法，一個短篇小說家，散文家和文學批評家。

　　1926 年 3 月，《創造月刊》創刊。我們首先可以看到創造社老成員的名字中除郭沫若、郁達夫和成仿吾三人外，也有王獨清、穆木天、方國濤、張資平和鄭伯奇。年老一輩的劃分不如年輕一代偶像崇拜者的劃分那麼分明。郁達夫在《創造月刊》發刊詞中寫道：「我們所持的，是忠實的眞率的態度。」〔註 107〕

　　《創造月刊》也爲那些後來持不同的文學觀念的批評家如梁實秋提供了發表觀點的地方。然而刊物也表明，不管是創造社的成員還是他們的對手，都堅持了對不得不解決的問題採取「忠實的眞率的態度」的原則。

　　《創造月刊》第 5 期上發表了一篇郭沫若的文章，題爲《革命與文學》。創造社成員們認爲這篇文章是革命文學的討論的開始〔註 108〕，儘管眞正的開始應該是以成仿吾的文章，即 1927 年底或 1928 年初發表在該刊物第 9 期上的《從文學革命到革命文學》爲標誌。

　　革命文學的支持者、反對者以及各種文學社團的追隨者都加入到了這次討論中。討論得最多的作者 1927 年 10 月恰好在上海橫濱路景雲里街相遇了。革命文學的左派追隨者攻擊魯迅的文學觀。他們也因爲同樣的原因而攻擊茅盾，特別是由於他的《蝕》三部曲。在作品中，茅盾從與年輕的熱心分子通過想像不同的角度來反映革命。

　　在他們看來，魯迅是一個「有錢的有閒暇」的人〔註 109〕，一個「粉飾自己的沒落」的人〔註 110〕，一個「醉眼陶然地眺望窗外的世界」的人〔註 111〕。他們稱他是「資本主義以前的一個封建餘孽」〔註 112〕、「一位不得志的法西斯諦」〔註 113〕、「堂吉訶德」〔註 114〕等等。雖然從未有人用這種口吻寫過茅盾，

〔註 107〕《中國新文學大系》第 10 集，第 109 頁。

〔註 108〕李初梨，《怎樣地建設國民文學》，載《文化批評》第 2 期，1928 年 2 月 15 日，第 3 頁。郭沫若的文章見《中國現代文學史參考資料》第 1 卷，第 210 ～219 頁。

〔註 109〕成仿吾的觀點，參見《洪水》第 3 卷第 25 期，1927 年 1 月。

〔註 110〕成仿吾的觀點，參見《創造月刊》第 1 卷第 11 期，1928 年 5 月。

〔註 111〕馮乃超，《藝術與社會生活》，載《文化批評》第 1 期，1928 年 1 月 15 日，第 5 頁。

〔註 112〕杜荃（郭沫若的筆名）的觀點，參見李何林編，《中國文藝論戰》，上海，1932 年版，第 220 頁。

〔註 113〕同上，第 221 頁。

〔註 114〕李初梨的觀點，參見《請看我們中國的 Don Quixote 的亂舞》，載《文化批評》

但卻指責他「終於離開了無產階級文藝的陣營」〔註115〕以及「鼓吹小資產階級的文藝理論。」〔註116〕

然而，如果認爲這個時期中國文學批評的經歷僅僅就放在了這些指責與類似的攻擊上那就錯了。參與這場討論的批評家轉向外國文學，特別是從俄國文學、日本書學和美國文學批評中去吸取知識，武裝自己，以獲得言語的競爭和論戰中那些絕不簡單的話題。

第一個應該提及的是魯迅。在這個領域中他可能比其他的中國批評家都做得要多。1929 年的 6 月和 10 月，魯迅出版了兩卷阿納托利·盧那察爾斯基（Anatoly Lunacharsky）的譯文集《藝術論》（On Art）〔註117〕和《藝術與批評》（Literature and Criticism）〔註118〕。馬克·施奈德（Mark Shneider），可能是到目前爲止對二、三十年代中國對蘇聯文學批評的譯介最多的一位，認爲其第一卷是將《馬克思主義藝術理論綱要》（Outlines of the Marxist Theory of Arts）和文章《什麼是美學》（What is Aesthetics？）〔註119〕合譯成中文的《藝術與社會》一書。第二卷包括了一些盧那察爾斯基的研究成果〔註120〕。1930 年 7 月，魯迅出版了普列漢諾夫（G. Plekhanov）文章的譯本，書名是《藝術論》（On Art）〔註121〕。這個選集沒有達到前面提到的標準。僅有三篇文章達到了標準，包括《沒有地址的信》（Letters Without an Address）、文集《二十年》（In Twenty Years）的第三版前言以及《車爾尼雪夫斯基的文學觀》（Chernyshevsky's Literary Views）第二章的第一部分〔註122〕。此外，魯迅還通過日語譯介了俄國作品《文藝政治》（Politics in the Field of Literature and Art），其中包括 1925 年 5 月 18 日俄國共產黨中央委員會的決議，題爲《關於

第 4 期，1928 年 4 月 15 日。
〔註115〕錢杏邨，《從東京回到武漢》，載伏志英編，前面所引書，第 261 頁。
〔註116〕同上，第 293～308 頁。
〔註117〕大江書局出版。
〔註118〕水沫書店出版。
〔註119〕馬克·施奈德（Mark Shneider），《中國二三十年代馬克思主義美學著作的翻譯》（Translation of Works in Marxist Aesthetics in China of the Twenties and Thirties），載《亞非人民》（Peoples of Asia and Africa）第 5 期，1961 年，第 190 頁。》
〔註120〕在上述引文中。
〔註121〕光華出版社出版。
〔註122〕馬克·施奈德，前面所引書，第 191 頁。

在文藝領域內黨的政策》（*On Party Policy in the Field of Literature*）〔註123〕。他還翻譯了好幾部不太出名的俄國文學和批評作品。〔註124〕

1929年4月，魯迅出版了日本文學批評家片上伸（Katagami Noboru）的更加廣泛的作品譯文，書名爲《現代新興文學的諸問題》。這本書與盧那察爾斯基的《藝術論》〔註125〕一起被劃進了國民黨的禁書目錄中。在同時出版的魯迅《壁下譯叢》中，魯迅向中國讀者介紹了盡可能多種類的日本無產階級文學和當代文學批評作品，如廚川白村、有島武郎（Arishima Takeo）、片上伸、青野季吉（Aono Suekichi）以及其他作家。〔註126〕

除魯迅外，馮雪峰向中國讀者介紹俄羅斯的文學批評作品也很活躍，尤其是通過翻譯普列漢諾夫的文學社會學著作。〔註127〕

大約同一時期，或者是稍晚些，科根（P. S. Kogan）和弗拉迪米爾·弗里契（Vladimir Friche）的作品可獲得中文譯本〔註128〕。同樣，列夫·托洛茨基（Leo Trotsky）的著作《文學與革命》（*Literature and Revolution*）也出現在《未名社叢書》中譯本中，這套叢書是魯迅主編的。〔註129〕

除片上伸外，那個時候在中國還有另一個很出名的日本無產階級批評家藏原惟人（Kurahara Korehito），是以俄國無產階級作家聯盟爲中心的文學批評理論的代表人物。〔註130〕

一篇關於藏原惟人的文章《通向無產階級現實主義的路》（*The Road Towards Proletarian Realism*）的譯文發表在1928年7月那一期的《太陽月刊》上。發表時文章改名爲《到新寫實主義之路》〔註131〕。那個時代在中國，術語「新寫實主義」代表的常常是「無產階級現實主義」，正如主要由藏原惟人

〔註123〕水沫書店出版。
〔註124〕參見《魯迅譯文集》第10卷，北京，1958年版。
〔註125〕片上伸的作品可參見《魯迅譯文集》第5卷，北京，1958年版，第361～402頁。也可參見《全國總書目》，上海，1935年版，第351頁。
〔註126〕《魯迅譯文集》第5卷，北京，1958年版，第133～3562頁。
〔註127〕馮雪峰翻譯了普列漢諾夫的《藝術與社會生活》。參見《全國總書目》第349頁。
〔註128〕同上，第357頁。參見沈端先（夏衍）譯《現代俄國文學史綱》和《偉大的十年間文學》。
〔註129〕托洛茨基（L. Trotsky）的著作在《全國總書目》中沒有提及。
〔註130〕RAPP，即俄國無產階級作家聯盟，是二十世紀末、三十年代初蘇聯無產階級文學組織中最重要的。
〔註131〕首次發表在《戰旗》第1期上，1928年5月。我沒能找到中文文本。

在日本和佐寧（A. Zonin），蘇聯俄國無產階級作家聯盟最重要的成員〔註132〕在蘇聯所宣傳的那樣。這篇文章的續文《再論到新寫實主義之路》發表在1930年1月第1期《拓荒者》上〔註133〕。在中國，這種新主義最熱情的先驅是錢杏邨〔註134〕。那個時期藏原惟人的作品相對來說經常出現在中文的刊物上，後來也以書的形式由現代出版社以《新寫實主義論文集》為書名出版。〔註135〕

除藏原惟人的著作外，中國讀者有機會接觸到有島武郎的作品，特別是他的《生活與文學》（*Life and Literature*）〔註136〕。甚至也有機會接觸青野季吉的作品，尤其是他的《新興藝術概論》（*An Outline of Proletarian Art*）〔註137〕；平林初之輔（Hirabayashi Hatsunosuke）的《文學之社會學的研究》（*A Sociological Study of Literature*），以及其他許多作者的不那麼出名的文章。〔註138〕

在文學批評的美國潮中，最引人關注的是又一次專注於新人文主義，特別是其主要代表人物白璧德。《新月》上發表了一本關於他的著作的譯本，書名為《白璧德與人文主義》。〔註139〕

經過了兩年的熱烈討論，中國左翼作家聯盟（左聯）於1930年3月初成立。成員們大多是左傾的批評家和作家。這樣，中國作家加入了無產階級文學的世界前沿。這件事對中國文學生活產生了長遠的影響。許多作品由那些公開表示對無產階級給予同情或站在其一邊的作家創作出來。文學批評領域裏的相互攻擊停止了。無產階級文學批評既沒能在魯迅一邊，也沒能在其左傾的反對者一邊取得勝利。如果我們不去考慮左聯的官方文件的話，這是不可能意見一致的，而且還有討論和交換意見的餘地。

1930年3月見證了一個新的開始，而且在整體上，是中國文學批評史上有趣的一頁。

〔註132〕馬立安・高利克，《中國現代文學批評研究之三：錢杏邨與無產階級的現實主義理論》（*Studies in Modern Chinese Literary Criticism: III. Ch'ien Hsing-ts'un and the Theory of Proletarian Realism*），載《亞非研究》（*Asian and African Studies*）第5期，1969年。
〔註133〕這篇文章的日文文本發表在《朝日新聞》（*The Asahi News*）1929年8月上。
〔註134〕參見該章注釋第133條提及的文章。
〔註135〕《全國總書目》第351頁。
〔註136〕同上，第351頁。
〔註137〕同上，第350頁。
〔註138〕同上，第351頁。
〔註139〕同上，第371頁。

第六章　論文人、文學的本質及其功能

（一）

　　茅盾文學批評生涯中所寫的第一篇文章《文學和人的關係及中國古來對於文學者身份的誤認》〔註1〕是作為文學研究會的「官方」言論而發的。文章論述了本章標題所示的一些文學問題。

　　茅盾寫道：「我們試把一部二十四史翻開來，查查它的文苑列傳，我們——如果我們的思想是不受傳統主義束縛的——要有什麼感想？我們試把古來文學家的文集翻開來查查他們的文學定義（就是當文學是一種什麼東西），我們更要有什麼感想？」〔註2〕

　　自然，答案會是相當廣泛的。

　　茅盾有些誇張地認為，古來文學者是「詞賦之臣」，是「粉飾太平的奢侈品」，或是「弄臣」。僅從此點出發，他探究了中國傑出文人的漫長歷史，其第一部分是還不到 1500 年前的顏之推（531～591）寫的，並選取了東方朔（約公元前 161～前 86）的故事。實際上東方朔是漢武帝宮廷裏的弄臣，常常被迫講一些趣事以娛樂達官貴人。寫到東方朔這個人時，顏之推認為他的語言「滑稽不雅」〔註3〕。根據中國古代的美學理念，尤其是「雅」，即「優雅」、「雅正」，應該是一首好詩的顯著特徵。考慮到東方朔可能算是除司馬相如（179～118？）之外那個世紀最偉大的詩人，認為他是一個取悅別人的宮廷弄

〔註1〕　《小說月報》1921 年第 12 卷第 1 號，1921 年 1 月 10 日出版，第 8～10 頁。
〔註2〕　同上，第 8 頁。
〔註3〕　顏之推，《顏氏家訓》，載《叢書集成》，長沙，1937 年版，第 82 頁。

臣的看法被看成是他的那些政治上的敵人對他的一種侮辱。再舉茅盾提到的揚雄（公元前53～公元18）為例。但是由於茅盾這次選了一個文本並做了錯誤的引用，他歪曲了揚雄的觀點。揚雄不想寫詩，儘管這並非是由於社會的或政治的原因〔註4〕。為了更加完美（具有說服力），茅盾又提到了司馬遷（公元前145～前86）這位同時為中國最偉大的歷史學家與文人之一的人。司馬遷執筆為太史公，結果與朝廷發生衝突而受宮刑。〔註5〕

但並非僅是帝王對古代中國的詩人和文人懷有不正確的態度，像呂不韋（？～公元前235）、劉安（？～公元前122）及其他的達官貴人們也一樣有這樣的態度。〔註6〕

即使我們讀完中國古代文學批評家所有的作品，要回答「文學是什麼」這個問題也是徒勞的。這可能是因為中國古代哲學的特徵，認識論還沒有達到如希臘思想的這個水平，但我們能在其中找到「文學有什麼作用」這個問題的答案。因而當茅盾詢問中國古代對於文學的定義時，他很可能是在無意識地回答後一個問題。

我們發現，對此問題中國古代有兩種相反的回答。

第一種是「文以載道」，即古代聖賢提出的「道」〔註7〕，很可能是指儒家思想的根本或與其相一致的東西，或至少是不與其相悖的東西。文學被認為是相當功利的，因而文章是對聖君賢相的歌功頌德，是對善男惡女的摹寫。

對這個問題的第二種回答並不十分模糊不清，比如它可以被稱為是「文以消遣」。對於此種文學茅盾並不反對，很顯然他發現跟另一種相反的類型相比較自己更喜歡這種。為什麼文學誠然不許作者書寫自己的情感呢？在他看來，也許通過書寫作者自己的情感也可以創作出好的文學作品來，但它只是

〔註4〕 茅盾引揚雄《法言十卷·吾子篇》中的觀點「雕蟲小技，壯夫不為」，即「成年人不會去雕刻篆刻，不會去做微不足道技能的事」。該書第1a頁上有如下對話：「或問：『吾子少而好賦。』曰：『然。童子雕蟲篆刻。』俄爾曰：『壯夫不為也』」（茅盾將「雕蟲篆刻」改為了「雕蟲小技」。「雕蟲篆刻」與「雕蟲小技」兩個詞之間的差別並不重要，重要的是陳述本身。揚雄意識到這樣一個事實，即他那個時代的賦是對前輩們的模仿。也因為這個原因，成人後的他不再作賦。（該信息可參見《小說月報》第12卷第1號，第8頁和《法言十卷·吾子篇》第1a頁。譯者注。）

〔註5〕 參見沈雁冰，《近代文學體系的研究》，載劉貞晦編小冊子《中國文學變遷史》，北京，1921年版，第2～3頁。

〔註6〕 關於呂不韋和劉安的作品是宮廷文人所為。

〔註7〕 沈雁冰，《文學和人的關係及中國古來對於文學者身份的誤認》第8～9頁。

「作者一個人的文學」，而非「時代的文學」，更說不上是「國民文學」。〔註8〕

當通過他的文學觀這面棱鏡來分析這兩種文學時，（其中托爾斯泰受到強調，泰納的觀點也開始受到關注）茅盾這樣說：「我國古來的文學者只曉得有古哲聖賢的遺訓，不曉得有人類的共同情感。只曉得有主觀，不曉得有客觀；所以他們的文學是和人類隔絕的，是和時代隔絕的，不知有人類，不知有時代。」〔註9〕

這個問題及各種回答引起了茅盾更深入的思考。由於中國的文學批評家和文人還沒有正確解決文學和人的關係問題，沒有搞清楚文學在一個國家的文化框架中的功能問題，使得中國的文學發展與歐洲的不同。文學作品不應該只屬於作者一個人，其目的在於表達生活的複雜性，反映時代的背景。在茅盾豐富的作品中，分析的這篇是他唯一一篇將文學等同於科學的文章。其中被研究的對象是人生，是他加以了特別強調的現時的人生。文學研究運用的工具是三種主要的文類——詩、劇本和說部（原文為「說部」Fiction，高利克用了 Prose 一詞）。正是因為科學家是由他研究和處理的對象決定的，因此，對於作家來說也一樣。通過創作一部不受限制的作品來克服這種獨立性將意味著生產出不能令人滿意的文學作品，這與科學家試圖避開他賴以工作的事實的決心是一回事。而且，這樣做也不會通向科學。文學作品的對象是人生，其各種可能性涵蓋了全人類。通過美學的手段綜合地表現人生是作家的職責。自然，這在一定程度上有被濃縮的成分。茅盾明確指出，沒有一毫私心不存一些主觀。茅盾在這句話之前的幾行中承認，僅僅只將作者自己作為書寫的對象，即作者書寫自己也是可以創作出好作品來的。然而這裡，在他對辯論的熱情之中，他卻譴責此種文學。科學與文學之間的等號、隨之而來的客觀性以及對人類生活最廣泛、最深程度的表現的要求使得茅盾，如果不是全部那也是從文學的現代時期對這種文學作品採取反對的態度。在他看來，文學舞臺是世界的，也是民族的，因此，它表達的情感也應該如此。只要主體（作者的主體）出現在文學作品中，它就應該成為客觀因素唯一的傳遞者，一面轉化重要的客觀事物的棱鏡。這些重要的客觀事物即是民族的和全人類的生活。茅盾認為，只有這樣的文學才是人的文學，真的文學。與他國歷史和文學事實的對抗使得茅盾和他的同事們意識到改變中國古來對於文學者的

〔註8〕 沈雁冰，《文學和人的關係及中國古來對於文學者身份的誤認》第9頁。
〔註9〕 在上述引文中。

社會作用、文學及其任務的態度的必要性。不無道理，僅是這種努力，這種改革文學的基本方面的努力，就表明了他組織建構中國現代文學的首次努力。

其根本的要求是：作家的個性自由、相應的社會地位、對自己所從事的工作的社會責任的認識和對文學作為通過作家的感覺和手中的筆來對客觀事實的客觀反映的認識。文學應該如對科學一樣進行判斷，而且更甚，因為科學已經於本世紀 20 年代在中國知識分子眼中贏得了其穩固的地位。

（二）

對客觀事實進行客觀反映的要求表明了對作家作品最廣泛的有效性的認識。除非他的作品只是一時的娛樂，那作家就應該表現出一種重要的社會力量。如果更重要的，他們的職責在於「溝通人類感情代人類呼籲的唯一工具」，那麼，他們也應表現世界的力量。〔註 10〕

中國的文學者必須意識到這個使命，他們不再只是傳統道德的闡釋者，或者消遣品的生產者，他們必須成為新的福音的倡導者。作為一種嘗試，這個新的福音這次是文學，它等於人生。對茅盾來說，這個新的福音、文學和人生，三者是同義的。〔註 11〕

這個觀點並非只為茅盾獨有，否則的話，它們就不能完成其在思想世界中應該完成的作用。是誰寫的《文學研究會叢書緣起》〔註 12〕這篇文章還是個謎。其作者可能是鄭振鐸，而且文學研究會的其他成員可能對其作過評論。文章認為文學是「人生的鏡子」，唯有它能夠「立在混亂屠殺的現世界中，呼喚出人類一體的福音。」「他的偉大與影響是沒有什麼東西能夠與之相併的。」〔註 13〕總之，在中國文學批評中，文學在社會中的重要性被誇大不是什麼新鮮事。梁啟超認為小說是文學的「最上乘」，是社會和政治生活中無處不在的力量。〔註 14〕

1921 年，茅盾寫了《近代文學體系的研究》，文章的第一部分討論了文學

〔註 10〕 沈雁冰，《文學和人的關係及中國古來對於文學者身份的誤認》第 10 頁。
〔註 11〕 在上述引文中。
〔註 12〕 趙家璧編，《中國新文學大系》第 10 集，上海，1935 年版，第 72～74 頁。
〔註 13〕 同上，第 73 頁。
〔註 14〕 參見馬立安·高利克，《論外國思想對中國文學批評的影響，1898～1904》（*On the Influence of Foreign Ideas on Chinese Literary Criticism*, 1898～1904），載《亞非研究》（*Asian and African Studies*）第 2 期，1966 年，第 40 頁。

與哲學的關係。他認為每個想要瞭解近代文學的淵源的人都應該研究近代哲學史，沒有牢固的意識形態結構的文學是立不住腳的（茅盾原文為：沒有一種立得住，傳得下的文學，不靠思想做骨子）。茅盾提及盧梭這位代表了近代的開始的人物，然後是福樓拜和其他人，最後是安特萊夫和葉芝，並肯定「文學即是新思想，新思想即是文學。」〔註15〕

　　將茅盾的這些「荒謬的」觀點水平放置的話，我們可以得到這樣的組合：

　　　　　文學＝科學＝人生＝新福音＝新思想

　　如果將這個相當絕對的組合加以調整，其可被理解成：文學，應該是對客觀現實最客觀的反映，它應以通過選擇和描寫雖說不上是全人類的但與一國相關的事物來獲得廣泛的有效性為目標。對廣大的讀者來說，它應該是認知的源泉，這種源泉應以高度科學的、哲學的和倫理學的知識為基礎。當然，這種反映應該通過藝術的手法加以表現。

　　這就構成了茅盾對文學進一步思考的一個重要基礎。根據此觀念，他對文學的功能進行了思考，並得出如下結論：「無非欲使文學更能表現當代全體人類的生活，更能宣洩當代全體人類的情感，更能聲訴當代全體人類的苦痛與期望，更能代替全體人類向不可知的運命作奮抗與呼籲。」〔註16〕作為文學革命的代表人物，他認為與舊時代的文學相反，現代文學更能完成這些目標。自然，直到語言和區域的差別被去除，新文學運動不免都會帶有強烈的民族色彩。茅盾例舉了愛爾蘭的新文學運動和用意第緒語進行創作的猶太文學運動〔註17〕。同樣的情形也可能發生在中國的新文學運動中。〔註18〕

　　上個世紀的後半葉與前半葉一樣，以歐洲的影響或多或少浸入中國人生活的各個方面為特徵。中國現代文學又回到了這種影響開始非常受關注而且在大體上改變了其外貌的時期。因此，茅盾這種沒有表達出自己對世界文學進行採納的態度的新文學觀是令人難以置信的。

　　茅盾自己對於介紹世界文學的態度已經在他以筆名「佩韋」所寫的宣傳文章中表達出來了。他寫於1921年的《新文學研究者的責任與努力》這篇文章把他的態度表現得更清楚。茅盾在文章中寫道：「介紹西洋文學的目的是欲

〔註15〕沈雁冰，《近代文學體系的研究》第9頁。
〔註16〕郎損（茅盾筆名），《新文學研究者的責任與努力》，載《小說月報》第12卷第2號，1921年2月10日，第2頁。
〔註17〕在上述引文中。
〔註18〕在上述引文中。

介紹他們的文學藝術來，一半也為的是欲介紹世界的現代思想——而且這應是更注意些的目的。」〔註19〕換句話說，茅盾將一部藝術作品思想的啟示和精神的價值放在了首位。

1921～1922 年間，應將世界文學的什麼東西和如何將其介紹給中國大眾成了一段時期討論的主題。中國現代文學最傑出的代表們在這個問題上不能達成共識。茅盾的觀點，受到了文學研究會成員的支持，但卻被創造社領導人物郭沫若攻擊。在 1922 年《小說月報》第 7 號上發表的萬良春的一封信主張如《浮士德》、《哈姆雷特》、《神曲》這樣的名著應該被譯成中文。對此茅盾回答說翻譯《浮士德》等書「也不是現在切要的事」，「個人研究與介紹給群眾是完全不相同的兩件，未可同論」，因為「個人研究固能惟真理是求，而介紹給群眾，則應該審度事勢，分個緩急。……」〔註20〕

茅盾與鄭振鐸都強調，將所有受人尊敬的藝術作品都譯成中文，用他們的話來說，是「不經濟的事」〔註21〕。然而，他們不是從經濟的角度而是從「新文學運動的目標」來思考這種「不經濟的事」的〔註22〕。如茅盾主張，由於王爾德的「藝術思想」與現代精神相反，不應該漫無分別地對其作品進行翻譯。〔註23〕

在此期間，郭沫若翻譯了《浮士德》。由於茅盾和鄭振鐸所持觀念的緣故，這部譯作沒有得到他的親睞。這不是他反對的唯一原因，因為他也不贊同通過不同的手段來判斷個人研究和介紹外國文學的那種傾向。至於對偉大經典的翻譯，他進一步說這不是浪費，因為更多的人閱讀的是中文而非原著。〔註24〕

除了文學的本質和向群眾介紹文學作品的問題外，茅盾還對如何創作出一部好的作品給予了關注。應該強調的是，茅盾認為後兩個問題是同等重要的。

〔註19〕郎損，《新文學研究者的責任與努力》第 3 頁。

〔註20〕見「通信」專欄，第 2 頁。(高利克沒有注明準確的具體信息，應為：《小說月報》第 13 卷第 7 號「通信」專欄，第 3 頁。譯者注。)

〔註21〕據郭沫若所說，鄭振鐸發表了一篇題為《盲目的翻譯者》的文章，文中他表達了這樣的觀點。我不知道這篇文章。參見：郭沫若，《論文學研究與介紹》，載《沫若文集》，北京，1959 年版，第 134～135 頁。

〔註22〕郎損，《新文學研究者的責任與努力》第 3 頁。

〔註23〕在上述引文中。

〔註24〕郭沫若，《論文學研究與介紹》第 139 頁。

尤其是在其後的兩年裏，茅盾開始關注中國年輕的文學創作。儘管他沒有忽略介紹各國文學的問題，這個問題對他而言仍然是非常重要的。

1921 年的早些時候，茅盾對他認爲的中國新文學作品的三個缺點予以了關注。

其一是作品缺少「活氣」。他確實用了「humour」一詞，但實際上這個詞有更寬泛的意思，獲得這種「活氣」最根本的前提是對被描寫的對象完全熟悉，擁有一些人生的經歷並對其產生一些深刻的印象〔註25〕。

其二是作品沒有「個性」，即作家的人格，左拉稱爲「氣質、個性」（tempérament）的東西。在文中已經討論過的所有問題之後，茅盾對作品中作者人格的表現的要求似乎顯得有些奇怪，然而，這與茅盾的文學理論體系卻是相當吻合的。他是一個決定論者，贊成物質世界與精神世界的事情之間是相互決定的，但他並不贊同宣稱人的所有創造性活動是不必要的機械決定論。在他的文學理論中，作者主體有一個確定的位置，而不是僅僅宣稱沒有主體就不能瞭解或表現客體。被表現的客體被作家的人格著上了色彩，並且，如果他真的是一個傑出的個體的話，一部好的藝術作品就可能被創作出來。茅盾反對的只是作者的主觀性，其次是對不考慮被表現物體的客觀決定性，僅憑個人的觀點、愛好、趣味來決定對被表現事物的那些態度〔註26〕。

其三是這類作品太多摹仿，因而缺乏生動性，也不可能在其中找到對作者人格的反映。作品的主人公大都是摹仿的，只有作品的背景是作者自造的。然而，通過對主人公的摹仿，作品顯得與客觀事實不相調和。〔註27〕

這個觀點在文章《評四、五、六月的創作》中得到了鞏固〔註28〕。文章在總體上對 120 多篇小說和 8 部劇本進行了分析。研究如此多數量的作品得出的其中一個結論是：愛情小說中，超過總數百分之五十五的故事，不僅所創造的人物都是一個面目的，而且「人物的思想是一個樣的，舉動是一個樣的，到何種地步說何等話，也是一個樣的。」〔註29〕

茅盾提醒年輕的作者注意兩個不可缺的條件，即觀察的能力和想像的能力。爲了避免片面性，在文學創作中二者都要運用〔註30〕。有助於文學表

〔註25〕 郎損，《新文學研究者的責任與努力》第 4 頁。
〔註26〕 在上述引文中。
〔註27〕 在上述引文中。
〔註28〕 《小說月報》第 12 卷第 8 號，1921 年 8 月 10 日，第 1～4 頁。
〔註29〕 同上，第 3 頁。
〔註30〕 郎損，《新文學研究者的責任與努力》第 4 頁。

現的是分析與綜合。爲了在作品中甚至在整個文學活動中獲得滿意的效果，僅僅使用前者或後者都是不夠的。〔註31〕

　　由於中國新文學應該是民族的，茅盾同時也對「國民性」這個問題給予了關注。到目前爲止，茅盾還未爲其讀者提供滿意的答案。儘管他堅信中國國民性的存在，但他未在任何一篇文章中對這種特性予以描繪。〔註32〕

（三）

　　1922 年茅盾的文學觀有稍許修正。1921 年下半年開始的時候，他仍然認爲中國絕大部分新文學作品都是摹仿之作。他讀過托爾斯泰的作品，在托氏看來，低劣的現代藝術的四大特徵之一即是對過去的或者名家作品的摹仿。1922 年的時候，參考《1921 年第二季度文學作品批評》一文中相似的事實，茅盾認爲中國現代文學作品的「千篇一律」是因作者生活其中的「環境」而非摹仿所造成的。〔註33〕

　　眾所周知，「環境」代表的是所謂的三種重要因素之一。可不可能是泰納的影響戰勝了托爾斯泰的影響呢？在回覆《小說月報》1922 年 4 月號上王晉鑫的信中茅盾寫到：「現在我最信仰泰納（Hippolyte Adolphe Taine）的純客觀批評法，此法雖有缺點，然而是正當的方法。」〔註34〕

　　已經不止一次表明，在 1922 年的文章《文學與人生》中茅盾與泰納的文學理論最接近〔註35〕。

　　茅盾在文中寫到：「文學是人生的反映。人們怎樣生活，社會怎樣情形，文學就把那種種反映出來。譬如人生是個杯子，文學就是杯子在鏡子裏的影子。」〔註36〕

　　茅盾進一步解釋了文學與人種的關係。他認爲不同人種的文學如同他們的膚色、頭髮和眼睛一樣，也是變化的。儘管這點表達得很概略，但泰納的觀點仍然可從這個陳述中看出來。

〔註31〕在上述引文中。
〔註32〕在上述引文中。
〔註33〕沈雁冰，《文學家的環境》，載《小說月報》第 13 卷第 11 號，1922 年 11 月 10 日，第 1～2 頁。
〔註34〕《通信》第 3 頁。（高利克沒有注明準確的具體信息，應爲：《小說月報》第 13 卷第 4 號「通信」專欄，第 3 頁。譯者注。）
〔註35〕《中國新文學大系》第 2 集，第 149～153 頁。
〔註36〕同上，第 150 頁。

在泰納的三種主要因素中，茅盾顯然認爲環境是最重要的。它包括作者周遭的一切，如家庭、朋友、住所、空氣等，它不僅僅是物質性的問題，同時也是不同的哲學傾向的問題。茅盾認爲，一個作家主要受環境的影響。他在一篇文章中寫到：「環境在文學上影響非常厲害」。〔註37〕在另一篇文章中他也強調了環境極大的廣泛影響〔註38〕。他甚至寫了一篇短文來論述環境與作家之間的關係。〔註39〕

茅盾將泰納的術語「moment」譯爲「時代」，但他覺得用「時勢」一詞更恰當些。他並不像泰納那樣是個極端的決定論者。他認爲可將「moment」這個術語進一步限定爲「時代的精神」〔註40〕。或許並非偶然，他的觀點與哈德森（W. H. Hudson）在其書《文學研究導論》（*An Introduction to the Study of Literature*）中的解釋相似。哈德森贊同泰納的「moment」僅意指「時代的精神」這個觀點，而且他用了三頁半的篇幅來闡述文學與時代的精神之間的關係。時代的文學被理解爲是「其特有的精神與理想的表現」〔註41〕。茅盾將這些特有的時代精神看成是一種科學的精神。正因爲這個原因，西方文學是寫實的。科學的精神以「求眞」爲特徵，這也是爲什麼文學以「求眞」爲唯一目的。科學的方法強調客觀的觀察，因此文學作品中應該採用客觀的描寫。〔註42〕

對茅盾對泰納純科學方法的信任應持保留的態度。茅盾並不依附泰納本人，甚至他是否讀過泰納的主要作品也不能確定。假如是這樣的話，他則是在以自己的方式闡釋它們，根據他自己的心理傾向來思考它們，將其包括進他自己的批評體系中，通過這樣的方式使其在本質上失去了大部分。茅盾倣仿泰納的批評家或者他的批評的追隨者。當他在那三個重要的客觀因素中添上第四個主觀的因素，即「作家的人格」時，他並非是在創新。他之前已經有許多人提過，並且其中有些人，如前面提到過的哈德森以及亨特教授（T. W. Hunt）在專著《文學：法則與問題》（*Literature: Its Principles and Problems*）的觀點，在某種程度上甚至影響了中國現代文學批評的進程。茅盾很可能用

〔註37〕在上述引文中。
〔註38〕如在《文學與政治社會》中，載《小説月報》第 13 卷第 9 號，1922 年 9 月
　　　　10 日出版，第 1～3 頁。
〔註39〕沈雁冰，《文學家的環境》第 1～2 頁。
〔註40〕哈德森，前面所引書，第 50 頁。
〔註41〕同上，第 42 頁。
〔註42〕沈雁冰，《文學與生活》第 152 頁。

了亨特這本書。〔註43〕

在泰納的主要因素中，茅盾著重強調了環境和時代精神的影響。然而，他並沒有像他那樣經常地或嚴格地使用它們。他贊成，它們中的哪一個，甚至他經常提到的作家的人格，在介紹一部文學作品時，都並非完全重要。茅盾將「社會背景」這個術語放進了他的理論和批評體系中，認爲「社會背景」表現了比作家的人格或泰納的主要因素更重要的力量。他斷言「文學的背景是社會的」，「背景」就是「所從發的地方」。〔註44〕

茅盾在文章《社會背景與創作》〔註45〕中闡述了社會背景及其與作家的創作活動之間的關係問題。很有趣的是，在這篇文章中他沒有採用泰納的觀點，儘管他是可以用它們的，因爲泰納主要是從社會性方面來研究文學並試圖以他對藝術作品的敘述爲基礎來闡釋人的感覺和思想〔註46〕。茅盾沒有做仿任何歐洲作家，儘管他用他們來闡明自己的社會背景的基本概念。

茅盾是以《詩經》序來開始自己的這篇文章的。《詩經》序對文學的社會功能加以了解釋：「治世之音安以樂，亂世之音怨以怒，亡國之音哀以思。」〔註47〕顯而易見，茅盾是在更寬的層面上來思考「音」這個字的，將其看成一種更普遍的藝術的表達，因爲他在其後加上了如下的評論：「這就是說，什麼樣的社會背景便會產出什麼樣的文學來。這幾句話的觀察本來是不錯的，但一向的人都認爲『安以樂』、『怨以怒』、『哀以思』的『音』是『治世』、『亂世』、『亡國』之兆，卻未免錯了！我們可以說正因爲是亂世，所以文學的色調要成了怨以怒；是怨以怒的社會背景產生出怨以怒的文學，……」〔註48〕

這篇引用《詩經》的文章通過例舉烏克蘭、波蘭、匈牙利的文學以及猶太意第緒語文學來做了說明。在說明的最後茅盾說「『怨以怒』的文學正是亂

〔註43〕同樣有趣的是，茅盾演講的題目和亨特這本專著的其中一章題名是一樣的，都是《文學與生活》。亨特的這本書於 1906 年在倫敦——紐約出版。（關於此信息，可以參見馬立安·高利克，《評茅盾的兩本書集》（*A Comment on Two Collections of Mao Tun's Works*），載《東方檔案》（*Archiv Orientální*）第 33 期，1965 年，第 629～630 頁。譯者注）

〔註44〕沈雁冰，《文學與生活》第 150 頁。

〔註45〕《小說月報》第 12 卷第 7 號，1921 年 7 月 10 日，第 13～18 頁。發表時用的是筆名「郎損」。

〔註46〕泰納（H. Taine），《藝術哲學》（*Philosophie de l'art*），巴黎：1917 年版，特別是第 49～63 頁。

〔註47〕參見《詩毛詩傳疏》，載《萬有文庫》第 1 卷，第 1 頁。

〔註48〕郎損，《社會背景與創作》第 13～14 頁。

世文學的正宗。」〔註49〕

　　對於現時中國社會背景的本質茅盾是這樣回答的：中國生活在「亂世」，因而其文學必須反映這樣的時代。中國需要如易卜生（H. Ibsen）的《青年同盟》（*The League of Youth*）、屠格涅夫（I. Turgenev）的《父與子》、岡察洛夫（I. Goncharov）的《奧勃洛摩夫》（*Oblomov*）、費德爾・梭羅古勃（F. Sologub）的《小鬼》（*The Poor Devil*）這樣的文學作品。1921 年的時候還沒有這樣的作品，即便是對此類作品的創作嘗試也是少見的。半年多後，只有茅盾將魯迅短篇小說《阿 Q 正傳》的主人公與奧勃洛摩夫做了比較研究。〔註50〕

　　茅盾認為文學的社會性質與其政治作用有著密切的關係。在《社會背景與創作》這篇文章之後一年多他發表了題為《文學與政治社會》的文章。文章的結構與前者相同，然而，其導入不是以舊文學而是以新文學為基礎的。這篇文章可以理解為是對那些新文人的挑戰，這些人迷戀「藝術獨立」的口號，反對文學的功利主義。茅盾在文中沒有點名，只是將其批評的靶子直指創造社的成員。在這篇文章發表前不久，茅盾由於對《創造季刊》第 1 期的批評態度而受到郭沫若的猛烈抨擊，因此他決定要謹慎些。〔註51〕

　　在《創造季刊》第 1 期上郭沫若的親密朋友、創造社的重要成員郁達夫發表了一篇印象主義的文章《藝文私見》〔註52〕。文中他寫道：「文藝是天才的創造物，不可以規矩來測量的。」將科學的方法引入文學批評是不無道理的，因為「天才的作品，都是 abnormal（反常的）eccentric（古怪的），甚至有 unreasonable（荒謬的）地方；以常人的眼光來看，終究是不能解釋的。」

　　郁達夫承認文學批評的必要性，但僅限於「真」的文藝批評，那些為「常人」而作的「天才的贊詞」。在中國僅有假的批評家，它需要像阿諾德（M. Arnold）或佩特（W. Pater）、泰納、萊辛（G. E. Lessing）、卡萊爾（Thomas Carlyle）、別林斯基（V. Belinsky）、勃蘭兌斯（G. Brandes）這樣的人，無論哪

〔註49〕郎損，《社會背景與創作》第 16 頁。
〔註50〕《通信》專欄，《小說月報》第 13 卷第 2 號，1922 年 2 月 10 日，第 5 頁。
〔註51〕茅盾的觀點在 1922 年 6 月 10 日出版的《文學旬刊》第 37〜39 頁以筆名「損」發表出來。郭沫若對茅盾的批評不滿意，侮辱他是「雞鳴狗盜式的批評家」。參見郭沫若：《批判意門湖譯本及其他》，載《創造季刊》第 1 卷第 2 期，1922年，第 29 頁。《茵夢湖》（*Immensee*）是德國詩人施篤姆（Theodore Storm）的作品。
〔註52〕第 10〜12 頁。（高利克沒有標明正確的具體信息，應為：《創造季刊》第 1 卷第 1 期，1922 年 3 月，第 10〜12 頁。譯者注。）

一個，只怕中國目下的那些輕視天才作家（尤其是創造社的成員）的假的批評家「都要到清水糞坑裏去和蛆蟲爭食物去。」可是，當他不得不像一個眞正的批評家應該做的那樣指明自己的一些特定的觀點時，郁達夫卻沒有能做到。他沒有明確地指出一篇批評文章應該怎樣寫，儘管他心中是有數的。相反，郁達夫卻選擇了將《〈道林・格雷的畫像〉序言》（*The Preface to The Picture of Dorian Gray*）譯成中文〔註53〕。在王爾德這部創造性的作品中，文學和藝術的批評家被看成是「美的事物的創造者」，其責任在於「將別的風俗或新的材料轉化成他自己對於美的事物的印象」，那些在「美的事物中發現醜的意義的批評家是墮落的，一點也不可愛的。」只有那些能在「美的事物中發現美的意義的批評家和創造者才是有教養的，」只有他們才被賦予了「美的事物只意指美」的特權。王爾德認爲，藝術家至少在理論上不必有道德的同情，不必去證明什麼；藝術完全是無用的，其（存在的）唯一理由只是人們的讚美。這些有關道德同情的以及其後的話，意思要比初看時豐富得多。它們表明對藝術的評價是將其看成獨立於社會責任的活動，其中，（希神）阿多尼斯（Adonis）的臉，僅僅只需根據美的法則來進行創作，這個法則是對藝術和文學的總括。

　　藝術實際上是一座「象牙塔」，這些類似的觀點與茅盾的文學觀有不同是很自然的。不論茅盾對現代藝術（或者更準確地說是現代文學）是否同情，他從未將藝術和文學僅僅看成是包含了對美的法則的尊重和對社會現實的忽略的藝術創作。他從未承認「爲藝術而藝術」的文學。茅盾將「爲藝術而藝術」的追隨者稱爲「孤軍」（在中國），並不相信他們會成功〔註54〕。他對極端實用的藝術觀給予了譴責，但他同時也反對那種認爲具有政治色彩或社會味道的作品在文學中沒有位置的觀點〔註55〕。茅盾指出了俄羅斯、匈牙利、挪威、波西米亞和保加利亞文學的形勢。

　　總體而言，茅盾指明了文學反映社會和政治的傾向，他相信中國的新文學運動將顯示出相似的傾向，而且，這種傾向並不等同於頹廢。

〔註53〕 第1～2頁。（高利克沒有標明正確的具體信息，應爲：《創造季刊》第1卷第1期，1922年3月，第1～2頁。譯者注。）

〔註54〕 沈雁冰，《文學與政治社會》第1頁。

〔註55〕 在上述引文中。

第七章　自然主義還是現實主義

（一）

　　1921 年 8 月號的《小說月報》上發表了四篇關於德國近代文學的文章，其中一篇題為《近代德國文學的主潮》，是從日文翻譯過來的，原作者是山岸光宣（Yamagishi Mitsunobu）。文章的目的在於讓讀者認識德國的自然主義和德國整個近代文學的進化過程。文章提到了左拉對德國的發展的影響，提到了「徹底的自然主義」（konsequenter Naturalismus），提到了自然主義的教父阿諾‧霍爾茲（Arno Holz），提到了蓋哈特‧霍普特曼，提到了赫爾曼‧蘇德曼（Hermann Sudermann），也提到了後自然主義作家理查德‧德赫梅爾（Richard Dehmel）、費里德里希‧尼采（Friedrich Nietzsche）和其他作家。〔註1〕

　　這篇文章給茅盾留下的印象比其他文章都要深刻。在「最後一頁」，一個發表各種公告和編輯信息的專欄中，他寫道：

　　　　文學上自然主義經過的時間雖然很短，然而在文學技術上的影響卻非常之重大。現在固然大家都覺得自然主義文學多少有點缺點，而且文壇上自然主義的旗幟也已豎不起來，但現代的大文學家

〔註1〕　《小說月報》第 12 卷第 8 號，1921 年 8 月 10 日，第 1～12 頁。山岸光宣（Yamagishi Mitsunobu）也寫了第二篇研究文章《德國表現主義的戲曲》（*German Expressionistic Plays*），同上，第 25～35 頁。金子築水（Kaneko Chikusui）是《「最年輕的德意志」的藝術運動》（*Artist Movement*「*The Youngest Germany*」）的作者，同上，第 14～19 頁。片山孤村（Katayama Koson）寫了一篇題為《大戰與德國國民性及其文化文藝》（*World War, German National Consciousness, Culture and Literature*）的文章，同上，第 20～25 頁。

——無論是新浪漫派，神秘派，象徵派——那個能不受自然主義的
洗禮過。中國國內創作到近來，比起前兩年來，愈加「理想些」了，
若不乘此把自然主義狠狠的提倡一番，怕「新文學」又要回原路呢！
〔註2〕

1921 年 12 月 12 日是福樓拜的百年壽辰，茅盾選擇了這個機會來紀念這
位偉大的作家。在文章《紀念佛羅貝爾的百年生日》〔註 3〕中他寫道，1921
年在中國原本也該慶祝另外的百年紀念的，如波德萊爾的紀念日。但是卻沒
有舉辦，因為「佛羅貝爾的紀念日有更重大些的意義；就世界文學的全體而
言果真如此，就中國新文學的將來恐怕亦是如此。」〔註4〕

福樓拜的生日為茅盾提供了討論自然主義的絕佳機會，這些討論通常是
在莊嚴的聚會時發起的。在茅盾看來，福樓拜即使不能算是「自然主義之母」，
也應該算他是個「先驅者。」〔註5〕法國的自然主義產生了偉大的藝術作品，
影響了整個創作世界，福樓拜誕生之後的一百年——實際上要晚很多——中
國自然主義的第一頁才被書寫，從而即將完成其歷史使命，即將中國文學帶
進世界文學之流。自然主義將成為中國現代文學的第一頁（根據山岸光宣的
看法，現代文學運動是從自然主義開始的）〔註6〕，為具有社會重要性和藝術
價值的文學創造一個堅實的基礎。文中茅盾表達了兩個願望，一是福樓拜的
科學描述法將會在中國生根，二是福樓拜對文學崇高的理解和他對待文學的
嚴肅的方法也將會在中國作家和批評家的思想中變得非常明顯。〔註7〕

《小說月報》的同一號上發表了一篇日本最重要的文學批評家島村抱月
（Shimamura Hogetsu）（1871～1918）的譯文。文章是茅盾的朋友陳望道翻譯
的，發表時文章的題名為《文藝上的自然主義》〔註8〕。這篇文章將成為一場
討論的導引，在這場討論中自然主義的內容將從各個可能的角度進行闡發。

〔註2〕《小說月報》第 12 卷第 8 號，1921 年 8 月 10 日，第 8 頁。
〔註3〕《小說月報》第 12 卷第 12 號，1921 年 12 月 10 日，第 1～4 頁。
〔註4〕同上，第 1 頁。
〔註5〕在上述引文中。
〔註6〕山岸光宣，《德國近代文學的主要趨勢》（*The Principal Trends of Modern German Literature*），第 1 頁。
〔註7〕沈雁冰，《紀念弗羅貝爾的百年生日》第 4 頁。
〔註8〕這篇文章最初發表於 1907 年。陳望道的譯文以筆名「曉風」發表在《小說月報》第 1～16 頁。可參見袁湧進編，《中國現代作家筆名錄》，北京，1936 年版，第 65 頁。

　　島村抱月對歐洲文學理論和美學問題非常瞭解，儘管可以斷言他並沒有直接閱讀過左拉或霍爾茲的作品。他的自然主義觀是研究豐富而多樣的文學資料的結果。然而，似乎這些材料不夠眞實。他是贊成文學上的自然主義的淵源盡可能地回溯到遠如盧梭和威廉・華茲華斯（William Wordsworth）的。在島村抱月看來，盧梭的「回歸自然」與華茲華斯「對自然的崇拜」是自然主義的重要特徵〔註9〕。繪畫上的自然主義要比文學上的自然主義早很多，其精華已經可以在提香（V. Titian）的畫作中尋到蹤迹〔註10〕。島村抱月是文學進化論方面的主要人物，他是在文學各個方面互相作用的逐漸變化的過程中看到這點的。在他看來，自然主義是一個相當豐富的概念，在浪漫主義剛開始在文學世界出現時，當印象主義作爲一種文學運動時，它就已經形成了。文學批評的概念的形成比自然主義要晚，實際上它僅僅只是自然主義的變形〔註11〕。據說有兩種類型的自然主義存在。第一類是「原始的自然主義」，也被島村抱月稱爲「現實的」、「沒有偏見的」（的自然主義）。第二類被描繪爲「印象派的自然主義」。

　　第一類自然主義被島村抱月進行了如下的描繪：「原始自然主義主張寫自然的時候，必須極力依照客觀精寫細寫出來，描寫的方法務使事象（在文學作品中，馬立安・高利克注）都如映像在明鏡中一般，換句話說，務求他是純客觀的，純寫實的。這是普通的解釋。」〔註12〕他認爲，最早的自然主義作家是福樓拜（由於他的「與作者全無共通」的冷漠〔owing to his *impassibilité*〕）、泰納和左拉。〔註13〕

　　島村抱月是這樣描繪第二類自然主義的：「印象派的作品，以解釋自然爲目的，以從自然所受的印象爲表現自己人格的手段。」〔註14〕龔古爾兄弟（brothers Goncourt）被他看成是印象派的自然主義文學家。〔註15〕

　　島村抱月認爲，自然主義的目標是對「寫眞」的描繪。〔註16〕

　　從《小說月報》發表的信件可以猜測，討論是在這篇研究以及茅盾的文

〔註9〕　島村抱月，前面所引書，第5頁。
〔註10〕　同上，第6頁。
〔註11〕　同上，第7頁。
〔註12〕　同上，第12頁。
〔註13〕　在上述引文中。
〔註14〕　在上述引文中。
〔註15〕　在上述引文中。
〔註16〕　島村抱月，前面所引書，第13頁。

章之後就馬上進行的。

　　茅盾在宣傳自然主義的過程中遭遇到的懷疑論可分爲四類。

　　第一類是對藝術本質的懷疑，而且如事件的演變所表明的，茅盾發現自己至少是被這些懷疑論搞得有些困惑。自然主義的反對者們認爲，宣傳一種完全客觀的描寫方法是錯誤的。因爲作爲作者加工現實的一種方法的描寫，是受到觀察和想像的束縛的。如果主觀和客觀的相互比例不能平衡，那麼就只能創作出沒有生命力的虛假作品來。由於受到世界觀的束縛，自然主義作家們所謂的客觀觀察不可避免地會變成主觀的，他們竭盡全力地只是想要在生活中發現壞與醜來。沒錯，他們發現的是客觀現實，但僅僅只是部分的現實，因爲要發現生活中所有的美與醜，善與惡是不可能的。〔註17〕

　　茅盾不能忽略這些懷疑。但是，儘管他很自信，他還是拒絕承認它們，因爲他這樣寫道：「但只是兩條理論而已，和我們討論的實際問題不生關係。」〔註18〕這樣，我們在這點上就遭遇到了一種佯謬（paradox）。茅盾認爲這「兩條理論」對補救中國文學回歸健康是無濟於事的；另一方面他又指出，源於它們的文學批評達到了一個更高的藝術認知的程度，而且「或許是最圓滿的。」〔註19〕然而，中國文學未經自然主義的洗禮之前，是不可能追隨新浪漫主義的傳統的。如果中國的文學批評家膽敢去嘗試，那無異於向盲人誇耀色彩的美麗（即是，中國的年輕作家，他們關於現代文學的知識是非常有限的）。色彩的確很美，但是盲人卻不能感知它們。〔註20〕

　　茅盾多次指出，在文學領域裏作爲占統治地位之運動的自然主義持續的時間很短〔註21〕。從這種現象中他感到一種主觀的滿意。他更喜歡中國文學追隨現代世界文學，第一次世界大戰之前不久甚至之後的文學成就（因而，他著手研究霍普特曼，對羅曼·羅蘭和巴比塞著迷，也是他爲什麼滿懷熱情地寫馬雅可夫斯基的緣故），但他又覺得這是不可能的。一方面他對自己的進化論相當著迷，而另一方面，他又意識到這樣一個事實，即大部分的中國作家在過去的歲月裏是跟不上世界文學的步伐的〔註22〕。他的頭腦中可能想到

〔註17〕沈雁冰，《自然主義與中國現代小說》第 10 頁。

〔註18〕在上述引文中。

〔註19〕在上述引文中。

〔註20〕在上述引文中。

〔註21〕參見本章注釋 2 文本。也可參見茅盾給周贊襄的信，載《小說月報》第 13 卷
　　　　第 2 號，1922 年 2 月 10 日，第 4 頁。

〔註22〕沈雁冰，《自然主義與中國現代小說》第 6 頁和第 10 頁。

了不能掌握創作的技巧和過程，但是卻又沒有進一步闡明理由。

　　第二類是在思想立論上對自然主義的懷疑。《小說月報》的一個讀者也是作者周志伊寫道，自然主義裏大概含著機械論者與宿命論者的人生觀，二者均視一切境遇似爲不可抵抗的。中國 20 年代初出現的相似的思想將是有害的。中國的青年們應該傾向破壞，傾向抵抗〔註 23〕。在這點上茅盾完全同意他的看法。他在給周志伊的回信中寫道：「……但我們現在所注意的，並不是世界觀的自然主義，而是文學的自然主義。我們要採取的，是自然派技術上的長處！」〔註 24〕晚些時候，茅盾把這個觀點表達得更加清楚。他寫道，機械的物質的命運論不是健全的思想。我們可以在自然主義的作品中觀察他，但不能把文學運動的方法與其思想內容相混。後者可能變化，而且，當思想體系克服舊的自然主義時，就應該選擇不同的思想內容。〔註 25〕

　　周作人同樣也是相信自然主義將恢復中國現代文學的健康的人之一。然而，他又警告說中國人將不能理解對於人的行爲主義的觀點。〔註 26〕

　　第三類是在藝術立論上對於中國現在提倡自然主義表示懷疑。周贊襄給編輯部的第一封信質疑的就是這個問題。信中指出，現在中國文學的幼稚的創作壇上，應該去寬泛的態度，不宜拘泥某種主義的狹見〔註 27〕。茅盾在回信中認爲，眾所周知的中國文學不能發展的原因是「消遣的文學觀」和「不忠實的描寫方法」〔註 28〕，它們是文學進化路上的兩大梗。在回信中茅盾表示堅信，廣泛地介紹創作方法是定會給中國的新文學帶來好處的〔註 29〕。隨後茅盾寫道，民族文學的復興新生常常受到國外文學批評的影響。中國文學的現狀是，他的追隨者們連什麼是文藝都不能確切知道，連像文藝作品的東西都很少。在這樣的情況下提倡自由創作實際上是不假思索的盲目行動。中國文學此時急需的是藥方和醫治。其餘的可以稍晚些再加以考慮。〔註 30〕

〔註 23〕《小說月報》第 13 卷第 6 號，1922 年 6 月 10 日，第 3 頁。
〔註 24〕在上述引文中。
〔註 25〕沈雁冰，《自然主義與中國現代小說》第 10～11 頁。
〔註 26〕《小說月報》第 13 卷第 6 號，1922 年 6 月 10 日，第 3 頁。在茅盾的信中，
　　　　周作人被稱作「啓明」。也可參見《小說月報》第 13 卷第 2 號，1922 年 2 月
　　　　10 日，第 2 頁。
〔註 27〕《小說月報》第 13 卷第 2 號，1922 年 2 月 10 日，第 2 頁。
〔註 28〕同上，第 3 頁。
〔註 29〕在上述引文中。
〔註 30〕沈雁冰，《自然主義與中國現代小說》第 11～12 頁。

　　那些倡導創作自由的人大部分是創造社成員。在《創造季刊》第 1 卷第 1 期，毫無疑問也是刊載其計劃的一期中，郭沫若非常清楚地對文學研究會成員，尤其是批評家們說道：

　　　　我國的批評家──或許可以說是沒有──也太無聊，黨同伐異的劣等精神……他們愛以死板的主義規範活體的人心，甚麼自然主義啦，甚麼人道主義啦，要拿一種主義來整齊天下的作家，簡直可以說是狂妄了。我們可以各人自己表張一種主義，我們更可以批評某某作家的態度是屬於何種主義，但是不能以某種主義來繩人。〔註31〕

　　第四類是在藝術立論上對於在中國文學中提倡自然主義有疑義，但卻是不同的類型。茅盾承認，那些反自然主義的攻擊是由源自具體現實的那些懷疑激發起來的。這些批評家或者讀者仍然認爲中國文學將會受古典文學的統治，由於「文以載道」的思想，所謂的古典小說束縛了眞實感情的表達。中國文學中流露眞實感情的作品很少。在這些人看來，中國需要的是浪漫主義的作品。茅盾雖然認識到這一說法的恰當性，然而卻表示了他對浪漫主義定然不能去除剛才提到的兩個主要障礙的堅信。他認爲，中國需要的不是緊跟舊浪漫主義傳統的作品，「因爲我們的時代已經充滿了科學的精神，人人都帶點先天的科學迷，對於純任情感的舊浪漫主義，終竟不能滿意。」〔註32〕

　　當編輯的書桌上堆滿了讀者來信時，茅盾不得不更加深入地探究自然主義的本質。這裡應該指出的是，茅盾沒有從關於自然主義的理論作品開始去研究這個問題，而是求助於幾本獻給霍普特曼的批評作品。在所有的現代作家──自然主義者〔註33〕中，霍普特曼的人格（生活和作品）給他留下了很深的印象，這或許是受到山岸光宣的影響的緣故。霍普特曼非常適合他這個偉大的、可以作爲青年作家楷模的現代作家的思想。

〔註31〕《海外歸鴻》第 17～18 頁。

〔註32〕沈雁冰，《自然主義與中國現代小說》第 12 頁。

〔註33〕茅盾以「希眞」爲筆名翻譯了 3 篇文章發表在《小說月報》第 13 卷第 6 號上，1922 年。文章《霍普特曼傳》（第 1～11 頁）的材料主要源自錢德勒（F. W. Chandler）的《現代戲劇面面觀》（*Aspects of Modern Drama*）和亨勒克（J. G. Huneker）的《反對偶像崇拜者》（*Iconoclasts*），紐約，1905 年版。這篇文章是最重要，也最「眞實的」。《霍普特曼的自然主義作品》，（同上，第 11～16 頁，）僅是錢德勒一書第 2 章的「詳細」內容。同樣，我們也可斷言，第 3 篇文章《霍普特曼的象徵主義作品》，（同上，第 16～20 頁），是該書第 4 章的「詳細」內容。第 20～26 頁上是赫爾曼（A. Hellmann）譯自《詩人的傳說》（*Poet Lore*）第 3 期，1913 年，第 341～347 頁上的一篇文章，題爲《霍普特曼與尼采哲學》。

　　在霍普特曼那裡，茅盾看到德國現代戲劇史上最傑出的人物，一個引領新時期的作家〔註34〕。在霍普特曼出現之前彌漫德國的文學形式足以讓他想到五四運動前後中國的情形。那個時期的德國文學缺乏「一種偉大的思想」，是「不眞實的」、「沒有生命力的」、「膚淺的」〔註35〕。他感覺到了一些新的、有效的文學運動出現的必要性，這些運動將使原有的文學恢復健康，將其從向僞古典主義和疲軟無力的法國戲劇創作的卑躬屈膝的狀態中解救出來。自然主義將成爲一種新的運動。事實證明它是正確的療方。〔註36〕

　　與雨果（V. Hugo）靠著他的戲劇《歐那尼》（*Hernani*）出名一樣，霍普特曼憑藉他的第一部戲劇《日出之前》（*Before Sunrise*）在公眾中獲得了成功。正如《歐那尼》開啓了浪漫主義戲劇的時代一樣，《日出之前》這部戲劇也開啓了自然主義的時代〔註37〕。通過這部戲劇，霍普特曼提供了與霍爾茲（A. Holz）和施拉夫（A. Schlaf）的「後自然主義」的鏈接。茅盾認爲，這種類型的自然主義，其特徵在於反對所有的詩學藝術，試圖摧毀所有過去的藝術形式，反對在文學作品中使用象徵手法。〔註38〕

　　茅盾對霍普特曼從自然主義到新浪漫主義的過度給予了特別的關注。需要特別強調的是，霍普特曼信仰自然主義的那段相對較短的時期（從1889年的《日出之前》到1897年的《沉鐘》（*Die Versunkene Glocke*）給他留下了非常深刻的印象。從茅盾所寫的關於霍普特曼的文章中或許可以猜測出他對新浪漫主義這一術語的理解是相當寬泛的。當然，除了在第4章中我們提及過的那類作品外，他在其中也放進了象徵主義的作品。《沉鐘》在某一處被當成一部新浪漫主義的作品被分析，而在另一處則被作爲象徵主義的戲劇被解讀〔註39〕。茅盾不再將新浪漫主義作爲是對自然主義的一種否定而是作爲一種輔助來看待。事實上，似乎他相信自然主義的技巧是以許多新浪漫主義的作品爲基礎的。〔註40〕

　　縱觀霍普特曼的自然主義作品，茅盾認爲他是「一個有詩人的想像力而

〔註34〕希眞，《霍普特曼傳》第1頁。
〔註35〕同上，第3頁。
〔註36〕在上述引文中。
〔註37〕希眞，《霍普特曼傳》第4頁。
〔註38〕在上述引文中。
〔註39〕參見希眞，《霍普特曼傳》第7頁以及《霍普特曼的象徵主義作品》第17～18頁。
〔註40〕希眞，《霍普特曼傳》第6頁。

又有科學家的客觀眼光的大天才。」〔註41〕霍普特曼是在激烈的科學浪潮和大眾的政治覺醒時期開始他的文學活動的，因而，他不僅是一個自然主義者，也是一個社會主義者〔註42〕。顯然，在中國的新作家中也將出現這種類似的情況。

通過他關於霍普特曼的文章，顯而易見茅盾追求的是雙重的目標：首先是他試圖爲中國年輕的作家樹立一個榜樣。其次，豐富他自己的理論知識。從美國學者錢德勒（F. W. Chandler）的作品中茅盾獲得了最大的益處。這個後面再進一步討論。

（二）

前面提及，給周志伊的回信表明，茅盾很想把他對於自然主義的意見系統地寫出來請讀者討論、批評。然而，由於其他任務帶來的不斷的壓力使得他找不出時間來做這個事情。〔註43〕

最後，茅盾寫了《自然主義與中國現代小說》一文。事實證明這是 1922 年來他最重要的批評文章。

在這篇文章中茅盾將那個時期的中國小說分成了兩類，即舊派小說和新派小說，又將舊派小說分爲了三種小類。

第一種是章回體小說。這種小說通常是用白話創作的，描寫的是現代生活，但是它們固有的弱點在於缺乏觀察的能力和想像力。這些作品藝術方面的不足是什麼呢？首先是格式太古板，它要求作者遵守一系列既定的規則，這就束縛了情節的自由發揮（比如，每回的字數必須大約相等，每回開首必用「話說」等字樣）。其次是一絲不苟地記錄每個細節，茅盾稱其爲「記賬式的敘述」或「記述」〔註44〕。這種方法的本質在於按其發生的時間和空間順序詳細記錄下每一件事，而不做任何的分析或描寫。說到他稱爲的自然描寫，——儘管，如後面將會表明的那樣，是有不同的——茅盾認爲：「須知眞藝術家的本領即在能夠從許多動作中揀出一個緊要的來描寫一下，以表見那人的內心活動；這樣寫在紙上的一段人生，才有藝術的價值，才算是藝術

〔註41〕希眞，《霍普特曼傳》第 10 頁。
〔註42〕在上述引文中。
〔註43〕《小說月報》第 13 卷第 6 號，1922 年 6 月 10 日，第 3 頁。
〔註44〕沈雁冰，《自然主義與中國現代小說》第 2～3 頁。

品！」〔註45〕後來，當茅盾又將其注意力轉回到中國現代的章回體小說時，他寫道：「須知文學作品重在描寫，並非記述，尤不取『記賬式』的記述；人類的頭腦能聯想，能受暗示，對於日常的生活有許多地方都能聞甲而聯想及乙，並不待『記賬式』的一筆不漏，方能使人覺得親切有味。」〔註46〕

第二類舊式小說可分為兩類，都源自所謂的舊章回體小說，儘管略有不同。第一種的不同在於不再堅持原有的古板。第二類僅部分模仿舊體小說，部分遵照歐洲文學的寫作手法。然而，它們的作者大都常常並不是直接讀歐洲文學作品，而是閱讀林紓的譯作，因而，如果說他們的作品有模仿的話，模仿的則只是布局（the plot）。他們沒有嘗試去從中獲得茅盾所認為的最重要的東西，即描寫的方法。〔註47〕

第三類舊式小說主要可分為兩種短篇小說。然而，在茅盾看來，很難概括大部分此類小說的特點，因為它們沒有包含短篇小說所要求的基本要素，即，它們沒有描寫人生的一部分以使讀者瞭解整個人生〔註48〕。第三類的短篇小說（甚至第二類，以至於任何短篇小說都可以歸入此類）也沒能具備這樣的條件。它們構成了某種形式的「報告」。〔註49〕

茅盾在舊式小說中看到了三個主要的錯誤。第一是忽略了描寫的方法，第二是忽略了客觀的觀察是任何有價值的創作的基礎，第三是文學是供遊戲的、消遣的、金錢主義的觀念。〔註50〕

當茅盾進一步比較流行的新派小說，即那個時期中國新文學的重要部分與舊式小說時，他發現首先是作者對舊文學所抱的態度不同〔註51〕。舊式文學的追隨者們堅信文學是供消遣的，或載道的，而新派則相信「文學是表現人生的，是疏通人與人之間的情感的，是擴大人們的同情的。」〔註52〕只有幾位成功的作者（茅盾沒有提他們的名字，正如他在整篇文章中沒有提一個中國作家一樣）掌握了這種技巧，其餘的還在受著舊式方法的束縛。〔註53〕

〔註45〕沈雁冰，《自然主義與中國現代小說》第 2 頁。
〔註46〕同上，第 2～3 頁。
〔註47〕同上，第 3～4 頁。
〔註48〕同上，第 4 頁。
〔註49〕同上，第 5 頁。
〔註50〕同上，第 5～6 頁。
〔註51〕同上，第 6 頁。
〔註52〕在上述引文中。
〔註53〕在上述引文中。

　　當用一句話來刻畫舊式文學共同的不足之處時，茅盾寫道：「不能客觀的描寫。」〔註54〕至於造成這種不足的原因，茅盾是這樣回答的：「現在熱心於新文學的，自然多半是青年，新思想要求他們注意社會問題，同情於第四階級（即工人和農民，馬立安‧高利克注），愛『被損害者與被侮辱者』。他們照辦了，他們要把這種精神灌到創作中了，然而他們對於第四階級的生活狀況素不熟悉；勉強描寫素不熟悉的人生，總要露出不真實的馬腳來。」〔註55〕

　　這一主要的不足於是引起了其他的問題：不真切的對話，人物的心理與作者的心理太過相似，有太多的理性思維，缺乏藝術的標準。〔註56〕

　　茅盾特別指出了在組織材料方面存在的缺點。他指責現代作品內容單薄，用意淺顯〔註57〕。如果描寫青年煩悶的小說，只能寫一些某青年志向如何純潔，而現社會如何如何黑暗。如果描寫「父」與「子」的衝突，就只能寫一些拘守舊禮教的父親怎樣不許兒子自由結婚。「這或許和作者的觀察力敏銳與否，有點關係，但是最大的原因（內容單薄，用意淺顯，馬立安‧高利克注），還在作者採取題材沒有目的。我們要曉得：小說家選取一段人生來描寫，其目的不在此段人生本身，而在另一內在的根本問題。」〔註58〕

（三）

　　茅盾可能對新文學在時代的進程中將回歸舊的常規慣例有著很深的印象。

　　中國的文學形式失利了，敲響了警鐘，請求救援。這次討論或許留下了這樣的印象，即這個任務可以由新的自然主義運動來完成。茅盾將成為其主要的思想支柱。他的理論和批評方面的援助主要是謝六逸和瞿世英。〔註59〕

〔註54〕在上述引文中。
〔註55〕在上述引文中。
〔註56〕沈雁冰，《自然主義與中國現代小說》第6～7頁。
〔註57〕同上，第7頁。
〔註58〕在上述引文中。
〔註59〕謝六逸，文學研究會成員之一，是《西洋小說發達史》的作者，在《小說月報》第13卷第1～3號，5～7號和11號上連載，1922年。後以專著的形式於1923年由商務印書館出版。瞿世英主要根據布里斯‧佩里（Bliss Perry）的《小說研究》（*A Study of Prose Fiction*）寫了一篇文章，發表在《小說月報》第13卷第7～9號上，1922年7月～9月，第1～10頁，1～7頁和1～12頁。

　　如果茅盾要實現自己的意圖，完成自己的計劃，或至少成功地護衛這些計劃的話，那麼把自然主義的概念弄清楚、弄準確是勢在必行的。

　　茅盾主要參考了左拉。他呈現的自然主義的概念被他自己認爲是左拉的自然主義。他基本的前提是眞實〔註60〕。當自然主義作家努力想要眞實地反映現實時，他一定要進行客觀的觀察〔註61〕。左拉的描寫方法的主要優勢在於它將現實當成其根本，並對其進行詳細的描寫〔註62〕。當準備寫一本書時，必然要求實地觀察整個背景，觀察整個社會。如果有人想要寫巴黎的一個小咖啡館，他一定要親身觀察全巴黎城的咖啡館，比較其外部，比較其內部的陳設及其空氣，對其中最有代表性的進行描寫〔註63〕。在茅盾看來，實地觀察是開始於巴爾扎克和福樓拜的整個現代文學不可缺少的手段。不僅自然派運用實地觀察，新浪漫派一樣少不了它。如果一部作品要成功，實地觀察是現代文學的一個先決條件。除非中國作家——到現在爲止，僅有個別例外，「從未見過一個喇嘛，而竟大做其活佛秘史」——學會實地觀察，否則中國文學將永遠也不會成爲現代文學。〔註64〕

　　自然主義經歷了現代科學的洗禮。自然派作家正在學習進化論、心理學、社會問題、倫理問題以及婦女解放問題〔註65〕。對於中國作家來說，首先不能忽視研究社會問題和新的思想趨向、進化論和解放運動〔註66〕。只憑一點「直覺」（這裡茅盾又一次間接指向創造社的成員）是不夠的，沒有哪部嚴肅的作品是那樣創作出來的。〔註67〕

〔註60〕沈雁冰，《自然主義與中國現代小說》第 7 頁。
〔註61〕同上，第 8 頁。
〔註62〕在上述引文中。
〔註63〕在上述引文中。
〔註64〕在上述引文中。
〔註65〕沈雁冰，《自然主義與中國現代小說》第 9 頁。
〔註66〕在上述引文中。
〔註67〕在上述引文中。參見郭沫若在《創造季刊》第 1 卷第 1 期，1922 年，第 69
頁上的觀點：「眞理要探討，夢境也要追尋，理智要擴充，直覺也不忍放棄。
這不單中國人的遺傳腦精，這確是一切人的共有天性了。歌德一生只是一些
矛盾方面的結晶體，然正不失其所以爲〔完滿〕。我看我們不必偏枯，也不要
籠統，宜擴充理智的地方，我們盡力地去擴充，宜運用直覺的地方，我們也
盡量地去運用。」此英譯採用的是羅伊（David Tod Roy），《郭沫若：馬克思
主義之前的時期，1892～1924》（*Kuo Mo-jo: The Pre-Marxist Phase, 1892～
1924*），載《中國研究論文集》（*Papers on China*），第 12 期，哈佛大學，1958
年，第 117 頁。

即便茅盾如左拉本人那樣提出這個概念，他仍然明顯地拒絕承認機械的命運論對人類的作用。我們也可以很好地推斷，茅盾對遺傳理論是持譴責態度的，並且他反對確信人可以理解爲純粹生理的和生物的動物，是穿著衣服的大猩猩，是動物的變形。〔註68〕

茅盾認爲，除了前面所說的，有兩件「法寶」可從自然主義中獲取，即客觀描寫與實地觀察。〔註69〕

問題現在自己出現了：這眞的是左拉的自然主義概念嗎？

如果我們將前面所述的觀點與左拉的理論作品相比較會發現，茅盾的觀點有部分是錯誤的。他的觀點肯定是受到了在他研究左拉的批評過程中那些二手資料的影響。在那些對茅盾影響最大的作家島村抱月（Shimamura Hogetsu）和錢德勒（F. W. Chandler）的作品中，沒有一部著作引用了左拉的文章《實驗小說論》（Le roman expérimental），文中左拉以最簡明易懂的形式闡述了他的理論。

應該注意的是，茅盾沒有在任何地方指明過，哪怕是一個字，作家必須同時是一個觀察者和實驗者，必須得首先建立起一些假設，然後在這些假設的基礎上，去調查和描寫客觀現實。

至於實地觀察，1920 年時茅盾將其稱爲客觀觀察，左拉很可能會同意茅盾的看法，但它一定不同於茅盾通過描寫所要意指的東西。

從茅盾所謂的客觀描寫，或描寫的方法，我們可以推測他頭腦中更多想到的僅是呈現小說材料的一種技巧。而左拉，卻沒有這個意思。沒錯，左拉是反對「描寫」這個字眼的。這個字眼不準確，一個小說家的目標不是去描寫，如科學家分析一隻昆蟲那樣去進行詳細的描寫。描寫必須去完善、去決定環境。左拉寫道：「我們認爲，人不應該與他生活的環境分離開來，他通過身上穿的衣服、他的家、住的城市和他的國家而得以完善。因而，這個時候我們記錄的不僅僅是他頭腦中或心裏的某種單一的現象，也就不能在環境中去尋求它的原因或結果。這就引發了我們所謂的永恒的描寫。」〔註70〕因而，根據左拉的看法，描寫是「一種決定和完善人的環境狀態。」〔註71〕

〔註68〕沈雁冰，《自然主義與中國現代小說》第 12 頁。

〔註69〕在上述引文中。

〔註70〕左拉（E. Zola），《小說》（Du roman），載《實驗小說論》（Le roman expérimental），巴黎，1923 年版，第 228 頁。

〔註71〕同上，第 229 頁。

　　然而，茅盾的描寫觀包含了更寬泛的內涵。他認爲，描寫的方法是美化現實的一種普遍的方法，一種創作藝術作品的方法（至少對小說來說是如此）。

　　那麼這種方法的特徵是什麼呢？

　　首先是對盡可能寬的知識和視野的強調。如果可能的話，最好採取直接的方法，以個人自己的經驗來獲得這種知識和視野。只有通過這種方法才能創作出好作品來。〔註 72〕

　　其次是對選擇的強調。

　　第三是對藝術活動的思想表達的必要性的強調。如果人生的某一階段要用藝術的形式表達出來，那就應該通過他的每一個動作、每一項活動和發生的每一件事情來讓讀者瞭解他的內在狀態與內心活動〔註 73〕。由於它們與人之間的直接關係，這就需要對藝術活動做一定的心理分析。在這點上，茅盾採取的方法與「中國文學的老方法本質上是二維的，僅僅獲得視覺印象，不能深入人物的本質，不能洞察他們的精神行爲」〔註 74〕正相反。

　　第四是對爲藝術處理而設計的對象進行美化時不可缺少的暗示性之重要性的強調。對最簡單的意象的暗示性的要求包含了將藝術作爲一個整體的暗示性的要求。茅盾指望讀者從心理上參與到藝術作品中去，因而他不想擺脫他那加以了特別理解的、具有暗示性的能力的描寫方法。〔註 75〕

　　對於霍爾茲（A. Holz）的自然主義批評，茅盾也很陌生。在《藝術的精華與法則》（*The Art, Its Essence and Laws*）一書中霍爾茲闡述了他最重要的藝術觀〔註 76〕。他尤其將左拉的著作作爲自己的基礎，對其主觀思想進行了駁斥。左拉認爲，一部藝術作品就好比是通過其氣質（temperament）來觀察的自然之物〔註 77〕，這種氣質是作家的對象，他在創作一部藝術作品時起到一

<hr>

〔註 72〕參見本章注釋第 55、65 和 77 條。

〔註 73〕參見本章注釋第 45 條。

〔註 74〕雅羅斯拉夫‧普實克（Jaroslav Průšek），《〈茅盾小說〉後記》（*Mao Tun's Novel*）（捷克文）與《腐蝕》的捷克譯本一起發表。發表時題爲《虎之爪》（*In Tiger's Jaw*），布拉格，1959 年版，第 245 頁。

〔註 75〕參見本章注釋第 46 條文本。

〔註 76〕我只研究了收錄在林登（W. Linden）的《自然主義》（*Naturalismus*），萊比錫，1936 年版，第 83 頁上的最重要的部分。

〔註 77〕1864 年，左拉給朋友卡拉布雷格（Calabrègue）寫信說：「我相信在未被僞造的天性中有不少的詩學素材，我相信一個詩人，如果他氣質明確的話，也是能夠在未來的歲月裏作出新的發現的……。」參見巴比塞（H. Barbusse），《左拉》（*Zola*），萊比錫，1932 年版，第 79 頁。

塊光線從其穿越而過的稜鏡的作用。儘管左拉作品中的人物是決定了的，但作者的主體在那總有其固定的位置。作為一個作家，左拉拒絕承認任何人擁有用特別的方式來表現自己的能力。〔註 78〕

霍爾茲書中最重要的句子是：「藝術傾向於成為自然。它根據其有效的再生的條件和操作的程度而變成自然。」〔註 79〕整個準則可以由一個等式簡潔地表達如下：

$$藝術＝自然－（減）×$$

這裡×表示「藝術表現手法不可避免的不足。」〔註 80〕在他和施拉夫看來，自然主義的技巧的作用，這已經向廣大讀者表明，在於記錄每個可感知的過程中的縮圖，就如通過攝影膠片或留聲唱片一樣。〔註 81〕

沒有必要再提供證據說明霍爾茲的自然主義概念對茅盾來講比左拉的概念對他來說更遠了。根據這裡提到的事實，讀者自己就能夠得出這樣的結論。

（四）

我們已經提及過寫實主義和自然主義對茅盾來說是一回事。

1921 年當茅盾閱讀島村抱月的作品時遇到了不同的觀點〔註 82〕，1922 年他引用了在錢德勒的書中發現的威廉・內爾森（William A. Neilson）的觀點。茅盾翻譯得不太準確，譯文如下：「寫實派作者觀察現實，而且努力要把他所得的印象轉達出來，並不用理性去解釋，或用想像去補飾。自然派就不過把這手段更推之於極端罷了。」〔註 83〕此外，茅盾同時也指出（據說是根據他閱讀島村抱月和其他他沒有公開姓名的批評家關於喬治・聖茲伯里（George

---

〔註 78〕 左拉，前面所引書，第 213～219 頁。

〔註 79〕 阿諾・霍爾茲（Arno Holz），前面所引書，載林登，《自然主義》第 83 頁。

〔註 80〕 魯普雷希特・萊珀拉（Rupprecht Leppla），《自然主義》，載科爾斯米特（W. Kohlschmidt）、莫爾（W. Mohr）編，《德國文學史專科詞典》（*Reallexikon der deutschen Literaturgeschichte*）第 2 版，第 2 卷，第 605 頁。

〔註 81〕 在上述引文中。

〔註 82〕 島村抱月，前面所引書，第 8～10 頁。島村抱月認為現實主義的概念要比自然主義更寬泛些。

〔註 83〕 參見茅盾給呂荻南的回信，載《小說月報》第 13 卷第 6 號，1922 年 6 月 10 日，第 5 頁。威廉・內爾森（William A. Neilson）的這個觀點在錢德勒的書中是這樣描繪的：「現實主義的藝術家確實觀察並嘗試去傳達它給自己留下的印象，而不是通過推理去闡釋或者通過想像去補充它。自然主義的藝術家只是把這個過程做得太過分了。」（第 32 頁）

Saintsbury）的觀點）自然主義和寫實主義是同一樣東西，僅僅只是呈現客觀化的尺度不一樣而已。〔註84〕

　　然而，當茅盾不參照任何人的看法表達自己的觀點時，寫實主義和自然主義的概念就完全混在了一起。在某一個地方他寫道：「有幾位批評家把自然主義加個綽號叫做『左拉主義』，把左拉所做的自然主義的作品稱爲『自然派』，卻把其他各國文學家的自然主義作品稱爲『寫實派』。」〔註85〕他進一步寫道：「……法國的福樓拜、左拉等人和德國的霍普特曼，西班牙的柴瑪薩斯（Zamacois），意大利的塞拉哇（Serao），俄國的契訶夫，英國的高爾斯華綏，美國的德萊塞（Dreiser）等人，究竟還是可以拉在一起的。請他們同住在『自然主義』──或者稱它是寫實主義也可以，但只能有一，不能同時有二──的大廳裏。」〔註86〕

　　勒內・韋勒克（René Wellek）教授注意到這樣一個事實，極端的名義主義，如現實主義、自然主義以及類似的其他主義一樣，是英美文學批評的特徵。在這種傳統中，這樣的術語被稱爲「任意的語言標籤（arbitrary linguistic labels）。」〔註87〕我們將會有機會看到，從這些來源中獲得其文學批評知識的茅盾，確實是相當任意地使用這些術語的。舉 1921～1922 年爲例，我們會發現 1921 年的上半年，當茅盾受威廉・菲爾普斯（William Phelps）《現代小說家論文集》（Essays on Modern Novelists）一書中研究成果的影響時，他只談到了現實主義。正如菲爾普斯所做的那樣，茅盾也指出比昂遜（B. Björnson）（般生）、顯克微支（H. Sienkiewicz）和豪威爾斯（W. D. Howels）是現實主義者，並且他甚至將其中的第一個（即比昂遜）放在了標題中〔註88〕。當茅盾 1921 年年中閱讀山岸光宣（Yamagishi Mitsunobu）的文章，再次拿起他早在 1920

〔註84〕 參見茅盾給呂芾南的回信，第 4～5 頁。

〔註85〕 《文學旬刊》第 50 期，1922 年 9 月 21 日，第 2 頁。（應爲《「左拉主義」的危險性》一文，譯者注。）

〔註86〕 在上述引文中。

〔註87〕 勒內・韋勒克，《文學研究中的現實主義概念》（The Concept of Realism in Literary Scholarship），載《批評的概念》（Concepts of Criticism），第 224 頁。

〔註88〕 根據威廉・菲爾普斯（William Phelps）書中的論文，茅盾寫了三篇文章：1.《挪威寫實主義前驅般生》，載《小說月報》第 12 卷第 1 號，1921 年 1 月 10 日，第 1～8 頁；2.《波蘭近代文學泰斗顯克微支》，同上，第 12 卷第 2 號，1921 年 2 月 10 日，第 1～14 頁；3.《近代英美文壇的一顆明星》，載《學生雜誌》第 8 卷第 2 號，1921 年 2 月，第 1～4 頁。可是茅盾沒有說明他是從哪裏獲得這些資料的。然而，大量的相關（如文章的條理、作品的評價、選集、標題等等）似乎表明我在這裡的判斷並非僅僅只是推測。

年就讀過的錢德勒的書時，形式發生了變化。茅盾總是使用那個自己暫時感覺最中意的標籤。

根據到目前為止所說的，繼而出現了我們現在的主要任務，那就是決定茅盾在宣揚前面幾章和該章討論的觀點時指的是寫實主義還是自然主義。

我們已經指出過，對於影響了許多國家的自然主義運動的法國自然主義的哲學前提，茅盾是反駁的，他沒有追隨左拉的最簡潔形式的自然主義批評，而且表明，他沒有更進一步關注阿諾·霍爾茲提出的極端自然主義的形式。

在排除法國自然主義的哲學前提的影響、左拉自然主義批評的極端形式和霍爾茲的文學思想對茅盾文學批評的影響的時候，我們成功地解決了涉及到的一個問題。在西方文學中似乎有一致的觀點，那些蘊含潛在的哲學意蘊的自然主義作品是由決定論創造出來的，是從行為主義觀作用於人的角度來寫的。這種觀點極大地分享了人對於性、飢餓、為生存而掙扎等活動〔註89〕。寫實主義的問題在蘇聯的很多論爭中都有討論，有許多派別的學者參與了討論。〔註90〕

從蘇聯的討論中我們知道，將現實主義理解為是所有時代所有地域的真正的文學之同義詞的所謂「永恒」的現實主義這個概念，沒有能贏得贊同。歷史觀到處蔓延。現實主義是誕生在人類社會和藝術發展過程中的某一個時期的一種藝術現象，它以「人生本身的形式再現人生」和「以現實為中心的藝術」為特徵，被「歷史主義」滲透（即被為人生的歷史觀，被誕生其中的時代感），是一種「包括一切的，普遍描繪人的內心世界的藝術」，依靠「社會和心理決定論」原則，在其內在邏輯中再現一種典型的特徵。在現實主義中這種「典型」並不傳達一種可供傚仿的、範例的意思，而是一種可能，表明一種位於必須與隨意和例外之間的現象。〔註91〕

康拉德（N. Konrad）教授在他的專著《現實主義的問題與東方文學》(*The Problem of Realism and Literature of the Orient*）〔註92〕中認為現實主義起源

〔註89〕 約瑟夫·希普利（J. T. Shipley）編，《世界文學詞典》(*Dictionary of World Literature*)，紐約，1960 年版，第 278 頁。

〔註90〕 這些討論開始於 1957 年。東方學家與現實主義相關的討論於 1962 年結束。

〔註91〕 關於這些討論可參見米羅斯拉夫·德羅茲達（M. Drozda），《討論中的現實主義》(*Realism in Discussions*)（捷克文），載《世界革命文學》(*World Literature*)第 2 期，1959 年，第 194～210 頁。

〔註92〕 《東方文學中現實主義的起源問題》(*The Problems of the Origin of Realism in Oriental Literature*)，莫斯科，1964 年版，第 11～32 頁。

於 19 世紀前半葉的後半期，與巴爾扎克和福樓拜相關〔註 93〕。到目前為止，現實主義被看成是具有時代特徵的術語，一個受控制的術語，因而有與一定時期相關的、其興衰可被觀察的、不同於其之前和之後時期的某種規則體系。康拉德將會同意勒內‧韋勒克的觀點〔註 94〕。他們解決問題的方法是相似的，具有嚴格的歷史的和類型學的特徵。它不同於僅僅只受個體的發展和兩個學者所擁有的知識的特徵所制約的特性。在康拉德看來，現實主義譴責那種通過理念、空想接近現實的方法，而倡導那種直接的、客觀的方法，試圖對當代現實的典型加以描繪〔註 95〕。而韋勒克則認為，現實主義譴責的是空想的、傳說的、語言的、象徵的、高度程序化的、常常是抽象的、裝飾性的東西〔註 96〕。他進而斷言現實主義通常是說教的（在此指的是其矛盾性的緣故）〔註 97〕。他指出了現實主義文學中「典型」〔註 98〕這個術語以及與「典型」一起構成現實主義的基本前提之一的「客觀性」的重要性〔註 99〕。根據現實主義的理論，一部小說應該是非個人的，其作者不應該出現在他的作品中〔註 100〕。作品應該在客觀現實的基礎上用歷史的方法來創作〔註 101〕。但是這最後兩條標準不是決定性的。

　　如果將這些關於文學批評的觀點與茅盾所表達的那些相比，會發現許多重要的相同之處。早在 1921 年茅盾就同意這樣的觀點，即現實主義是以人生本身的形式對人生的一種再現，它是一種受以現實為中心的原則所制約的藝術，是一種以用歷史的眼光來看待現實為特徵的藝術，是受社會和心理的決定論原則所決定的藝術，其基本條件是客觀性和人物的典型性。他也贊同現實主義的教誨功能及其矛盾性。茅盾意識到了現實主義的局限性和不足。

　　從前面所闡述的，一個相當明確的、強調它可能顯得有些多餘的推論變

〔註 93〕《東方文學中現實主義的起源問題》（*The Problems of the Origin of Realism in Oriental Literature*），莫斯科，1964 年版，第 12 頁。
〔註 94〕勒內‧韋勒克，《文學研究中的現實主義概念》（*The Concept of Realism in Literary Scholarship*），第 222～225 頁。
〔註 95〕康拉德，前面所引書，第 20～21 頁。
〔註 96〕勒內‧韋勒克，前面所引書，第 241 頁。
〔註 97〕同上，第 241～242 頁。
〔註 98〕同上，第 242～246 頁。
〔註 99〕同上，第 246～248 頁。
〔註 100〕同上，第 247～251 頁。
〔註 101〕同上，第 251～252 頁。

得顯而易見，那就是，茅盾 1921～1922 年間的文學批評，是現實主義的批評。

<h2 style="text-align:center">（五）</h2>

討論以茅盾 1922 年 9 月的一篇題爲《「左拉主義」的危險性》的文章結束。文中茅盾再次重申了他對自己如此熱情地進行宣傳的科學的描寫法的信仰：

> 自然主義的眞精神是科學的描寫法。見什麼寫什麼，不想在醜惡的東西上面加套子，這是他們（即，自然主義作家，馬立安·高利克注）共通的精神。我覺得這一點不但毫無可厭，並且有恒久的價值；不論將來藝術界裏要有多少新說出來，這一點終該被敬視的。雖則「將來之主義無窮」，雖則「光明之處與到光明之路都是很多」，然而這一點眞精神至少也是文學者的 ABC，走遠路人的一雙腿。〔註 102〕

很可能茅盾 1922 年的文學批評在很大程度上受到了錢德勒的影響。他發現錢德勒的整個文學活動的概念是一個連續的鏈條，現實主義、自然主義、新浪漫主義和象徵主義的文學方法中的那些相互的相關的變化與他自己的精神是一致的。顯然他是同意不同的作家可以使用不同的方法的。如現代時期，易卜生使用的是象徵主義〔註 103〕，羅斯坦德（E. Rostand）使用的是自然主義和新浪漫主義〔註 104〕，梅特林克（M. Maeterlinck）使用的是新浪漫主義和象徵主義〔註 105〕，霍普特曼使用的是自然主義、新浪漫主義和象徵主義等等。〔註 106〕

茅盾在後現實主義的藝術中看到了中國文學的未來。現實主義的作用僅在於爲進一步的發展掃除了障礙。

〔註 102〕《文學旬刊》第 50 期，1922 年 9 月 21 日，第 2 頁。
〔註 103〕錢德勒，前面所引書，第 8～13 頁。
〔註 104〕同上，第 49～57 頁。
〔註 105〕同上，第 70～84 頁。
〔註 106〕同上，第 35～42，第 60～62 頁，第 84～86 頁以及第 90～93 頁。

第八章　論革命文學與無產階級文學

（一）

1923 年 5 月 2 日，郭沫若在上海大學做了一場題爲《文藝之社會使命》的演講〔註1〕。演講中他對年輕的中國共產黨員以及同情他們的學生說：「文藝也如春日的花草，乃藝術家內心之智慧的表現。詩人寫出一篇詩，音樂家譜出一支曲子，畫家繪成一幅畫，都是他們感情的自然流露：如一陣春風吹過池面所生的微波，應該說沒有所謂目的。」〔註2〕

根據郭沫若演講中所表達的觀點，藝術本身是沒有目的的。然而，藝術是一種社會現象，會對社會產生影響。這種影響在所有人類感情的統一中，在個體精神的提升中，在他努力使自己的生活更加美好時變得非常明顯。很顯然，郭沫若也受到了列夫・托爾斯泰的影響。〔註3〕

我們不知道這次演講產生了什麼效果，但是十六天後郭沫若寫了一篇題爲《我們的文學新運動》的文章，卻給人留下了完全不同的印象〔註4〕。他在文章中指出，由於中國的武人、政客、外來資本家的過度罪行所導致的結果，把我們民族的血淚排抑成了黃河、揚子江一樣的赤流。中國人民需要文學，

〔註1〕　《郭沫若選集》第 10 卷，第 83～88 頁。

〔註2〕　同上，第 83～83 頁。

〔註3〕　參見同上，第 87 頁以及郭沫若的文章《藝術的評價》第 79～82 頁。

〔註4〕　其中文初版於《創造周報》第 3 期，1923 年 5 月 27 日出版，第 13～15 頁。同時也可參見《郭沫若選集》第 10 卷，第 283～285 頁。在日本報紙（用英文）上發表時題爲《我們的文學新運動》（*Our New Movement in Literature*），稍微有些改動。此文與成仿吾合寫，參見《創造周報》第 3 期，第 15 頁。

正如揚子江需要衝破各種阻礙，帶著巨大的力量向前奔湧一樣。

文章的最後用了許多口號，呼籲新文學運動站起來反抗「資本主義的毒龍」，反抗「不以個性爲根底的既成道德」，反抗「否定人生的一切既成宗教」，和反抗「由以上種種所產生出的一切不合理的文學上的情趣。」

新文學運動要在文學中「爆發出無產階級的精神，精赤裸裸的人性。」

儘管幾天前藝術還是沒有目的的，現在它的目的卻非常明顯了：「以生命的炸彈來打破這（即資本家，馬立安・高利克注）毒龍的魔宮。」〔註5〕

一天後，即 1923 年 5 月 19 日，郁達夫，一個出乎意料的人，寫了一篇題爲《文學上的階級鬥爭》的文章〔註6〕。文中，他學了馬克思和恩格斯的態度，大聲疾呼：「世界上受苦的無產階級者，在文學上社會上被壓迫的同志，凡對有權有產階級的走狗對敵的文人，我們大家不可不團結起來，結成一個世界共和的階級，百折不撓的來實現我們的理想！」〔註7〕

1923 年 10 月，中國共產主義青年聯盟開始在上海出版《中國青年》。主編是惲代英。

1923 年 11 月 7 日出版的這份雜誌的第 5 期上有一篇題爲《告研究文學的青年》〔註8〕的文章，署名秋士，可能是那個時期一個著名的共產黨員鄧中夏（1897～1933）〔註9〕。文中作者討論了文學與社會和革命需要之間的關係。他很自信地斷言中國的文學運動，即便沒有發展到很高的程度，然而卻是相當活躍和具有影響力的。他認爲中國文學的不同在於對文學所採取的相反的方法上。少數研究文學的人脫離社會，躺在沙發上，閉著眼睛謳歌愛與美。然而，他們大多數卻將文學看成是解決社會問題的手段。對於前者，作者認爲可以不必加以考慮。至於後者，他認爲他們只是「有意」罷了。他們的努力不會帶來任何結果，因爲儘管他們主張「文學是表現人生的」〔註10〕，然而他們不瞭解什麼是人生。這裡作者指的是工人大眾的人生。

根據這篇文章作者的觀點，文學活動應該是對具有重要意義的社會活動

〔註5〕 所有引文均選自文章的結尾部分。

〔註6〕 最初發表在《創造周報》第 3 期，第 1～5 頁。也可參見《郁達夫選集》，北京，1957 年版，第 176～182 頁。

〔註7〕 《郁達夫選集》第 182 頁。

〔註8〕 《中國現代文學史參考資料》第 1 卷，第 195～197 頁。

〔註9〕 對此說法我沒有確鑿的證據。但我可以假定鄧中夏的兩篇文章都直接追隨此觀點，而且有些地方也能看出此三篇文章風格的相似之處。

〔註10〕 《中國現代文學史參考資料》第 1 卷，第 195 頁。

的補充。俄國的革命,「固然很得力於屠格涅夫、托爾斯泰、杜斯退農夫(陀思妥耶夫斯基)等文學家,但終應歸功於列寧等實行家。印度有了一個甘地,勝過了一百個文學家的泰戈爾!」〔註11〕

如果年輕的中國作家們想要成為眞正的文學家該做什麼呢?

秋士寫道:「朋友,那你就不應當僅知道怎樣才算一個文學家。應當去實行你所知道的。你應當像托爾斯泰一樣,到民間;應該學佛一樣,身入地獄,應該到一切人到了的地方去。應該吃一切人吃了的苦。應該受一切人受了的辱。文學不是清高的事業,不是『雅人韻事』。『雅人』是平民的仇敵。『雅人』是眞文學家的仇敵。」〔註12〕

之後,鄧中夏又寫了兩篇文章。其中一篇題為《新詩人的棒喝》。〔註13〕

鄧中夏在文中寫道:「新文化運動以後,青年們什麼都不學,只學做新詩。最近連長詩也不願做,只願做短詩。……今日出一本繁星,明日出一本雪朝。……幾乎把全中國的青年界都被他們占為領域了。」〔註14〕

應該注意的是,《繁星》是女詩人冰心的作品,《雪朝》是文學研究會詩人朱自清、周作人、俞平伯、徐玉諾、郭紹虞、葉聖陶、劉延陵和鄭振鐸共有的作品。

鄧中夏指出,中國年輕詩人的作品可以概括為「薄學寡識」,因而,「即使行子寫得如何整齊,辭藻選得如何華美,……」,「以之遺毒社會則有餘,造福社會則不足。」〔註15〕

然而,我們不能就認為鄧中夏僅僅只是反對文學研究會的詩人們。在他的文章《貢獻於新詩人之前》〔註16〕中,他譴責了詩集《渡河》,該詩集的作者是陸志偉;也部分譴責了郭沫若的詩集《女神》和他的戲劇《孤竹君之二子》。然而,鄧中夏卻喜歡郭沫若的戲劇《棠棣之花》。鄧中夏崇拜郭沫若的技巧但卻對其作品中的思想方面感到不滿意。

鄧中夏認為,中國需要新詩人,但是他們必須是研究正經學問注意社會問題的人。他將他們的責任歸納為三點:

〔註11〕《中國現代文學史參考資料》第 1 卷,第 196 頁。
〔註12〕同上,第 196〜197 頁。
〔註13〕同上,第 182〜183 頁。
〔註14〕同上,第 182 頁。
〔註15〕在上述引文中。
〔註16〕《中國現代文學史參考資料》第 1 卷,第 179〜181 頁,

一是新詩人須多做能表現民族偉大精神的作品；

二是新詩人須多做描寫社會實際生活的作品；

三是新詩人須從事革命的實際活動。

鄧中夏是反對文學就是目的（這顯然是瞄準郭沫若和成仿吾早年的批評發展觀的）這種觀點的。他反對對作家來說僅有「藝術之宮」的存在。在第一和第二篇文章中他都反對「爲藝術而藝術」的觀點，反對新浪漫主義。

這就意味著，鄧中夏作爲一個年輕的共產主義知識分子的官方發言人站起來反對「爲藝術而藝術」的傾向，也反對通常理解的「爲人生而藝術」的觀點，因而也是反對現代文學的傾向的。

在第五章中我們引用了惲代英在中國現代文學批評史上佔據重要位置的最重要的文章之一中的一段（即，《八股？》，譯者注）。文中，這位年輕的共產黨的領導人斷言他對新文學的什麼什麼「主義」完全是一個外行。然而，假如這些文學、這些文學運動或「主義」不能給民族解放運動和民主革命帶來什麼好處的話，他又攻擊每一種文學運動，每一種「主義」。在這種情況下，不管相關的文學運動的藝術價值有可能是什麼，必須得向八股文一樣予以駁斥。

惲代英不理解，廢止了自己的八股的中國人怎麼現在卻願意熱情地提倡外國的八股。

1923 年標誌著中國現代文學史上巨大變化時期的開始。創造社成員們的文章以及隨後那些年輕的中國共產黨員的文章預示著發展的變化。這個變化只有在 1927 年之後才開始在實質上得到應用，然而，其開始應該在 1923 年即可看出。

（二）

當郭沫若在思考用生命的炸彈摧毀資本主義這頭毒龍的魔宮的時候，茅盾，儘管他也在上海大學做了演講，卻沿著完全不同的線索在思考在中國現實環境中以及總體上的生活現實中文學的作用問題。1923 年 6 月初，他發表了一些毫無疑問可歸爲他對於文學所寫的最誠摯也最個人化的觀點：

「我相信文學是批評人生的，文學是要指出人生的缺點並提示一個補救此缺憾的理想的。所以我於愛讀一切傑作而外，尤愛讀「Jean Christophe」，因爲作者教我們以處惡境而不悲觀，歷萬苦而

不餒的真勇氣：我尤愛《羅森堡之一夜》(*Une nuit au Luxembourg*)，因爲作者教我們以排除現代人的煩悶的方法。」〔註17〕或者，「我們自然不願意學冬烘先生的樣子，板起了道學的面孔，斥戀愛小說是誨淫；我們亦不願意完全信服托爾斯泰的藝術觀，把一切不以改良人生爲目的的文學作品當作毒物。我們是極願秉至公不偏的心去冷靜地看讀，求瞭解各色各樣的眞文學。凡不爲遊戲玩世，不爲詼人，不爲自發牢騷，而赤裸裸地寫作者所見所感的文學作品，我們都喜歡讀而且時時盼望多讀。」〔註18〕

從中我們可以推測，儘管茅盾那時是現實主義的追隨者，還是願意去認識每一種在過去和現在都具有價值的文學作品的，而且不需要提出任何更高的目標：它只需眞實地描寫人生，其餘的都不是條件。顯然，在茅盾、郭沫若和郭沫若的追隨者之間他們所持的觀點是有差異的。

在他寫於不到四個月之後，就在《中國青年》創刊之前的另一篇文章中，他回憶起一位朋友曾經告訴過他：「青年多研究什麼文藝去了，反置切身的國內政亂於不顧，這何異踞洪爐之上而高歌！」〔註19〕

文中茅盾沒有提及是哪個朋友告訴他這個的，也沒有意指是哪些作家或詩人。頭腦中突然想到鄧中夏對陸志偉詩集的批評。茅盾頭腦中想到的朋友應該有陸志偉，因爲在詩集的《自序》中詩人清楚地指出他不打算把他的詩當作宣傳什麼「主義」的工具（他這是指哲學的或政治的「主義」），他爲自己而不是爲別人寫詩，而且也沒有什麼固定的觀點。〔註20〕

因而，鄧中夏和惲代英意識到的情況，也同樣清晰地被茅盾抓住了，而且他比他們更早對此發表自己的觀點。但是他的表達有所不同：

> 我們所要求的，是內的生活的充實，是精神的自由，是靈魂的解放。因此而我也是一個文學崇拜者。但是文學決不曾叫人自諱其實生活的屈辱而徒然自誇其精神上的勝利；相反的，文學是詛咒實生活的屈辱行爲的。文學也決不叫人陶然自樂於「象牙塔」中，而反以僕僕風塵與實生活格鬥的人們爲鄙俗。文學又決不願人們將他當作嗎啡，當作鴉片，當作燒酒，指望於此得一沈醉，把百般的憂

〔註17〕 雁冰，《雜感》，載《文學旬刊》第76期，1923年6月12日。
〔註18〕 在上述引文中。
〔註19〕 玄珠，《雜感》，載《學燈～文學》第90期，1923年10月1日。
〔註20〕 參見《渡河》中的《自序》第3版，上海，1927年版，第6頁。

愁拋在腦後。〔註21〕

他於是繼續言說他那些讓我們在某種程度上想到我們在第五章中引用的惲代英的觀點，但是產生的影響卻不同：

如果研究文學的青年當真自諱其實生活的屈辱而謝然自誇其精神上的勝利；當真陶然自樂於象牙塔中，而反以僕僕風塵與實生活格鬥的人們為可鄙夷，當真想把文學當作嗎啡，鴉片，燒酒，指望於此得一沉醉，忘卻百般的憂愁；那麼，我也是一個詛咒文學的人了，我願世界上沒有文學這件東西。〔註22〕

1922 年，茅盾可能是第一個站起來反對創造社「為藝術而藝術」的傾向的中國文學批評家。到 1923 年底當他回應惲代英的《八股？》（除了是對中國具體的文學形勢的反應，也可能是對剛引用的茅盾的觀點的反應）時茅盾寫道，他的害怕是毫無根據的。可能他想到了創造社那些放棄了早期傾向的主要代表人物。他不記得——而且這也是我們的觀點——中國文學青年太沉醉於為藝術而藝術了。現在的趨勢是，僅僅只是年輕人對這個主義的觀念有多強烈。這些年輕人喜歡沉浸在一個虛幻的世界裏以便獲得一些「精神上的快樂」，而在其他時候卻又沉浸在「傷感主義」中，但「卻沒有可怕的個人無政府主義的思想將流行的迹象。」〔註23〕要搞清楚在「個人主義的與無政府主義的意識形態」下茅盾頭腦中想的什麼是很難的，或許他是指這樣一種拒絕承認，或至少是低估文學的社會本質及功能的文學活動。

茅盾並不完全同意他朋友的診斷。儘管他沒有直接說太多，甚至在一定程度上支持他們，然而，他發現他們的計劃相當強大、嚴厲。在他，其中最強大最嚴厲的當屬惲代英的，它是對每一種無用的藝術的堅決抗議。茅盾對其是這樣回應的：

我不知道這種勇敢堅決的抗議，能不能促起國內青年的注意？青年文藝家！你們對於這個抗議，反對也好，贊成也好，第一先得注意這個問題呵！第一，你們先得從空想的樓閣中跑出來，看看你周圍的現實狀況。如果你不打算明天就死，你大概覺得這種的現實生活有點難堪罷？如果你也覺悟到現在這種政局和社會不是空想的

〔註21〕玄珠，《雜感》第 4 頁。

〔註22〕在上述引文中。

〔註23〕參見第 5 章注釋第 52 條的文本。

感傷主義的和逃世的思想所能改革的，你大概也不會不把代英君的

抗議想一想罷？〔註24〕

　　茅盾在這個問題上沒有像柏拉圖（Plato）或托爾斯泰和至少是從韓愈那
個時代開始的幾乎中國所有的儒家文學批評在相似的情形下那樣，採取一個
立場去譴責或者不譴責現代文學的趨勢和傾向。他甚至認為站出來反對相對
來說他最熟悉的托爾斯泰的概念更適合些。在他的文章《「大轉變時期」何時
來呢？》〔註25〕中他又一次起來反對這個概念。他在文中宣佈，他並不過分
崇拜托爾斯泰所主張的「人生的藝術」，然而他明確地反對「那些全然脫離人
生的而且濫調的中國式的唯美的文學作品。」〔註26〕我們早些時候已經知道，
特別的文學作品是不需要以改革人生為目的的，對它們來說對人生加以真實
的描寫就足夠了，儘管一部好的文學作品通常會批判它，但這不是一個條件。
文學最重要的目標在於盡可能客觀地呈現客觀現實。應該特別強調的是，茅
盾沒有譴責現代文學運動，他只是在他們的作品沒有能夠準確反映客觀現實
時才對他們予以反對。在他的文章和 1923 年他的思考中他只譴責了「為藝術
而藝術」主義和頹廢，以及感傷的和浪漫主義的情緒。在這裡提發表在 1923
年一開始的《學燈——文學》上他對魯迅的第一本短篇小說集《吶喊》的觀
點是很有趣的，而且或許也是恰當的。茅盾寫到《狂人日記》時認為它具有
「淡淡的象徵主義的色彩。」〔註27〕據我們所知，至少在 1923 年甚至可能是
在 1924 年的時候，儘管鄧中夏認為，但茅盾是拒絕承認他的新浪漫主義或象
徵主義將對文學或社會的利益造成危害這一觀念的。茅盾譴責一種文學運
動，僅僅是在其為「阿 Q 相」的人提供場地，利用它作為他們的「道德支柱」
這種情況下才會為之的。

　　茅盾希望作家們積極參與到他們所描寫的生活中去。對「實地觀察」或
「客觀觀察」的要求確實是對這個願望的強烈反應。但是直到 1925 年他從來
沒有表達過將作家與革命思想聯繫在一起的必要性。如果說他提示了什麼的
話，那麼僅僅只是對文學在人類與國民影響方面的社會功能的覺悟。他在文
章《「大轉變時期」何時來呢？》中寫道：「我們相信文學不僅是供給煩悶的

〔註24〕在上述引文中。
〔註25〕《學燈——文學》第 103 期，1923 年 12 月 31 日，第 1 頁。也可參見《中國
　　　　新文學大系》第 2 集，第 164～165 頁。
〔註26〕《中國新文學大系》第 2 集，第 165 頁。
〔註27〕雁冰，《讀〈吶喊〉》，載《學燈——文學》第 91 期，1923 年 10 月 8 日。

人們去解悶，逃避現實的人們去陶醉；文學是有激勵人心的積極性的。尤其在我們這時代，我們希望文學能夠擔當喚醒民眾而給他們力量的重大責任。……」〔註28〕

　　1923年10月茅盾爲鄭振鐸翻譯的鮑里斯・薩溫科夫（Boris Savinkov）（筆名洛普欣〔Ropshin〕）的小說《灰色馬》（*The Pale Horse*）寫了序言〔註29〕。小說描寫了一個俄羅斯社會革命黨成員，一個寡廉鮮恥的政客的故事。茅盾意識到這樣一個事實，即，小說是可以最終造成政治危害的。對此，他警告讀者社會革命必須得有計劃，有策略和技巧，其武器必須是有組織的人民大眾，謀殺不是實施社會革命的正確手段。然而，儘管這樣，他還是向中國的年輕人推薦閱讀《灰色馬》。當這部小說在《小說月報》上連載期間，茅盾非常的沮喪，寄到編輯部來的信沒有一封是討論它的。他把這歸因於那個時候中國的青年可能對重要的問題不再感興趣了，他們可能對「革命」這個字眼已經變得厭倦，更喜歡沉迷於美麗的噩夢，喜歡自己去闡釋精神解放的意義。然而，在茅盾看來，《灰色馬》是一部具有偉大的藝術價值的作品，是值得關注的。他首先強調了兩個重要的原因。第一個原因是其中所描寫的社會的和政治的現實。作者如實地描寫現實，這部小說可以說是「對俄國社會革命運動的眞實記錄。」〔註30〕第二個原因是其對小說主人公不斷被現實所激發的思想、語言、行爲的精彩描寫。主人公是一個沒有懷疑，知道在愛與恨之間、善與惡之間、快樂與憂傷之間、生與死之間沒有差別的人，是一個殺人不眨眼的人，一個可以殺掉任何打擾他無法忍受的寂寞的人。

　　幾個月後，茅盾闡明了導致他得出如此判斷的原因。

　　當一個批評家試圖去貶低中國偉大的小說《水滸傳》、《儒林外史》和《紅樓夢》時，茅盾想要他知道，「一件文藝作品是超乎善惡道德問題的，凡讀一本小說，是欣賞這本小說的藝術，並不是把它當作倫理教科書讀……。」〔註31〕

〔註28〕《中國新文學大系》第2集，第165頁。

〔註29〕中譯文以書的形式發表在1924年文學研究會叢書中。茅盾的「序」可參見1931年第3版第1～8頁。該「序」也發表在《學燈——文學》第95期，1923年11月5日，第1～2頁。

〔註30〕同上，第4頁。

〔註31〕沈雁冰，《〈紅樓夢〉〈水滸〉〈儒林外史〉的奇辱！》，載《學燈——文學》第116期，1924年4月7日，第3頁。批評家是曹慕管。

這意味著——基於類比（per analogiam）——一部藝術作品可能不會被當成一篇社會學的或政治的文獻來閱讀，其特殊性必須得時常加以尊重。

（三）

1924 年的頭三個月中，茅盾大部分的時間都在忙著抵制文言文復興的支持者組織的對白話的攻擊。後三個月甚至更晚些時候，他研究了第一次世界大戰對文學的影響。茅盾爲這本題爲《歐洲大戰與文學》的著作寫了一篇文章，這本著作後來在 1928 年的時候也以書的形式出版了。〔註32〕

1924 年的下半年，在第一次世界大戰十週年紀念一開始的時候，茅盾寫道：

> 十年前的今日，正是世界有史以來第一次「大屠殺」開始的時候。

> 各民族的無產階級受了資本主義者（治者階級）的巧誘強迫，成千萬到戰場上去送命；他們流的血，如果流的得當，本足以洗淨這個世界，但是不幸被帝國主義者偷偷摸摸的利用了去，反鞏固了帝國主義者的威權，到如今，他們效死疆場的無產階級的子孫，再來忍受資本家的比大戰前兇惡十倍的掠奪。

> 這就是大戰中無產階級流血換得的代價。〔註33〕

在最後一行茅盾表達了他自己那時的信念：

> 我相信惟有無產階級連合起來爲自己而戰，才能終止世界永久的擾亂，才能終止帝國主義者『間日瘧疾』也似的永無斷頭的屠殺！

〔註34〕

這篇文章之前三周茅盾發表了另一篇題爲《蘇維埃俄羅斯的革命詩人》〔註35〕的文章，這篇文章是獻給馬雅可夫斯基（V. Mayakovsky）的。當論及興趣和隨後將會怎樣時茅盾選擇了馬雅可夫斯基，這不僅是因爲他是那時最

〔註32〕《小說月報》第 15 卷第 8 號，1924 年 8 月 10 日，第 1～18 頁和第 1～41 頁。以書的形式出版，1928 年，上海，共 125 頁。

〔註33〕雁冰，《歐戰十年紀念》，載《學燈——文學》第 133 期，1924 年 8 月 14 日，第 1 頁。

〔註34〕在上述引文中。

〔註35〕文章以筆名「玄珠」寫作，發表在《學燈——文學》第 130 期，1924 年 7 月 14 日第 1 頁上。

著名的詩人，因為「他是充分瞭解十月革命的意義，並且能用生花的筆把它描寫把它讚美的，」〔註36〕而且，也因為馬雅可夫斯基是一個未來派，因而是茅盾同情的現代先鋒派潮流的支持者。馬雅可夫斯基的未來主義，「縱使與『無產階級文化』沒有歷史的關係，可是它實在是表現無產階級的革命精神的。」〔註37〕茅盾清楚地意識到意大利未來主義特別是其在思想方面的特徵，與布爾什維克主義有根本的差別，但是他也意識到恰恰是在蘇聯未來主義達到了其發展的最高峰這樣一個事實。顯然，隨著未來主義帶來的新方法和全新的精神對創造性作品的內容和它們的藝術價值來說並不是決定性的。

1924～1925 年間，茅盾的批評文章表現出不同的特徵。他的文學思想經歷了一次轉變。這裡所引用的文章摘錄將我們帶進了不同的氛圍中。

1925 年 4 月或 5 月至 10 月間茅盾寫了一篇題為《論無產階級藝術》的文章〔註38〕。這是茅盾對無產階級藝術理論最重要的貢獻。

文章由四部分組成。第一部分非常簡潔地論述了無產階級藝術的前史，它的先驅者，並把它放在與羅曼・羅蘭的「民眾藝術」（popular art）相對立的位置。第二部分關注的是無產階級藝術產生的條件，將其顯示為一種新的藝術並指出了它的特徵。第三部分論及無產階級藝術的內容，最後一個部分則是關於無產階級藝術的形式。

1924 年和 1925 年，茅盾的文學思想在以下方面經歷了最具表現力的變化，文學舞臺對他來說不再像 1923 年以前是世界性的和民族的，而是變成了一個階級的舞臺。所有隨後要討論的文獻將就此進行判斷。

從我們打算在這本專著中對問題提供的答案的角度來說，無產階級藝術的前史及其先驅不是很重要。因此，我們將不對其予以考慮。然而，與羅曼・羅蘭的名字相關的問題卻更為重要。

1920～1923 年間，我們見證了茅盾對羅曼・羅蘭的高度崇拜。對他來說，羅蘭是一個「象徵」，一個將成為中國現代文學的將來的代表人物。這並不是說羅蘭在 1925 年或之後對茅盾來說失去了全部的魅力，但是他對羅蘭的關係變得更具批判性也更冷靜。當茅盾將其新的階級觀運用在羅蘭的藝術和批判

〔註36〕 在上述引文中。

〔註37〕 在上述引文中。

〔註38〕 《文學周報》第 172 期，1925 年 5 月 10 日，第 2～4 頁；第 173 期，1925 年 5 月 17 日，第 9～12 頁；第 175 期，1925 年 5 月 31 日，第 27～29 頁；第 196 期，1925 年 10 月 4 日，第 200～203 頁。

形式的某些部分上時，他意識到羅蘭理解的「全民眾的」或「普遍的」這個術語，實際上是很可笑的。茅盾頭腦中毫無疑問想到了羅蘭出版於 1903 年的那本名為《人民戲劇》（*Théatre du people*）的書中的文章和評論。文中，羅蘭描繪了他積極的民眾藝術，首先是大眾戲劇的理念。

茅盾這樣寫道：

> 我們如果承認過去及現在的世界是由所謂資產階級支配統治的，我們如果沒有方法否認過去及現在的文化是資產階級獨尊的社會裏的孵化品，是為了擁護他們治者階級的利益而產生的，我們如果也承認那一向被騙著而認為尊嚴神聖自由獨立的藝術，實際上也不過是治者階級保持其權威的一種工具，那麼，我們該也想到所謂藝術上的新運動——如羅曼‧羅蘭所稱道的，到底是怎樣的一種性質了！我們不能不說「民眾藝術」這個名詞是欠妥的，是不明瞭的，是烏托邦式的。〔註39〕

實際上，茅盾是把羅蘭當成了與高爾基相反的情況來對待的。茅盾之前提到過高爾基，但這次他將高爾基與整個文學運動相聯繫——同樣也是新的——，然而，他承認是因為它與新的社會階級是密切相關的。

茅盾寫道：「我們要為高爾基一派的文藝起一個名兒，我們要明白指出這一派文藝的特性，傾向，乃至其使命，我們便不能不拋棄了溫和性的『民眾藝術』這名兒，而換了一個頭角崢嶸，鬚眉畢露的名兒，——這便是所謂『無產階級藝術』。」〔註40〕

無產階級藝術誕生的條件已經在資本主義社會就產生了。然而，因為顯而易見的原因，由於資本主義是不支持甚至想方設法去壓制這種類型的藝術的，這種藝術只能在蘇聯才能夠得到順利的發展。

茅盾認識到無產階級藝術是一種不同的、新的藝術，並努力從概念上將它與先前那種在本質上與其盡可能接近的文學類型區別開來。他這麼做主要是想準確地概括其特徵。

他首先將它與所謂的農民藝術區別開來，因為後者僅僅只對農業環境中的主題感興趣。他在自己的文章《近代文學的反流——愛爾蘭的新文學》中讓中國讀者對這種藝術有所瞭解。

〔註39〕《文學周報》第 172 期，第 3 頁。
〔註40〕在上述引文中。

　　要理解茅盾所謂的革命文學究竟是什麼意思變得越來越困難了。他只是說「但凡含有反抗傳統思想的文學作品都可以稱為革命文學。所以它的性質是單純的破壞。」〔註41〕由此，茅盾首先是指一種打破偶像崇拜的精神價值的破壞。他認為，並非每一部對資產階級表示憎恨的作品都是無產階級藝術。茅盾寫道：「在描寫勞動者如何勇敢奮鬥的時候，或者也得描寫到他們對於資產階級極端憎恨的心理，但是只可作為襯托；如果不然，把對於資產階級的憎恨作為描寫的中心點，那就難免要失卻了階級鬥爭的高貴的理想。」〔註42〕

　　我們將稍後再來討論這個問題。這裡應該注意的是，對於革命藝術，茅盾瞭解了 1898 年後（烏納穆諾〔Unamuno〕、阿佐金〔Azorin〕、北阿・巴洛伽〔Pio Baroja〕）西班牙的文藝類型。〔註43〕

　　最後，茅盾區分了無產階級藝術和所謂的社會主義文學，這種文學要麼對社會這一思想表示同意，要麼對它進行宣傳。它的支持者是個人主義者，每個人都獨立工作，沒有形成任何的組織。茅盾在此處僅舉了一個例子，比利時作家埃米爾・維爾哈倫（Emil Verhaeren）。維爾哈倫是戲劇《黎明》（*Les Aubes*）的作者。這部戲劇描寫了一場工人罷工的勝利，但最後勝利的功勞卻給了他們的領導，因為工人大眾無知，也沒有組織能力。

　　那時無產階級藝術的主題或內容範圍是很受限制的。茅盾將原因歸結於年輕的無產階級作家缺乏經驗，以及他們可獲得的生活素材範圍的狹小。然而，茅盾相信這只是暫時的，隨著時間的發展，這一狀況會得到改善，而且，「無產階級藝術之必將如過去的藝術以全社會及全自然界的現象為汲取題材之泉源……。」〔註44〕

　　茅盾提到了無產階級文學的另一個不足之處，後來在 1928 年和 1929 年，他與魯迅，對此都做了強調，那就是「刺激和鼓動（對革命活動，馬立安・高利克注）只是藝術全體的目的」的錯誤觀點〔註45〕。茅盾承認，這種刺激是在最初期無產階級文學的一種有機表現，但是文學不能長時間處於這種狀態。

────────────

〔註41〕《文學周報》第 173 期，第 11 頁。

〔註42〕在上述引文中。

〔註43〕茅盾在《小說月報》中討論了巴洛伽（Pio Baroja）的作品。見《西班牙現代作家巴洛伽》，載《小說月報》第 14 卷第 5 號，1923 年 5 月 10 日，第 1～5 頁。

〔註44〕《論無產階級文藝》第 175 期，第 27 頁。

〔註45〕同上，第 29 頁。

　　然而，他個人認為無產階級藝術最大的阻礙是對「階級鬥爭的高貴的意義」的否認〔註46〕。那時茅盾不是將階級鬥爭理解為是工人對資本主義和人對人的反抗，而是工人階級對由資產階級建立起來的社會秩序的反抗。在他看來，相當多「富於刺激性的無產階級藝術作品，往往把資本家或資產階級知識者描寫成天生的壞人，殘忍，不忠實」是不對的。〔註47〕

　　茅盾在文章的最後一部分裏對無產階級藝術的內容與形式之間的相互關係進行了反省，這是他思想的起點。1920 年的時候他曾表達過這方面的觀點，只是稍有不同。對藝術作品組織的精神刺激的適應過程要比對藝術結構的適應過程更容易些。藝術形式不能如放置其中的內容那樣更容易適應新的要求。我們發現，現代文學史中完全的新形式，但是這些是新派「變態的病象，而非健全的進化。」〔註48〕茅盾的這個觀點自然相當令人驚異，這在很大程度上有別於他早期文學批評的第二個特徵。在他看來，無產階級文學應該從前面時代的文學中學習藝術技巧。那時，他認為文學中的「新派」根本上只是「傳統社會將衰落時的一種病象，」〔註49〕並從整體上譴責了後現實主義的傾向。然而，不是因為他要開始崇拜現實主義，──他在自己的文章中甚至都沒有提過它，──而是因為他認為一種真正健全的藝術應該是「一個社會階級的健全的心靈的產物。」〔註50〕因此，一個階級在其權利的崛起和上升發展時期通常是這樣的。一點也沒什麼好令人驚訝的，作為無產階級文學的典型，茅盾推薦了所有時代革命浪漫派和古典派作家的作品。

　　在他的另一篇題為《文學者的新使命》〔註51〕的文章中，茅盾思考了兩個重要的問題，即關於文學的本質的問題以及在世界範圍發展的新條件下作家和文學的使命問題。

　　在分析這篇茅盾以筆名「佩韋」發表的文章時，我們認為他對於文學與人生之間的關係的表達是他精神發展的晴雨錶。1920 年文學對於他是人生的一種「表現」。1922 年時，則成了是人生的一種「反映」，是他可以在其中看見每一種善惡、黑白，值得去愛與恨的一面司湯達式（Stendhalian）的鏡子。

〔註46〕在上述引文中。

〔註47〕在上述引文中。

〔註48〕《論無產階級文藝》第 175 期，第 196 期，第 201 頁。

〔註49〕在上述引文中。

〔註50〕在上述引文中。

〔註51〕《文學周報》第 192 期，1925 年 9 月 13 日，第 150～151 頁。

1925 年，他從根本上接受了這麼一個觀點（然而，這個觀點他並非全部贊同），即，文學是「指南針」，指示人生到「未來的光明大路。」〔註52〕

　　似乎他是被強迫公開表達這個觀點的，儘管他對其準確性不太確信。在茅盾看來，「未來的光明大路」的問題確實是非常重要的，但是他自己並不知道這條路，也不相信會有任意兩個人同意一個完全確定的未來世界的概念。

　　他將作家們帶回到了現實世界，帶回到了社會現實中：

　　　　文學者決不能離開現實的人生（這個應該加以特別強調，馬立安·高利克注），專去謳歌去描寫將來的理想世界。……我們不能拋開現代人的痛苦與需要，……，並且如果我們不能明瞭現代人類的痛苦與需要是什麼，則必不能指示人生到正確的將來的路徑，而心中所懷的將來社會的理想亦只是一貼不對症的藥罷了。〔註53〕

　　茅盾的這些話警告了無產階級文學未來的支持者和所謂的「標語口號文學」的狂熱信奉者，儘管在很大程度上是白費力氣。1925 年的中國文學批評界相對來說要平靜些，是風暴之前的平靜。創造社以及那些與它比較接近的，即無產階級革命最熱情的宣傳者的活動，實際上是停止了。當魯迅出現並走到不僅僅是創作領域、而且更是散文和文學批評領域的最前線時，文學界正是這樣一種狀態。那年，《莽原》開始在他的指導下，並且在其周圍聚集了一群能夠「批判中國社會和文明」〔註54〕的作家。在寫於 1925 年 7 月中旬的《論睜了眼看》〔註55〕一文中，魯迅指出：

　　　　文藝是國民精神所發的光，同時也是引導國民精神的前途的燈火。……中國人向來因為不敢正視人生，只好瞞和騙，因此也生出瞞和騙的文藝來，由這文藝，更令中國人更深地陷入瞞和騙的大澤中，甚而至於已經自己不覺得。世界日日改變，我們的作家取下假面，真誠地，深入地，大膽地看取人生並且寫出他的血和肉來的時候早到了；早就應該有一片嶄新的文場，早就應該有幾個兇猛的闖將！〔註56〕

〔註52〕《文學週報》第 192 期，1925 年 9 月 13 日，第 150 頁。

〔註53〕在上述引文中。

〔註54〕維克多·彼得洛夫（Viktor Petrov），《魯迅》（*Lu Siň*），第 95 頁。

〔註55〕文章最初發表在《語絲》第 38 期，1925 年 8 月 3 日上。也可參見《魯迅論文學》，北京，1959 年版，第 17～21 頁。

〔註56〕同上，第 21 頁。

與魯迅相似，茅盾也讓文學和作家們面對他們的戰鬥任務：

　　文學者目前的使命就是要抓住了被壓迫民族與階級的革命運
動的精神，用深刻偉大的文學表現出來，使這種精神普遍到民間，
深印入被壓迫者的腦筋，因以保持他們的自求解放運動的高潮，並
且感召起更偉大更熱烈的革命運動來。〔註57〕

茅盾，與他對那個時代的確信相一致，甚至走得更遠。他指出作家「必
須爲無產階級文化盡宣揚之力。」〔註58〕

（四）

在魯迅寫那篇文章之前不久，《學生雜誌》上發表了茅盾的《告有志研
究文學者》〔註59〕。這個成果還不太爲研究者所知，除了在我們的一篇評論
文章中有簡短的介紹外，其他地方都還不曾提到過。茅盾在文中努力想讓有
興趣的讀者至少對文學的基本知識有所瞭解，同時也讓它成爲那個時期他表
達自己觀點的一個舞臺。只是應該注意的是，他在此文中的表達比他在文章
《論無產階級文藝》和《文學者的新使命》中的表達要更溫和些。這首先是
因爲《學生雜誌》是爲商務印書館所有，其經營者不喜歡激進思想的任何表
達。

文章對四個問題作了回答。一是「文學是什麼？」二是「文學能替人群
做什麼事？」三是「是否人人可作文學家？」四是「現代文學家的責任」。

在第一部分，很可能茅盾是從西奧多・亨特（Theodore W. Hunt）的書
《文學：法則與問題》（*Literature——Its Principles and Problems*）中借用的
對文學的定義。兩位作者都同意根據各自的參考對象對文學的定義所排列的
順序〔註60〕。這裡我們不討論這個問題，但是將會密切注意茅盾自己對文學
所下的定義，這個定義將會對他的文學觀有更加清晰的描繪。

在下定義之前，茅盾談到了兩個不可缺少的、基本的原素。沒有這兩個

〔註57〕　《文學者的新使命》第151頁。
〔註58〕　在上述引文中。
〔註59〕　《學生雜誌》第12卷第7號，1925年7月5日，第109～120頁。
〔註60〕　參見亨特（T. W. Hunt），前面所引書，第21～23頁和茅盾，第110～111頁。
　　　　　涉及的作者有：伍斯特（Worcester）、哈勒姆（Hallam）、布魯克（Brooke）、
　　　　　阿諾德（M. Arnold）、濟慈（Keats）、傑伯（Jebb）和維尼特（Vinet）。其他
　　　　　的選集與亨特和茅盾的有部分不同。二者都引用了桑德斯（Saunders）和波斯
　　　　　尼特（Possnett）的觀點。

原素，文學就不能被創作出來。首先，它們是我們的意識中一種不斷常新的、極活躍的概念或者意象。其次，是我們意識界所起的要調和要整理一切的審美觀念。茅盾是以唯物知識學家的眼光來看待客觀現實的。被感知到的客觀對象，不管是物質的還是精神的，將它們投射在我們的大腦皮層（「意識鏡」，茅盾是這麼表達的）。只要我們的意識鏡是不受干擾地放置來對著客觀現實的，而且客觀現實是不斷升溫變動的，那麼意識中的概念也是不受干擾的。當作家想要用藝術的形式表達這些概念時，於是美學觀便發揮作用，使這些概念或意象互相和諧，即整理它們讓其變得有序。只有那些概念會被包含進文學作品，讓作家的審美觀得到滿足。文學的價值是根據這些被組織成集團的原素的和諧程度決定的，創造和諧的概念或意象的最重要的條件是審美觀念。

　　於是茅盾對文學下了如下定義：

　　　　文學是我們的意象的集團之借文字而表現者，這種意象是先經過了我們的審美觀念的整理與調諧（即自己批評）而保存下來的。

〔註 61〕

　　茅盾在第二部分指出了不同作家（有的指出了名字，有的沒有）對前面所述的第二個問題的不同回答。他自己也給出了一個他認為與他那個時代最相關的答案。茅盾這樣說道：「以我看來，文學之必須先具有美的條件是當然的事；因為美無非是整齊（或換言之，是各得其序）和調諧，而整齊和調諧正是宇宙間的必然律，人類活動的終極鵠的。」〔註 62〕

　　這些關於文學是人類活動的一個方面的觀點將我們又一次帶回到托爾斯泰那裡。正是托爾斯泰在他那本《什麼是藝術》的書中對文學下了一個定義，其實質為「藝術是一種人類活動。」〔註 63〕托爾斯泰認為，藝術不是對美或上帝的某種神秘思想的表達。它不是一齣戲，也不僅僅是感情的表現。它不是一個快樂的對象的生產，更不用說也不是一個樂趣的問題。它是幫助人類感情相互統一，相互諧和的一種手段，是人類生活及其進步真正不可缺少的手段〔註 64〕。1925 年甚至更晚些的時候，茅盾可能會同意剛剛提到的托爾斯

〔註61〕沈雁冰，《告有志研究文學者》第 112 頁。
〔註62〕同上，第 116 頁。
〔註63〕列夫・托爾斯泰（L. Tolstoy），《什麼是藝術》（*What is Art?*）第 50 頁。
〔註64〕在上述引文中。

泰的每一個觀點，只是他會對最後一個觀點用不同的方式加以表達。「有序和諧」這一字眼當然包含了茅盾的終極哲學思想，包含了傾向它的世界，因而在其中包含了整個自然和人類。那是一種人類活動的終極，是人類努力的終極。文學是一種工具，但是是一種加以了不同理解的工具。在階級社會中，文學是一種階級工具，是階級使用的一種工具。文學總是反映或應該反映時代的精神，這種精神不是別的什麼，是「治者階級的思想、意志、情感的集體。」〔註65〕當它這麼做時，它也就完成了其在人類文化發展領域中的使命。1925年的時候茅盾堅信：「新鮮的無產階級精神將開闢一新時代，我們的文學者也應該認明了他們的新使命，好好的負荷起來。」〔註66〕自然，在他的研究中他既沒有勾畫出也沒有闡釋這個觀點。

這裡，我們先不討論茅盾的第三個問題。相反，我們將停下來討論茅盾的批評著作中經常反覆出現的話題，即現代作家的責任這個話題。在這裡我們看到，茅盾認為文學是為人生質疑辨惑的，儘管他再一次不忘回憶起他不崇拜托爾斯泰的藝術觀。他是這樣定義現代作家的責任的：「描寫現代生活的缺點，搜求它的病根，然後努力攻擊那些缺點和病根，以求生活的改善。」〔註67〕這個觀點再一次與魯迅對現代社會中文學的任務的闡釋非常相似。〔註68〕

（五）

在那本給人留下深刻印象的《五四運動史》（*The May Fourth Movement: Intellectual Revolution in Modern China*）中周策縱（Chow Tse-tsung）談到了下面這件事，但他沒有提到它具體發生的時間，只是說可能是在1922年或1923年。鄧中夏，在他作為其成員的少年中國會的一次討論中最後相當熱烈地與左舜生這個學會的左翼分子交換了意見。握手離開的時候，鄧中夏親密地叫著他的名字，堅定地告訴他：「好吧，舜生，我們會再見的，不過是在戰場上見。」〔註69〕

這個戰場指的是那個時期中國整個政治的、經濟的和文化的領域。他們

〔註65〕《告有志研究文學者》第114頁。
〔註66〕《文學者的新使命》第151頁。
〔註67〕魯迅，《我怎麼做起小說來》，載《魯迅全集》第4卷，第393頁。
〔註68〕《文學者的新使命》第151頁。
〔註69〕在上述引文中。

僅僅是在等待機會。至於文學的問題,《中國青年報》成了他們的舞臺。鄧中夏和惲代英開始在其中宣稱對中國新文學進行徹底改革的必要性。甚至在他們之前,1923 年 2 月 7 日京漢鐵路大罷工中 37 位工人被槍殺,200 多位受傷事件之後不久,郭沫若和郁達夫努力通過激進的革命的口號給他們的讀者留下印象。1924 年,蔣光慈、瞿秋白加入到了革命文學一邊。1925 年 5 月 30 日,英國警察向中國的示威者開槍的運動〔註 70〕對中國文學批評產生了決定性的影響。魯迅,帶著他精神的全部熱切,出現在當時中國文學生活和文學批評的戰略者中。

這本著作的讀者將可能注意到托爾斯泰和魯迅的名字在這裡已經多次出現。托爾斯泰出現在茅盾批評視野的一開始,而魯迅的文學批評則是 20 年代後期和 30 年代前期中國的象徵和力量。如果我們記得過去那些偉大的批評家的話,托爾斯泰對中國現代文學批評產生的影響可能是最大的。而且,每一個中國文學批評家或作家都不得不在這方面或那方面與魯迅發生關係這樣一個事實仍然是存在的。魯迅成了中國現代批評史整整十年中的領軍人物。

我們注意到 1923～1925 年間茅盾在幾種情形下提到過托爾斯泰。而且,儘管他沒有完全放棄托爾斯泰,但他不再崇拜他,也不再贊同他的觀點了。或許 1919 年的一個短時期例外,茅盾那時並不完全同意托爾斯泰的觀點。1925 年的時候,他甚至與托爾斯泰拉開了距離。這僅是因為他相信每一種文學都是階級文學。

文本,特別是鄧中夏與左舜生的對話所預示的氛圍已經清楚地表明,茅盾 1924～1925 年間的文學批評變得與他前些年的文學批評相對立。由於同樣的氛圍,也由於戰場的存在那種感覺,新的無產階級藝術不得不與茅盾之前所宣傳的現實主義的、自然主義的或者先鋒派文學的本質有所不同。

〔註70〕何干之主編,《中國近代革命史》(上冊),1957 年版,第 60～61 頁。

第九章　論中國當代無產階級文學與
　　　　世界先鋒派文學

（一）

　　「中山艦」事件之後不到一個月，郭沫若在他的文章《革命與文學》中試圖用數學的方法表達文學與革命之間的關係。他認爲，文學是函數，即用某一個量級作用於另一個量級來表示的函數，在這種特別的情況下，文學是一個時代的變數。當郭沫若將這種表達加以概括時，他得出結論：文學是革命的函數。從這層意義上講，革命是一個自變數，而文學是一個被變數，兩者都隨時空的變化而變化。革命時期的革命文學在非革命時期則變成了非革命的文學。革命文學是會受到承認的，而反革命的文學則要受到反對。甚至有必要否定這種文學的存在，而且從根本上拒絕承認它是文學。每個社會在其自身的衰敗和落後時期只能創作出毫無價值的反革命的文學。於是郭沫若認爲「文學永遠是革命的，眞正的文學是只有革命文學的一種。」〔註1〕而且，「文學是革命的前驅，而革命的時期中永會有一個文學的黃金時代出現。」〔註2〕

　　當然，這些觀點是值得質疑的。

　　成仿吾寫於 1927 年底的文章《從文學革命到革命文學》提出了一些很有分量的問題來供討論，如文學革命的社會基礎問題，文學革命的歷史意義問

〔註1〕　《創造月刊》第 3 期，第 5 頁。
〔註2〕　在上述引文中。

題，那個時期文學革命的進程和階段問題，文學革命未來的發展問題以及在創作文學革命的努力中將革命知識分子團結起來的問題等等。

毋容置疑，這些問題都非常嚴肅，表達得也非常地冷靜。

然而，對這篇文章加以進一步的觀察，讀者一定不會看不出，無論是文章的內容還是由內容引起的廣泛討論，都不是很嚴肅。這對與文學革命的進程相關的問題來說尤其正確。文中，他用整整一頁的篇幅來反對 20 年代初梁啓超及其同伴將歐洲的科學和思想介紹進中國的努力。他否定中國哲學家介紹歐洲哲學的努力，也否定文學研究會，特別是他們在文學批評和翻譯領域的功勞。自然，他對創造社的成績給予了很高的評價，認爲他們「不斷地與惡劣的環境奮鬥」，他們「指導了文學革命的方針，率先走上前去，他們掃蕩了一切假的文藝批評……。」〔註3〕在成仿吾看來，創造社挽救了中國的新文學運動。

在論述時代文學革命的階段那部分，郁達夫又轉回來反對那些以《語絲》爲中心的作家和批評家，魯迅也是其中的一個成員。郁達夫認爲「他們代表著有閒的資產階級或睡在鼓裏面的小資產階級，」「他們超越在時代之上。」〔註4〕

1928 年初有幾種雜誌在上海創刊，在魯迅看來，實際上它們有著「偉大或尊嚴的名目」，但卻「不惜將內容壓殺。」〔註5〕很難準確地說魯迅指的是哪些雜誌，但是他的注意力顯然被其中的《現代小說》、《太陽月刊》和《文化批判》這三種雜誌給抓住了。〔註6〕

在《文化批判》上，創造社的成員開始了對資本主義時期的政治、經濟、社會、哲學、科學和文學持續的批判。〔註7〕

這本雜誌的第 1 期上刊登了馮乃超的文章《藝術與社會生活》。文中，作者譴責了四個中國現代文學的主要代表人物：魯迅、葉聖陶、郁達夫和張資平，以及其他的作家。他只讚揚了郭沫若的作品和創造社的浪漫的努力。在他看來，「中國的藝術家多出自小資產階級的層中，」〔註8〕有可能爲人生、

〔註3〕　《創造月刊》第 9 期，第 3 頁。

〔註4〕　同上，第 5 頁。

〔註5〕　魯迅，《「醉眼」中的朦朧》，載《魯迅全集》第 4 卷，第 51 頁。

〔註6〕　這三種雜誌都是在 1928 年 1 月創刊的。參見張靜廬編，《中國現代出版史料》第 4 卷，1954 年版，第 523 頁。

〔註7〕　成仿吾，《祝詞》，載《文化批評》第 1 期，1928 年 1 月 15 日，第 2 頁。

〔註8〕　馮乃超，前面所引書，第 6 頁。

現實和社會的革命觀而奮鬥出自己的路。然而，在那些小資產階級的文學家沒有真正地認識革命時，他們只是自己所屬階級的代言人，那麼「他們的歷史的任務，不外一個憂愁的小丑。」〔註9〕

馮乃超在批評魯迅的時候提到托爾斯泰並非僅僅是偶然。他發現魯迅和托爾斯泰兩人都是自己所憎惡的人道主義者，因為在他看來人道主義在那個時期的中國現實中是堂吉訶德式的不切實際的事情。他對托爾斯泰沒有個人的看法，只是引用了好幾次列寧（V. I. Lenin）的觀點〔註10〕。至於魯迅，除了前面所作的那些評語之外，他承認魯迅在技巧方面是不錯的，但是「他常追懷過去的昔日，追悼沒落的封建情緒。」馮乃超很驚訝魯迅沒有傚仿托爾斯泰變作「卑污的說教人。」〔註11〕

李初梨的文章《怎樣地建設革命文學》〔註12〕是直接針對馮乃超的文章的。

對於「什麼是文學」這個問題的回答，作者同意辛克萊（U. Sinclair）的觀點：「一切的藝術，都是宣傳。普遍地，而且不可逃避地是宣傳；有時是無意識地，然而常時故意地是宣傳。」〔註13〕李初梨反對文學是自我表現（正如他也身為其成員的創造社成員們的觀點），用近似於叔本華（Schopenhauer）的口吻斷言，文學是「生活意志的要求。」〔註14〕與文學研究會成員們的觀點相反，他認為文學是不能反映社會生活的，而是「反映階級的實踐的意欲。」〔註15〕

李初梨也表達了他對於文學革命現階段這個問題的態度。在他看來，以《新青年》為中心的文藝家在向封建思想進行了短暫的攻擊之後，中國的新文學選擇了一條反動之路，與封建勢力合流起來。真正承繼文學運動傳統的是創造社成員。現在，客觀地反映社會人生已經不夠了，而是要將革命的變化帶到這種人生中。這些人的「藝術的武器」必須同時也是無產階級的「武器的藝術」〔註16〕。他們的文學不能像批評家甘人所概括的魯迅的作品那樣

〔註9〕 馮乃超，前面所引書，第7頁。
〔註10〕 同上，第5頁。
〔註11〕 在上述引文中。
〔註12〕 《文化批判》第2期，1928年2月15日，第3～20頁。
〔註13〕 李初梨，前面所引書，第5頁。
〔註14〕 在上述引文中。
〔註15〕 李初梨，前面所引書，第5～6頁。
〔註16〕 同上，第17頁。

是「淚裏面有著血的文學」，而必須是「機關槍和戰壕」〔註17〕文學。他在辛克萊（U. Sinclair）、波格丹諾夫（A. Bogdanov）和魏特夫（K. A. Wittfogel）那裡看到了無產階級文學的典範。〔註18〕

那個時代中國批評的左派經常重複的一個觀點在郭沫若的文章《英雄樹》中表達出來了。這篇文章發表時用的是筆名「麥克昂」〔註19〕。文中他號召中國的文人不要亂吹他們的破喇叭（即克服資產階級意識，無論如何，他們很快會被移走會被新的所代替），暫時做一個客觀現實的「留聲機器」〔註20〕。郭沫若相信成為一個革命現實的被動的留聲機器是年輕作家或批評家最好的選擇。他顯然又一次將創造社的同伴比作馬克思和恩格斯，儘管他沒有明確指出來。他們也會犯錯誤，但是當他們後來接近革命現實的漩渦時，「他們才克服自己的有產者意識，而戰取了革命的辯證法的唯物論」。〔註21〕

在這篇文章中，他表達了三個基本的要求：

一、離要產生的聲音更近些。換句話說，即是要接近工農群眾去獲得無產階級的精神。

二、反對個人主義。換句話說，即是要克服舊有的資產階級的意識形態。

三、參加運動，或者把新得的意識形態在實際上表示出來，並且再生產地增長鞏固這新得的意識形態。

願意或者拒絕做一個革命現實的「留聲機器」對郭沫若來說是作家或者批評家是革命的或是反革命的標誌。值得注意的是，郭沫若並沒有像他的同伴們那樣對「語絲派」進行攻擊。他在文中寫道，在政治方面他們的意識還不夠。然而，他的確將「文學小丑」這個綽號贈予了新月社的代表人物徐志摩，並聲稱一多半的文藝青年都這樣〔註22〕。徐志摩反過來可能對文學革命的追隨者給予了高度的抨擊。文中他寫道，他們宣講「到民間去」的必要性，然而他們卻伏在書臺上冥想窮人、餓人、破人、敗人的生活。同時，他們的想像正許窮得連窮都不能想像。他們恨不能拿縫紉婆的髒布來替代紙，拿眼淚與唾沫來代替文字，如此更可以直接地表示他們對時代精神的同情。

〔註17〕李初梨，前面所引書，第15和第17頁。

〔註18〕同上，第19頁。

〔註19〕最初以筆名「麥克昂」發表在《創造季刊》第1卷第8期上。

〔註20〕《郭沫若全集》第10卷，第326頁。

〔註21〕郭沫若，《留聲機器的回音》，《郭沫若全集》第10卷，第349頁。

〔註22〕同上，第351頁。

〔註 23〕

1930 年後，佔據中國文學批評而且將會在一定程度對其發展產生影響的主要問題，到 1927 年底，尤其是在 1928 年初時變得完全明確了。

這些就是剛才已經提到過的問題，即時代與文學之間的關係問題、對現階段中國文學的評價問題、文學作為一種宣傳與批評的問題或標語口號文學的認可問題相聯繫的問題、文學作品的藝術價值的問題、文學的階級特徵的問題以及文學與辯證唯物主義的方法之間的關係的問題（即所謂的「留聲機器」的問題）。

（二）

有意思的是，所有這些問題中茅盾那時最感興趣的是文學作品的藝術價值的問題。

1927 年，關於中國的無產階級文學，他這樣寫道：

> 就過去半年的所有此方向的作品而言，雖然有一部分人歡迎，但也有更多的人搖頭。為什麼搖頭？因為他們是小資產階級麼？如果有人一定要拿這句話來閉塞一切自己檢查自己的路，那我亦不反對。但假如還覺得這麼辦是類乎掩耳盜鈴的自欺，那麼，虛心的自己批評是必要的。我敢嚴正的說，許多對於目下的「新作品」搖頭的人們，實在是誠意地贊成革命文藝的，他們並沒有你們所想像的小資產階級的惰性或執拗，他們最初對於那些「新作品」是抱有熱烈的期望的，然而他們終於搖頭，就因為「新作品」終於自己暴露了不能擺脫「標語口號文學」的拘圄。〔註 24〕

大約 1927 年 12 月中旬的時候，馮乃超寫了一部戲劇《同在黑暗的路上走》〔註 25〕。這部獨幕劇的主人公是一個小偷，一個青年和一個野雉。正是這部作品被魯迅稱之為「連報章記事都不如」〔註 26〕的文學的證明。但同時，這部作品也是相當革命的。主人公小偷的導入式的獨白佔了整個戲劇的五分之三。劇本用簡短的、不連貫的句子，通過茅盾說「昨天剛學得的辯證法的

〔註 23〕 徐志摩，詹姆斯·史蒂文森(James Stephens)小說《瑪麗，瑪麗》(*A Charwoman's Daughter*)「序」第 2 版，上海，1928 年版，第 3 頁。
〔註 24〕 茅盾，《從牯嶺到東京》，載伏志英編，前面所引書，第 358 頁。
〔註 25〕 《文化批判》第 1 期，1928 年 1 月 15 日，第 90～97 頁。
〔註 26〕 魯迅，《文藝與革命》，載《魯迅全集》第 4 卷，第 68 頁。

ABC」〔註 27〕的那個人的眼睛，表明了那個時代整個中國的現實。他辱罵社會、上帝、被人所包圍的一切價值、妻子、家庭、他自己的膽小以及不確定感。當他後來拔出槍對著一個過路的野雉時，一個青年向他撲過去，從他手中把槍奪了下來。通過一段簡短的對話後，年輕人指出他們都屬於同一個階層（這個青年是個工人），他們是兄弟姐妹，他勸誡他們團結起來。野雉附和說他們同在黑暗的路上走，要互相幫助。小偷明白了有很多跟他們一樣有著共同目標和想法的人。青年表達了明天很快就會到來的希望。野雉宣稱自己再不會害怕黑暗了，而小偷也說他們要共同反抗黑暗。

1926～1927 年間郭沫若的文學主張的成果在中國文學領域開始出現。在這個劇本的「後記」中馮乃超也表達了他的信念：「洗練的會話，深刻的事實，那些工作讓給昨日的文學家去努力吧。」〔註 28〕在他看來，對一部戲劇來說表達出參與人物的行為就足夠了。自然，一部作品的思想與藝術價值是在這樣一個根本就無需去評價的概念上產生的。

茅盾是這樣看待這個時期的中國文學的情形的：由於革命熱情的緣故，文學最重要的本質之一，即文學的美學方面被忽略，文學被變成了政治和階級宣傳的工具。對適當的文學教導和教育的需要也被忘記。比如，像馮乃超所寫的標語口號文學代表著現實中最容易的出路。

在《太陽月刊》雜誌第 1 期出版幾天以後，茅盾寫了一篇題為《歡迎「太陽」》的評論文章〔註 29〕。文中，他對太陽社成員們的熱情給予了誠摯的歡迎，他們的宣言中包含了如「太陽是我們的希望，太陽是我們的象徵，除開奮鬥而外，我們沒有出路；我們要戰勝一切，我們要征服一切，我們要開闢新的園土」〔註 30〕這樣一些崇高的話語。

這一期上也刊登了蔣光慈題為《現代中國文學與社會生活》的文章。他在文中指出，中國文學落後於中國現代社會的發展，不能反映偉大的社會變革。茅盾同意蔣光慈的觀點，但是將其與文學的藝術方面這個顯然沒有引起讀者注意的問題進行了更進一步的討論。蔣光慈用了「實感」一詞，或者更恰當的，「具體的經驗」。因而，他寫道，例如那些年紀大的、有經驗的、沒

〔註 27〕 茅盾，《讀〈倪煥之〉》，載伏志英編，前面所引書，第 382 頁。

〔註 28〕 《文化批判》第 1 期，第 97 頁。

〔註 29〕 評論最初發表在《文學周報》第 5 卷，第 719～723 頁上，1928 年版。我是從松井博光編，前面所引書，第 4 卷，東京，1960 年版，第 47～50 頁中知道的。

〔註 30〕 《太陽月刊》第 1 期《卷頭語》，松井博光編，前面所引書，第 47～48 頁。

有參加革命鬥爭的作家，是不能寫出好的革命文學的。茅盾不同意他的這個觀點，指出並不是所有在作品中用了具體經驗的作家都成功地創作出了反映他們那個時代的文學作品。一個人自己的經驗對創作來說並不是必不可少的，而是要進行客觀的觀察。這點，是第一位的。其次，只有那些接受過恰當的文學教育的作家才能寫出好的作品來。一部文學作品中所表現出來的具體經驗的價值不是依靠經驗本身，而是取決於它是依靠什麼而產生的。

　　茅盾對發表在《太陽月刊》第 1 期上的小說感到不滿意。他寫道，藝術作品中表達的具體經驗可以是同意別人的，或者可以是他們觀察到的。換句話說，他們沒有給讀者提供獨特的印象。他給年輕的文學家推薦了亨利・巴比塞（Henri Barbusse）和安德烈亞斯・拉茲古（Andreas Latzko）作典範，他們的作品都很好地描寫了戰爭，展現了別人不知道的東西。茅盾沒有深入闡釋他的觀點。而且似乎是，獨特的觀點以及藝術的表現對他來說成了衡量藝術作品價值的最重要的標準。不經意地，讀者在這裡會被俄國形式主義學家和捷克結構主義學家之間的相似留下印象。如果韋勒克（R. Wellek）是正確的話，新奇是價值或興趣的唯一衡量標準〔註31〕。當然，這裡也有某些不同。對形式主義者來說，它首先是手段的問題；而對結構主義學家而言，涉及的是一個非常複雜的結構概念。對茅盾來講，它是一種現實觀（如果作者被涉及其中的話）和一種印象（如果讀者受到了影響的話）。

　　與 1922 年時一樣，茅盾又一次特別強調了對材料的藝術的安排以及對其進行轉變的必要性，這兩點都表明在它們本身之中存在著新的藝術發現的可能性。如果一個作家將其限制在某一具體的材料中，那他寫出來的東西無異於普通的新聞報導。

　　與魯迅相似，茅盾也要求一部藝術作品內容與形式的完美。在其評論葉聖陶的小說《倪煥之》時，他這樣寫道：

　　　　「五卅」時代以後，或是「第四期的前夜」的新文學，而要有燦爛的成績，必然地須先求內容與外形——即思想與技巧，兩方面之均衡的發展與成熟。作家們應該覺悟到一點點耳食來的社會科學常識是不夠的，也應該覺悟到僅僅用群眾大會時煽動的熱情的口吻

〔註31〕　勒內・韋勒克，《批評的概念》（*Concepts of Criticism*），第 48〜49 頁。捷克著名的批評家薩爾達（F. X. Šalda）也主張：「真正的評論只在於對被研究對象的獨特性表示贊同，在於他從不重複的、悲劇的、創造性的戲劇中。」（《心靈與作品》序（「*Preface to The Soul and Work.*）

來做小說是不行的。〔註32〕

儘管意識到了郭沫若會將他算在「文學小丑」中這樣一個事實，茅盾還是果斷地拒絕做一個革命文學的「留聲機器」。即便他可能不能抓住所有郭沫若意欲通過這個術語想要表達的東西，他還是站起來反對試圖把作家變成一個被動的現實再現者，一個沒有建設性的和有結合力的努力之能力的原始工具，一個沒有良知、只能宣講什麼甚至是反對他自己信念的人，一個自大的、假裝知道如何拯救革命的人〔註33〕。他寫道：「我實在是自始就不贊成一年來（即，1927年下半年至1928年的上半年，馬立安·高利克注）許多人所呼號呐喊的『出路』。」〔註34〕這個「出路」（茅盾沒有進一步概括其特徵），在他看來，差不多成為了一條「絕路」。顯然，茅盾是不相信那種不注重實際上非常複雜的現實的「出路」的。魯迅的文字同樣表達了茅盾的觀點：

> 現在所號稱革命文學者，是鬥爭和所謂超時代。超時代其實就是逃避，倘自己沒有正視現實的勇氣，又要掛革命的招牌，便自覺地或不自覺地必然要走入那一條路的。身在現世，怎麼離去？這是和說自己用手提著耳朵，就可以離開地球者一樣地欺人。〔註35〕

茅盾相當公開地宣稱（儘管這很可能危及他在革命夥伴中的聲譽），他不怕那些試圖用一點點辯證法使他變得更好的人，並勸告所有準備獻身於新文藝的人，學習觀察和分析他們自己周圍的現實，不要滿足於自己做被動的喇叭的作用，那樣的話最初構思的辯證法將會抑制他們。他告誡他們在動筆寫作前要能夠去分析群眾的噪音，要學會聆聽地下泉的滴響，並在此基礎上創作出所涉及的人物的精神畫面〔註36〕。甚至，他們應該刻苦地磨練他們的技巧，描寫他們最熟悉的事物，坐在書房裏寫一些英雄式的演講對他來說是相當可笑的。〔註37〕

與郭沫若相反，茅盾不相信在革命時期總會出現一個文學上的黃金時代。他準備回擊革命作家，但他希望他們能夠細細「咀嚼」（借用他自己的術語）自己的實感（如果有的話），從那裡邊榨出些精英、靈魂，然後轉變為文

〔註32〕《讀〈倪煥之〉》，載伏志英編，前面所引書，第393頁。
〔註33〕《從牯嶺到東京》第348～349頁。
〔註34〕在上述引文中。
〔註35〕《魯迅全集》第4卷，第67頁。
〔註36〕《讀〈倪煥之〉》第393～394頁。
〔註37〕《從牯嶺到東京》第347頁。

藝作品。〔註38〕

　　馮乃超不準確地斷言，如果中國作家只談他們自己，不努力去獲得革命現實觀的話，他們的歷史作用將無異於憂愁的小丑。然而，中國現代文學史證明茅盾是正確的。他宣稱如果中國革命作家只想朝太陽走的話，如果從文學中他們只能得到一種新發現的、令人質疑的、樂觀的宣傳工具的話，他們最終將只能變成悲哀的 Pantheon（即，古羅馬萬神廟）〔註39〕。這些話確實生動地描繪了 20 年代後期中國無產階級文學之「廟」的特徵。隨後，這種形式好轉了，但這在很大程度上是由於那些被無產階級批評家所攻擊的對象。

　　茅盾也專注於時代的精神及其與文學作品的關係。

　　可能在閱讀成仿吾、馮乃超、李初梨和其他人相當具有批判意味的作品時，茅盾對五四運動之後 10 年的文學進行了思考。與這些批評家相反，他避免毫無理由地譴責任何人。茅盾很自信，在判斷一部文藝作品的價值時，批評家「是不應該枝枝節節地用自己的尺度去任意衡量。一篇小說的藝術上的功夫，最好讓每個讀者自己去領受。」〔註40〕他並不試圖將自己的觀點強加在任何人身上，只是希望引導讀者，如果讀者願意的話。

　　1919～1929 年間茅盾從時代的角度去看中國文學，發現年輕的中國文學沒有創作出足以將其區別開來的作品。甚至魯迅傑出地表現了五四運動精神、對傳統思想模式予以抨擊的作品也沒有。沒錯，在短篇小說集《吶喊》中，魯迅讓我們聽到了資產階級社會崩塌的聲音，以及與那個社會相關聯的所有毫無價值的、多餘的生死掙扎。它描繪出了舊中國的鄉村，以及生活在其中的兒女們，但是沒有都市，沒有「都市中青年們的心的跳動，」〔註41〕亦沒有反映出『五四』當時及以後的刻刻在轉變著的人心。」〔註42〕在茅盾看來，中國的鄉村沒有加入那個時期總體上外貌的變色。中國的鄉村開始變得活躍只是在 1925 年的「五卅」運動之後。在《吶喊》的鄉村描寫發表的當時，中國的鄉村恰正是魯迅所寫的那個樣子。

　　顯然，那時的茅盾看到了大都市，看到了青年（他沒有特別指明是哪些青年），看到了現代中國正在變動著的精神。中國的鄉村對他而言是黑暗、

〔註38〕方璧，《歡迎「太陽」》第 49 頁。
〔註39〕在上述引文中。
〔註40〕《讀〈倪煥之〉》第 390 頁。
〔註41〕同上，第 373 頁。
〔註42〕在上述引文中。

無知的象徵，是死水似的意象。如果 1922 年的科學精神是時代精神的表現的話，那麼它現在的表現則是可能引起社會的整個變革和進一步發展的精神。〔註43〕

除魯迅的作品外，茅盾還提到了其他人的，如郁達夫、許欽文、王統照、周全平和張資平的作品。但他們反映的生活對他來說似乎是「極狹的，局部的，我們不能從這些作品裏看出『五四』以後的青年心靈的震幅。」〔註44〕

與批評家羅美相似，茅盾也在「彷徨」中看到了那個時代青年一代的最重要的特徵〔註45〕。他提醒我們提到的作家的作品，魯迅的除外，沒有充分表現出這一代的彷徨的心情。首先是沒有表現出這些心情的廣闊深入的背景，比如，思想界的混亂，社會基層的動搖，新舊勢力錯綜複雜的鬥爭。他認為從藝術的角度看所有這些作品都是好的，他不滿意的只是他們沒能表現出時代的精神。〔註46〕

根據茅盾的主要觀點，文學將是最客觀的，同時也是客觀現實畫面的藝術表現，明顯地包含在將一部作品理解為是所描寫的時代精神的投射中。然而，在作品中只描寫時代的背景還不夠。一部作品，除了時代性外，還應該給予讀者以影響，並通過人們集團的活力將時代的成就推向前〔註47〕。茅盾回到了自己 1925 年時的思想，對 20 年代俄國現實主義作家的努力給予了肯定。如果這樣，他就承認了對手的觀點，特別是錢杏邨的，認為文學應該有助於創造生活。然而，他與他們不同的是，在於「怎樣創造生活」這個概念。在他們將時代背景理想化的時候（儘管他們所有的批評都是指向它的），茅盾卻從本質上描寫那個時代生活的黑暗面，並在其中看到了喚醒他們起來行動的東西，一種影響讀者並將其引向正確道路的手段。〔註48〕

與剛剛提到的這兩個問題有密切聯繫的是第三個，作為第一批中國的文學批評家，茅盾將其提出來進行討論。這個問題涉及到中國現代文學（其內容與形式）和讀者之間的關係。這是一個非常嚴肅的問題，事實上是最重要

〔註43〕 在上述引文中。
〔註44〕 《讀〈倪煥之〉》第 376 頁。
〔註45〕 羅美可能是茅盾的弟弟沈澤民。參見普魯士，《茅盾三部曲小評》，載伏志英編，前面所引書，第 109 頁和《讀〈倪煥之〉》第 376 頁。「猶豫」與魯迅的短篇小說集《彷徨》的題名同義。
〔註46〕 《讀〈倪煥之〉》第 376～378 頁。
〔註47〕 同上，第 390～391 頁。
〔註48〕 同上，第 398～399 頁。

的問題之一，整個中國現代文學時期都在零星地進行討論。

茅盾寫道：「一種新形式新精神的文藝而如果沒有相對的讀者界，則此文藝非萎枯便只能成爲歷史上的奇迹，不能成爲推動時代的精神產物。」〔註49〕

他沒試圖掩蓋什麼。他沒有像他的對手所做的那樣，假設中國新文學的讀者是「被壓迫的工人階級」。這些大眾，大部分都是沒有受過教育的，甚至是文盲。他們不會讀作家爲他們寫的作品，即便有人讀給他們聽，他們還是不瞭解。他們有他們真心欣賞的「文藝讀物」，那就是方言文學和民間故事。治療的方法是很難的。不管新作品多麼有趣，它們不能普遍滿足大眾，因爲作品是用太歐化或是太文言化的白話寫的。中國的新文學只有知識分子和年輕的學生能讀。然而，能閱讀革命文學的大眾仍然是太少了，因爲這種文學的讀者只有革命的學生。在這一點上茅盾強調，不爲那些能夠真正理解和欣賞它的現代文學讀者寫作是錯誤的。〔註50〕

這裡所討論的茅盾的貢獻是以評論的形式，或者是作爲辯論而寫的，它們並沒有被詳細地闡述。但是即便是我們剛剛重現的這些思想，也蘊含了一些非常充分的觀點的核心，儘管這些觀點在中國仍然受到指責：如果文學想要有更深的意義，想要幫助讀者塑造人生，那它就應該爲那些能夠理解它，能夠在美學上接受它和欣賞它的人而寫。否則，（在任何一種情形下，不管是爲虛構的大眾還是完全沒有受過教育的大眾）它將成爲一個不能完成其歷史使命的怪物。

（三）

在茅盾題爲《文學上的古典主義、浪漫主義和寫實主義》的文章之後不到 10 年，茅盾出版了他的專著《西洋文學通論》。題名與其論及的內容名不副實，因爲書中並沒有論述文學史。茅盾在整體上對西洋文學並不感興趣，只是對其某些發展過程進行了描繪，意在顯示出文學進化過程中的各個側面和變化。他只論述了在他看來對文學發展有重要貢獻的部分，或者是這個發展中的一些有趣的部分。

在茅盾看來，文學史的出現是與經濟的和社會的發展相關聯的。他將馬克思主義的文學批評觀包含進了他的體系。根據馬克思主義的文學批評觀，文學

〔註49〕《從牯嶺到東京》第 360 頁。
〔註50〕同上，第 361～364 頁。

是一種經濟基礎之上的上層結構（茅盾使用了「上層的裝飾」一詞）〔註 51〕。在他看來，這個基本的觀念是研究文藝史的人所應有的。另一個根本的觀念是文學不是超然的，它總受到被創作的那個社會和環境的影響。它常反映「他所在的那個社會裏的最有權威的意識，」〔註 52〕也就是支配階級的意識。這種決定在支配階級處於衰落而新興階級跨上歷史舞臺的時候會變得逐漸衰弱。在社會的決定因素中，茅盾也看到了自我表現的觀點常常在中國 20 年代的文學中被強調。文學作品常常是主觀的產物。然而，這個主觀，從來不是超然的，它是社會，尤其是其意識和情緒具體化的一部分。〔註 53〕

我們將不再提茅盾對於過去的文學上的「主義」觀。這在前面的第四章和第七章中已經討論過，而且它們在 20 年代末或之後都沒有發生根本的變化。我們將限定在研究他與現代後現實主義（後自然主義）思潮之間的關係上。

根據茅盾的看法，科學的迅猛發展導致了世界發展的不平衡，這種不平衡又引起了憂鬱與疲憊。劇烈的社會變動剝奪了人對於未來的自信，而他的現在卻已經變成了過去。現實常常是太平凡了，人們需要新的藥物和精神的麻醉品。茅盾贊同赫爾曼・巴爾（Hermann Bahr）總結出的頹廢派的特徵。巴爾的理論著作在二、三十年代的中國受到歡迎。〔註 54〕

頹廢派是後現實主義藝術的開始。神秘主義和象徵主義是頹廢派的孿生子。這兩個流派都反對客觀的描寫而轉向主觀的夢幻。因而，一些學者稱它們是「新浪漫主義」。但是茅盾與其在 1920～1922 年時相反，現在認爲這不是「新」浪漫主義。因爲浪漫主義的特徵，除了反對客觀描寫外，是鮮明的主張，堅強的意志，毫不含糊的意識，活潑潑的勇往直前的氣概。這些在神秘主義文學或者象徵主義文學中都是找不到的。〔註 55〕

茅盾認爲，未來主義的出現是「本世紀初歐洲文壇上第一件大事情。」〔註 56〕對茅盾來說，對力的強調、對速度和工業文明的崇拜要比對頹廢的情緒和神秘派與象徵派作家那些與人生沒有關係的作品更有吸引力。他相對詳

〔註 51〕 方壁，《西洋文學通論》第 14 頁。

〔註 52〕 同上，第 16 頁。

〔註 53〕 同上，第 15 頁和第 17 頁。

〔註 54〕 同上，第 218～219 頁。

〔註 55〕 同上，第 219～220 頁。

〔註 56〕 同上，第 239 頁。（應爲第 237 頁，譯者注。）

細地分析了菲利波‧托馬索‧瑪里納蒂（Fillippo Thomaso Marinetti）和弗拉基米爾‧馬雅可夫斯基的作品。茅盾與馬雅可夫斯基產生了共鳴。

　　關於德國印象派作家，茅盾對其用了相當的篇幅來闡釋說它們批評現代社會，憎惡現代社會，但卻不絕望。相反，典型的印象主義者持的是自信的、預言者的態度。在他們看來，文學家是一群特異的人，有更為豐富的感情和思想。他們見得多也聽得多，能夠把見到的聽到的用文學作品表達出來，將其轉變為大的、有組織的社會力量。通過藝術的手段，作家表達出自己的靈魂，從而影響到他人。他想讓他們同樣地經驗、同感、鼓舞。表現主義者渴望成為大戰后德意志的先知者，他們想要為自己顯然已經毫無希望的國家指出一條出路。茅盾贊同表現主義者，如瓦爾特‧哈森克萊凡爾（Walter Hasenclever）建議的解決辦法。哈森克萊凡爾在他的劇本《兒子》（Der Sohn）和《人類》（Die Menschen）中首先展現了人類罪惡的面目，然後宣講以相互之間的愛作為洗滌罪過的一種手段。他強烈譴責科科顯楷（O. Kokoschka）的戲劇，因為他這些戲劇「讓人看不懂」（incomprehensibleness）。所有的表現主義作家中，茅盾對歐內斯特‧托勒（Ernest Toller）和格奧爾格‧凱澤（Georg Kaiser）的戲劇《加萊的市民》（Die Bürger von Calais）評價最高。值得注意的是，在這點上他是同意郭沫若和郁達夫 20 年代前半期的觀點的。〔註57〕

　　所有的現代文學流派中，茅盾最反對的是達達主義，反對其追隨者對每一樣有組織的東西的仇恨，反對他們的狂亂的、破壞的精神以及否定一切的存在。同樣，茅盾反對的也是它的「使人看不懂」的本質。〔註58〕

　　應該注意的是先鋒派文學運動中茅盾最喜歡的是純粹主義。從他所寫的關於純粹主義者的內容中我們很容易推測出為什麼他會對他們給予最大的同情。他指出：「（他們也主張）不能僅僅如寫實派或印象派那樣只描寫自然而已，必須創造新的自然。他們想在色和形之中創造新的自然。他們排斥『幻想』，所以也是反神秘主義和象徵主義的。他們主張將印象合理地客觀地能夠說服一般組織起來，所以和立體派相同而又更深進一層。他們切要創造，和表現主義相同，然而表現主義所有的個人主義與無政府主義的傾向，純粹主義者又是排斥的。」〔註59〕

〔註57〕郭沫若，《革命春秋》，上海，1951 年版
〔註58〕方壁，《西洋文學通論》第 279～281 頁。
〔註59〕同上，第 281～182 頁。

　　茅盾將諸多文學的「主義」歸因於在新時期的社會結構中缺乏統一〔註60〕。除統治階級外，更牢固的位置穩穩地被工人階級佔據著。大部分的作家都來自知識分子階層，常常站在這兩個階級之間，受到他們的影響。沒有了統一的信仰，社會意識瓦解了，個人主義與集團主義之間正在爭勝。〔註61〕

　　與其1925年的態度相反，茅盾不再堅持認為新文學的思潮是由社會腐朽階段所滋生的變態現像這樣一個死板的、錯誤的概念。1929年，他以一種根本不同的態度來看待社會發展過程中的「腐朽」，這樣也影響了他的新的看法。他逐字指出：「我們並不能說一切新主義就比自然主義好了許多。雖然自然主義不能算是健全的文藝思潮，但是這些反自然主義的新主義也各有各的病態。」〔註62〕另一方面，他又在其他地方認為一些新「主義」，尤其是達達主義，包含了比自然主義更多的病態。

　　顯然，從茅盾對先鋒派藝術和文學運動的小結中可以看出他認為這些新主義的共同特徵是都不主張客觀的寫實，都只抱著只要能夠表現內在的主觀世界就行（儘管這在他自己接下來的分析中並不十分清楚）〔註63〕。他也認識到這種文學反對太客觀的描寫必然使得作家們努力去創作一些遠離經驗現實的作品，這樣常常會導致作品「使人看不懂」。茅盾譴責那些使人完全看不懂的作品。這與他總體的文學理論是一致的，儘管現代文藝作品的使人看不懂有各種嚴重的原因。然而，如果茅盾不想駁倒他自己的觀點的話，他是不能也不願承認它們的。在他看來，「使人看不懂」是現代藝術最嚴重的病態之一〔註64〕。這裡我們想要說，一個在辯證的對抗中看待先鋒派文學或藝術的文學批評家或藝術批評家或許可以對這種「使人看不懂」有不同的看法。恰當的例子或許是捷克傑出的結構主義學家揚‧穆卡洛夫斯基（Jan Mukařovský），他將「使人看不懂」理解為是現代藝術完全可以理解的組成部分。〔註65〕

　　對於藝術和社會之間的關係，茅盾總是持一種嚴厲的看法。他沒有足夠清醒地意識到這兩種實體間的辯證的對抗。現代時期（主要是19世紀末和20

〔註60〕方壁，《西洋文學通論》第283頁。
〔註61〕在上述引文中。
〔註62〕在上述引文中。
〔註63〕方壁，《西洋文學通論》第285頁。
〔註64〕在上述引文中。
〔註65〕揚‧穆卡洛夫斯基（Jan Mukařovský），《捷克詩學選》（*Chapters from Czech Poetics*）第2卷，布拉格，1941年版，第393～394頁。

世紀的前 30 年）這兩種對抗比過去其他時候都要強烈得多。人們的社會意識改變了，公眾藝術成為了社會性差別極大的人的一種凝聚（這個尤其是指西方世界）。在其頂峰時，社會環境和社會要求不再作為藝術發展的滯延因素發揮作用。創造者手中再也創作不出傳統的、美學的，或藝術的「經典」！發展的動力有利於藝術本身非同尋常的加速發展。自然地，其社會使命因而常常會被減弱。茅盾又一次在此中看到現代藝術的另一重要的病態〔註 66〕，儘管這個不能也用不同的方式更加客觀地將其特徵描繪出來。這個當然很好理解。茅盾受到了他那個時代中國現實的強烈影響。事實上在中國，社會影響的滯延不斷地影響著現代生產。一個例外是五四運動前後一個相對較短的時期，那時這種影響沒有能夠對某些團體，比如說創造社發揮作用。在中國現代文學批評中我們不斷遭遇到認為藝術應該有「社會意義」，應該表現「時代的精神」等等的觀點。結果，反對或者不支持文學的社會使命的每一件事，不是受到譴責，就是至少受到冷遇。茅盾是首批採取這種態度的人之一。

　　1920 年，茅盾是全身心地贊成後現實主義文學的。這可以通過這樣一個事實加以解釋，即他是確信文學的革命本質的，確信各個文學運動是逐步完善的。現在，到了 1929 年的時候他以不同的眼光來看待文學的革命本質，對文藝領域的先鋒派運動有了透徹的瞭解，也能更好地判斷它們能否具有創造具有社會意義、反映時代精神的作品的能力。那時，他還遠沒有被現代文藝作品激發起熱情來。如果說他贊成什麼作品的話，就是那些參與社會和政治的作家的作品了，這些作品是足以被人理解的。凱澤、托勒和馬雅可夫斯基是相當好的例證。

（四）

　　那麼，現代時期什麼類型的文學才能滿足茅盾的要求呢？從前面已經討論到的我們可以推測，這是一種與現代先鋒派潮流相對，但是同時又將從早期的自然主義（現實主義）中學習經驗的文學。茅盾想要從其分析批評的精神中獲利。他相當自信在此基礎上「一種健全的人生文藝」將被創造出來。〔註 67〕

　　在茅盾看來，這種文學的基礎是由馬克西姆‧高爾基奠定的，他將一種

〔註 66〕方璧，《西洋文學通論》第 285～286 頁。
〔註 67〕同上，第 286 頁。

「新的健康的口吻」引進了他的現實主義的作品中。亨利・巴比塞也爲法國文學做了一些相似的事情。茅盾將相對較多的篇幅用來分析俄國的「同路人」派（Russian fellow-travellers）和「色臘皮翁兄弟們」（Serapion's Brothers），但實際上他們的現代主義對茅盾沒有什麼吸引力。茅盾毫不隱瞞地對綏甫林娜（L. Seifullina）、巴比爾（I. Babel）、萊昂諾夫（L. Leonov）、格拉特科夫（F. Gladkov）、法捷耶夫（A. Fadeyev）、里別津斯基（Y. Libedinsky）給予了同情。高爾基爲現實主義的誕生做了很多。他的客觀描寫不再是冷酷、無成心的客觀。客觀現實對他而言成了新的主觀眞理的源泉。新的趨勢，在努力創造比自然主義作品更多完美作品，拒絕「寫實的」創作方法。高爾基卻相反，指出如果在作者心中燃燒著烈焰般的感情時，寫實的方法也不一定是冷酷悲觀的。〔註68〕

在寫作《西洋文學通論》時茅盾是贊成「同路人」派時代已經結束了的觀點的。俄羅斯文學已經不再有由生活的片段構成的作品。他相信未來新文學的中心主題將會是對廣闊場景裏的人類生活的描寫，生活的巨變將被藝術地處理，這些作品將會在類型上與果戈理、托爾斯泰和屠格涅夫的作品相似。自然地，茅盾的確看到了新、舊俄國文學之間的差別。在分析法捷耶夫的《毀滅》（*Razgrom*）時他指出了這點〔註69〕。舊的寫實主義指出了存在的問題但是沒有給出解決的辦法，而新的寫實主義則兩者都指明了。舊寫實主義批評和分析現實，而新寫實主義，即便是在最嚴酷的社會中，則預示了一個更光明的未來。舊寫實主義認爲人只是一個存在於宇宙間的活的有機體，而新寫實主義則將它作爲能夠探索自然、改變其環境和創造一個新世界的「一種樸實的神」。

這些最後的話語只描繪了一枚硬幣的一面。在涉及茅盾與所謂的新寫實主義的關係時，我們必須記住他在這本書中表達的主張。這裡，在論及藝術與現代社會和不久的將來之間的關係時他寫道：「社會的組織是一天一天在改變在進步，所謂盡善盡美的人間世尙在遠遠的將來，因而分析和批評的寫實主義也還有久長的將來在前面。」〔註70〕

茅盾進一步的創作和批評作品是通過這個主張來判斷的。

〔註68〕方璧，《西洋文學通論》第296～297頁。
〔註69〕同上，第320頁。
〔註70〕同上，第21頁。

第十章　左聯與 1930～1936 年間的茅盾

（一）

　　現代中國文學的歷史，至少是現代眾所周知的，不能提供足夠的材料為讀者獲得一個關於左聯的緣起和發展的準確畫面。

　　在回顧 1928～1930 年間中國關於革命文學的討論時，我們見證了對魯迅和茅盾這兩位 30 年代前半期中國文學生活的主要代表人物，同時也是左聯的活躍成員的不斷攻擊。在相互間的爭吵與和解之間實際上沒有時間間隔，這在茅盾那裡尤其顯而易見，他在左聯成立前的兩個月裏是錢杏邨猛烈攻擊的對象〔註 1〕。這個時間之後兩個月，魯迅發表了一篇題為《我們要批評家》的文章，文中他讓批評家錢杏邨和成仿吾以及對立派的梁實秋和陳源明白，中國需要的不是他們這樣的批評家。〔註 2〕

　　歷史事實是這樣的，1930 年 2 月 16 日，左聯籌備委員會（是中國共產黨倡議的）成員碰了面〔註 3〕，兩周後，在 1930 年的 3 月 2 日，決定成立左聯〔註 4〕。從一份發表在《拓荒者》第 3 期上的報告中我們知道有 50 多個人參加了成立大會。魯迅、夏衍和錢杏邨三人同為大會主席。魯迅、夏衍、馮乃超、錢杏邨、田漢、鄭伯奇和洪靈菲等 7 人被選為執行委員會委員。除魯迅外，所有人都是共產黨員。

〔註 1〕　錢杏邨，《中國新興文學中的幾個具體問題》，載《拓荒者》第 1 期，1930 年 1 月，第 341～382 頁。
〔註 2〕　《魯迅全集》第 4 卷，第 188～189 頁。
〔註 3〕　《中國現代文學史》，上海，1959 年版，第 295 頁。
〔註 4〕　在上述引文中。

　　大會通過了綱領〔註5〕，其中包含了這樣的思想：如果藝術要為進步事業服務，那它必須成為為人類的解放而鬥爭的武器，必須跟上時代的步伐。整個綱領的語氣是申明式的。綱領寫道：帝國主義的資本主義制度已經變成人類進化的桎梏，而其「掘墓人」的無產階級負起其歷史的使命，通過階級鬥爭，以求人類徹底的解放。根據這個概念，現代中國的藝術必須是反封建主義的、反資本主義的和反資產階級的。中國的作家必須站在無產階級的舞臺上。必須加強舊的藝術批評，必須引進外國的無產階級藝術，新的藝術理論必須被創造出來。顯然，綱領完全忘記了要強調應該被加以運用的美學的要求。

　　這個綱領表達了將要成立的左聯的成員不得不接受某種程度的妥協，比如將「詩人」寫成「預言者」，將「藝術家」寫成站在歷史前線的「人類的導師」。這樣可能適合併與諸如馮乃超或錢杏邨這樣的批評家的主張一致，但肯定不能與魯迅的觀點相諧和，魯迅當時還沒有對文學持這麼高的見解。1929年5月的時候魯迅還不同意這個觀點，那時他認為文學是作家環境的產物，不相信依靠文藝本身就足以「煽起風波來」，〔註6〕即成為歷史的決定性因素。在左聯成立的那天，當著所有贊成宣言的人的面，他也不同意，並指出如果有人認為詩人或藝術家比別的人高貴而且他的工作具有更高的價值的話，那就錯了。〔註7〕

　　1931年11月，執行委員會通過了一份名為《中國無產階級革命文學的新任務》的決議。〔註8〕

　　這份決議涉及了六個不同的問題，即對過去時期的無產階級藝術運動的批判、新的任務、大眾化問題的意義、創作問題、理論鬥爭和批評以及左聯的組織和紀律。

　　決議中所表明的思想與中國20年代的現代文學社團的思想是相反的，左聯不是一個革命作家的自由組合，而是一個有一定的且一致的政治觀點的行動鬥爭的團體。綱領指出，「在左聯內，不許有反綱領的行為。不許有不執行決議的行動。不許有小集團意識或傾向的存在。不許有超組織或怠工的

〔註5〕　《中國現代文學史參考資料》第1卷，第188～189頁。
〔註6〕　魯迅，《現今的新文學的概況》，載《魯迅全集》第4卷，第107頁。
〔註7〕　魯迅，《對於左翼作家聯盟的意見》，載《魯迅全集》第4卷，第183頁。
〔註8〕　《中國現代文學史參考資料》第1卷，第287～291頁。

行動。」〔註 9〕實際上，他們是否成功地把左聯創造成了這麼一個團體還是個問題。然而，事實是，他們用了與政治團體對待其成員一樣的方法去組織文人。新的「幾不要」宣佈了。

決議進一步表明，左聯是國際革命作家聯盟，即所謂的 MORP 的一個支部。國際革命作家聯盟的總部設在莫斯科，通過它在各國的支部開展工作。〔註 10〕

從左聯爲其成員設定的新任務來看其目的是促進政治。這些任務有：反帝國主義；反國民黨和軍閥；爲蘇維埃政權而鬥爭；宣傳共產主義革命，爲準備和設立共產主義原則而鬥爭；組織工農兵通信員和壁報運動；參加一切勞苦大衆的文化和宣傳活動；反對民族（文學）主義、法西斯主義以及一切反革命的思想和文學。

左聯的積極分子意識到了這樣一個事實，即如果他們要完成他們爲自己設定的任務的話，那他們就必須得找到新的、完全不同的工作和創作方法。1930 年文學的大衆化問題開始在中國進行大範圍的討論。左聯組織了「文藝大衆化研究會」，《大衆文藝》雜誌有一期也用了一個部分來討論這個問題〔註 11〕。大衆化的特徵在決議中也用以下的文字提到了：「在創作、批評乃至組織問題，目前和今後都必須執行徹底的、正確的大衆化……。」〔註 12〕在這個方面進行強調的趨勢似乎非常強烈，被認爲是取得反帝國主義的、反國民黨的以及共產主義革命勝利的重要手段（當然是在藝術領域）。

在創作問題（更準確地說是題材問題、方法問題和形式問題）方面，決議提出了三個要求。作家必須注意「中國現實生活中廣大的題材，尤其是那些最能完成目前新任務的題材。」〔註 13〕那些描寫「身邊瑣事」，描寫「革命的興奮和幻滅」，以及「戀愛和革命的衝突」等等定型的觀念的題材都要拋去。至於方法，作家必須從無產階級的觀點，從無產階級的世界觀來觀察，來描寫。決議明確指出：「作家必須成爲一個唯物的辯證法論者。」因而，辯證唯物主義的方法成了中國無產階級文學的方法（受到蘇聯文學批評的影

〔註 9〕　《中國現代文學史參考資料》第 1 卷，第 291 頁。
〔註 10〕MORP 的刊物《國際文學》用五種（應爲俄、法、英、德四種，譯者注）語言出版。魯迅和郭沫若都是國際革命咨詢委員會的成員。
〔註 11〕是這個刊物的第 2 卷第 3 期。
〔註 12〕《中國現代文學史參考資料》第 1 卷，第 289 頁。
〔註 13〕在上述引文中。

響）〔註 14〕。至於材料之藝術的和語言的組織，根據決議的措辭，「必須簡明易懂，必須用工人農民所聽得懂以及他們接近的語言文字。」〔註 15〕然而，這還不夠，藝術表現的標準必須得提高。但是決議對於如何才能達到這個目標沒有作進一步的具體說明。

除總體的政治任務外，決議也為藝術理論和批評設定了三個原則。第一個與這方面只有部分相關，然而卻非常重要。當然，是以典型的中國式的文學批評來解讀的。它包括「必須即刻在大眾中開始理論鬥爭和批評的活動，去和那些經常不斷的欺騙民眾的各種宣傳鬥爭，去和那些把民眾麻醉在裏面幾乎不能拔出的封建意識的舊大眾文藝鬥爭，去和大眾自己的封建的、資產階級的、小資產階級的意識鬥爭，去和大眾的無知鬥爭。」〔註 16〕

第二個原則更簡潔，包括下面的內容：在目前「文學文化上階級鬥爭最劇烈的時期」，無產階級的批評家和理論家必須站在最前線，去攻擊敵人，尤其是中國民族文學的代表人物和新月社的成員。對於自己的同志和群眾，既是指揮者，也是組織者。

第三個也是最後一個原則要求無產階級文學批評必須經常地、非常勤勉地注意自己同志的創作工作，指出他們的各種不好的傾向，對他們給予忠告和建議。在研究方面，特別推薦他們閱讀馬克思列寧主義的作品。

左聯在其存在的頭三年中是最活躍的。1930 年的時候，其成員們編輯出版了如下的雜誌：《拓荒者》、《萌芽》、《大眾文藝》、《現代小說》、《巴爾底山》、《新思潮》以及《文藝講座》。這些雜誌大都壽命不長。比如說，《拓荒者》只出版了 5 期，《萌芽》只出版了 6 期。國民黨的主管機構將它們看成是「反革命的刊物」，禁止它們出版。年輕的作家和批評家們沒有屈服，新的刊物出版了，代替了那些被禁止的。比如在 1931 年就有《十字街頭》、《文藝新聞》、《北斗》創刊。同年，《前哨——文學導報》雜誌，左聯的中心機構報，開始創刊。然而，這些刊物都沒有更好的結局。《十字街頭》週報只出版了 3 期。《前哨——文學導報》出版了 9 期。儘管是月刊，但由於從第二期開始變成了半月刊，第 2 期到了 8 月，即在第 1 期出版後 5 個月才出版。1932 年，左聯只有兩種文學刊物創刊，一是《文學》（與後面將會提

〔註 14〕 辯證唯物主義的方法是被俄羅斯無產階級作家聯盟的批評家們宣傳的一種文學創作方法。
〔註 15〕 《中國現代文學史參考資料》第 1 卷，第 290 頁。
〔註 16〕 在上述引文中。

到的《文學》不同）和《文學月報》。《文學月報》是周揚以「周起應」爲名
編輯的，但只出版了 6 期。《文學月報》也是左聯的最後一種官方機構報，
如果我們不考慮《新詩歌》這個由左聯成員負責的中國詩歌會的機構刊物的
話。國民黨的主管人員依靠其他途徑也對中國文學和文化施加影響。他們囚
禁了中國女作家丁玲、批評家樓適夷和潘梓年，處死了瞿秋白、柔石、殷夫、
李偉森、洪靈菲和女作家馮鏗。他們都是左聯的成員。〔註 17〕

　　1932 年 4 月 23 日，俄羅斯共產黨中央委員會發表了《關於重新組織文藝
聯盟》的決議，解散所有的蘇聯文藝組織，只建立唯一的「蘇聯作家聯盟」。
聯盟允許每一個成功的作家加入，但是必須忠實於蘇聯政府，必須參與蘇聯
的社會主義建設進程。在蘇聯，通過吸引最大多數的知識分子（從而也包括
了作家和批評家）從事爲實現第二個五年計劃而奮鬥的努力，通過左翼文學
組織的一種錯誤地對待所謂的「同路人」派和所有非無產階級作家的文藝政
策，使得這一步在其他之前先被證明是合理的。

　　蘇聯無產階級作家聯盟和其他無產階級的組織的結束也對國外的左傾文
學產生了嚴重的影響。它意味著其對國際革命作家聯盟影響的結束，以及國
際革命作家聯盟及其在國外各個支部在工作方式上的改變。

　　蘇聯批評家路德凱維奇（S. Lyudkevitch），國際革命作家聯盟的機構報
《國際文學》（*International Literature*）的副主編寫道，這個決定「在國際革
命作家聯盟運動中發揮了相當重要的作用，是轉向廣泛層面的作家的標誌。」
〔註 18〕

　　在一篇非常有趣的文章中，中國的批評家和作家蕭埃彌（蕭三）這樣評
價左聯：「左聯作品的一個顯著特徵是在過去（即 1930～1931 年間，馬立安・
高利克注）是冷冰冰的矜持，這在 1932 年達到了極點。左聯的這種矜持不
恰當地存在於一些特別的作家身上。左聯的權威性並不適合非無產階級作
家，它甚至否定了左傾文學運動中和與仍然強大的封建文學鬥爭中小資產階
級作家的作用。特別是，他們否定了這些作家加入到革命這一邊的可能性。
左聯也用了『盟友或是敵人』的口號（這是國際革命作家聯盟在其存在的最
後幾年裏的口號，馬立安・高利克注）。而且，儘管其工作是非法的，但它

〔註 17〕《中國現代文學史》，上海，1959 年版，第 301 頁。

〔註 18〕路德凱維奇（S. Lyudkevitch），《國際革命作家聯盟運動》（*MORP Movement*），
　　　　載《國際文學》（*International'naia　literatura*）第 3～4 期，1934 年，第 340 頁。

並不努力去探索任何可供他們使用的合法途徑。」〔註 19〕

左聯的工作方法實質上是變化的，它的總的文學綱領也是一樣。在 1932 年的時候，但後來更是，左聯的成員已經在最中立和自由的雜誌上發表他們的作品，《現代》、《文學》以及《東方雜誌》就在他們最常投稿的雜誌之列。與蘇聯相似，在中國左翼文學界也能感覺到某種程度的自由化，這對文學的發展是有好處的。隨後的幾年證明整個 10 年中最富饒的以及中國現代文學中相當數量的嚴肅作品都出現在這個時期。茅盾、魯迅、巴金、老舍、曹禺、吳組緗的作品就是證明。

自從中國左翼作家在 1931 年之後既沒有起草什麼宣言也沒有什麼決議，很難再重構他們最後的理論方針以及世界觀的變化。然而，如果我們研究比如說魯迅或茅盾的文學批評作品的話，我們可以注意到這些作品的構想與那些在 1931 年底前的革命中見到的作品在很大程度上是不同的。對於題材的問題，魯迅在 1932 年這樣建議道：「現在能寫什麼，就寫什麼，不必趨時，自然更不必硬造一個突變式的革命英雄，自稱『革命文學』。」〔註 20〕茅盾對相似問題所持的觀點可能在 1928～1931 年間的革命批評家中是得不到贊同的。如果他們同意的話，他們也會堅持對其作補充。茅盾寫道：「這些題材必須加以抉擇！用什麼標準來抉擇呢？當然不能憑你個人的好惡。應當憑那題材的社會意義來抉擇。這就是說，你所選擇的題材，第一須有普遍性，第二須和一般人生有重大的關係。」〔註 21〕這些話讓我們認識了 20 年代的魯迅和茅盾以及他們將從大部分的中國作家中獲得比 1931 年底的那些革命話語更多的贊同。

1936 年，左聯在中國共產黨中央委員會的建議下解散了〔註 22〕。那個時候的中國共產黨希望團結更多可能的人反抗日本的入侵，因而決定解散左聯，儘管 1932 年後所有發生的變化都證明對這種團結是一種阻礙。

（二）

茅盾在日本的最後一個月，糟糕的身體折磨著他，當他在 1930 年回上

〔註 19〕 蕭埃彌，《中國革命文學》，載《國際文學》第 3～4 期，1934 年，第 331 頁。
〔註 20〕 參見魯迅給中國作家艾蕪和沙汀的信，載《魯迅全集》第 4 卷，第 294 頁。
〔註 21〕 茅盾，《創作與題材》，載《中學生》第 32 期，1933 年，第 3～4 頁。
〔註 22〕 《中國現代文學史》，1959 年版，第 303 頁。

海的時候甚至變得更糟。這次他經受了嚴重的神經衰弱和胃痛的痛苦。他能
工作和寫作的時間相對少了，常常是坐在上海交易所裏看那些股票經紀人和
投機者，或者是在上海或者到中國的農村去研究人生〔註 23〕。那個時候他爲
自己最好的小說《子夜》收集了眾多的材料。《子夜》最初出版時的英文書
名爲《暮光：1930 年的中國浪漫史》(*Twilight: A Romance of China in 1930*)。
同年，茅盾寫了三篇歷史小說，出版了一本俄羅斯戲劇家和著名的導演弗拉
迪米爾・涅米諾維奇--丹欽科（Vladimir Nemirovitch-Dantchenko）的小說《眼
淚》(*Tears*) 的譯本，以及其他三篇文章。這些東西主要出現在那年的下半
年。

　　茅盾回上海後開始在左聯工作。我們不知道這事發生的確切時間，是（在
他回國後）馬上呢還是一段時間之後。但是巴人確定左聯的第二次會議是在
1930 年的 7 月或是 8 月舉行的，茅盾參加了這次會議〔註 24〕。這件事似乎不
太嚴肅，因爲我們在 1930 年左聯的任何期刊上都找不到茅盾的名字或者他的
筆名。茅盾是左聯裏爲數不多的，甚至在 1932 年 4 月 23 日前都還在非左聯
的期刊上發表文章的成員〔註 25〕。應該進一步指出的是，儘管他的健康狀況
在 1930 年下半年的時候有些好轉，但是仍然很危險。到 1930 年底的時候他
開始遭受眼疾的折磨，這差不多讓他的一隻眼不能使用，不得不接受了三個
月的治療〔註 26〕。他 1930 年就開始創作的小說《路》，也因此到了第二年才
完成〔註 27〕。1931 年的演講「五四運動的檢討」是茅盾首次（至少我們知道
是這樣的）在左聯的刊物上出現〔註 28〕。這次演講最初是在上海的「馬克思
主義文藝理論研究會」上做的。1931～1932 年間他在另外兩種左聯的刊物《北
斗》和《文學月報》上發表文章。

　　根據文學批評家葉以群於 1959 年提供給本書作者的信息，茅盾在 1931
～1932 年間的一段時間，是左聯的秘書。葉以群是在 1932 年底接替茅盾擔任

〔註 23〕　參見《子夜》「後記」，北京，1958 年版，第 571 頁和《故鄉雜記》注釋，載
　　　　　《茅盾散文集》第 2 版，上海，1933 年版，第 199～270 頁。
〔註 24〕　巴人（王任叔），《雜憶，雜感，雜鈔》，載《文藝月報》第 10 期，1956 年 10
　　　　　月，第 17 頁。
〔註 25〕　比如在《現代》、《中學生》上。
〔註 26〕　茅盾，《〈路〉校後記》第 3 版，上海，1933 年版，第 207 頁。
〔註 27〕　在上述引文中。
〔註 28〕　《前哨——文學導報》第 1 卷第 2 期，1931 年 8 月 5 日，第 7～14 頁。

這一職務的。〔註29〕

1931 年茅盾的健康狀況有了相當的改善。那時他寫了小說《三人行》和《子夜》的前半部分。新年那天他又一次生病了〔註30〕。1 月底日本開始武裝入侵上海。在最初的日子裏茅盾可能還是在上海的，但後來他離開上海（可能是又一次）回到了故鄉青鎮〔註31〕。在故鄉，他為自己最著名的短篇小說《小巫》、《林家鋪子》、《春蠶》等收集題材。如果說他在日本入侵上海爆發之後的半年裏沒有寫過一行《子夜》的話，那他肯定是在 9 月開始寫作，並在這一年的 12 月把它寫完的。〔註32〕

1932 年和 1933 年代表著茅盾成就的最高峰。小說《子夜》以及魯迅的第一和第二本短篇小說集《吶喊》與《彷徨》，可算是中國現代文學最重要的作品。

《子夜》是對那個時代和環境最傑出的創作，是關於 30 年代早期的上海和中國的偉大圖畫，是一幅努力指引國家進一步發展的最變化多樣的社會的、經濟的以及政治力量的殘忍鬥爭的圖畫，同時也是他自己那個時代的文學觀念以及對他那認為美好的人類社會就在不遠的將來的堅定信念的表現。它是一幅小說形式的壁畫，是民族資本主義家和買辦資本家、被束縛在政府的股票交易所裏的股票經紀人和投機者、廣大中國的戰場上的軍閥、知識分子、地主和農民、管理者和工人、下至情婦和妓女的各種層次的中國女性的分析和批評討論。

1932 年的最後幾天和 1933 年的頭幾天對茅盾的創作帶來了突破。在完成和出版了《子夜》之後，他有幾年沒再進行長篇小說的創作。他滿足於寫短篇小說。唯一稍長一點的作品是短篇小說《多角關係》，原本是打算作為《子夜》的續寫的，但最後只是一個斷片。並且時間的壓力或者更是經濟方面的困難破壞了他的計劃。從 1933 年到 1936 年，在很大的程度上，茅盾又回到了文學批評、文章和各種散文的寫作。

〔註29〕 在《茅盾傳》第 23 頁上茅盾這樣批註：「葉以群說得對。」也可參見葉以群，
　　　　《在文藝思想戰場上》，上海，1957 年版，第 218 頁。
〔註30〕 茅盾，《我的回顧》，載《茅盾自選集》第 4 版，上海，1935 年版，第 7 頁。
〔註31〕 也可參見他的《故鄉雜記》。
〔註32〕 茅盾，《捷克版〈子夜〉序》（*Preface to the Czech Edition of the Novel Midnight*），
　　　　載《暮光》（*Šerosvit*），布拉格，1950 年版，第 24 頁。《子夜》捷克文版由雅
　　　　羅斯拉夫·普實克教授翻譯。

　　1933 年，30 年代最大型或許也是最有影響力的刊物《文學》在上海創刊了，傅東華、鄭振鐸和王統照交替做主編。許多作家，其中大部分是文學研究會的老成員以及許多年輕的有左傾向的作家在上面發表文章。從批評觀點來看，這個月刊中有兩個欄目最有趣：一是「社論」，二是「文學論壇」。茅盾、魯迅、鄭振鐸、傅東華和其他作家在上面發表關於各種題目的短文，然後就這些短文引發討論，比如關於翻譯的、關於作為年輕作者研究之對象的《莊子》和《文選》的、關於創作偉大作品的可能性的、關於中國文學遺產的等等。

　　除了剛例舉的這些文章外，茅盾那時還寫關於剛進入文學界的作家和詩人，如臧克家〔註33〕和吳組緗〔註34〕作品的評論文章以及徐志摩〔註35〕、丁玲〔註36〕、冰心〔註37〕、黃廬隱〔註38〕和許地山〔註39〕的作品研究。最後，儘管絕不是最不重要的，這些年裏他也將許多的注意力放到了歐洲的文學經典上。他寫了《漢譯西洋文學名著》〔註40〕和《世界文學名著講話》〔註41〕兩本書。在第一本書中他介紹了從荷馬（Homer）的《奧德賽》（*Odyssey*）到王爾德（O. Wilde）的《莎樂美》（*Salome*）共 23 種歐洲文學名著的簡明特徵。第二本書則更詳細地分析和重新評價了《伊利亞特》（*Illiad*）、《奧德賽》、《厄勒克拉特》（*Elektra*）、《神曲》（*The Divine Comedy*）、《十日談》（*Decameron*）、《堂吉訶德》（*Don Quijote*）、《悲慘世界》（*Les Misérables*）和《戰爭與和平》（*War and Peace*）。

　　1936 年，茅盾寫了一本小冊子《創作的準備》〔註42〕。該書是爲那些剛開始寫作的人寫的，在很大程度上是他自己的創作經驗，或是他自己的建議

〔註33〕茅盾，《一個青年詩人的「烙印」》，載《文學》第 1 卷第 5 期，1933 年 11 月 1 日。

〔註34〕惕若（茅盾筆名），《西柳詞》，載《文學》第 3 卷第 5 期，1934 年 11 月 1 日。

〔註35〕茅盾，《徐志摩論》，載《現代出版界》第 2 卷第 2 期，1933 年 2 月 1 日。

〔註36〕茅盾，《女作家丁玲》，載張白雲編，《丁玲評傳》，上海，1934 年版，第 79～86 頁。

〔註37〕茅盾，《冰心論》，載《文學》第 3 卷第 2 期，1934 年 8 月，第 502～518 頁。

〔註38〕未明（茅盾筆名），《廬隱論》，載《文學》第 3 卷第 1 期，1934 年 7 月，第 7～12 頁。

〔註39〕茅盾，《落華生論》，載《文學》第 3 卷第 4 期，1934 年 10 月，第 807～813 頁。落華生是許地山的筆名。

〔註40〕上海，1935 年版，共 250 頁。

〔註41〕初版於 1936 年 6 月。第 3 版於 1948 年出版，共 284 頁。

〔註42〕初版於 1936 年 11 月，再版於 1937 年 2 月，共 95 頁。

與思考。

　　1935 年底中國政治和文化生活的新形勢開始盛行。1935 年 12 月 28 日，「全國各界救國聯合會」在中國成立〔註43〕。左聯解散後不久，1936 年 6 月 7 日，120 位成員匆忙成立了「中國文藝家協會」，發出了預言中國創作和批評文學的新時期即將到來的宣言〔註44〕。宣言確立了作家和藝術家在全國抗日前線的地位以及他們的歷史使命。它要求團結抗日，抵抗侵略，停止內戰，要求言論出版自由和民眾組織救國團體的自由。它呼籲「要求同一目標的作家們」的集體的創作和集體的研究。相似的情況在中國現代批評史上是從來沒有過的，以前也沒有提出過那樣的要求：「……在全民族一致救國的大目標下，文藝上主張不同的作家們可以是一條戰線上的戰友。」〔註45〕

（三）

　　1930 年 6 月，在國民黨的建議下，「民族主義文學運動」創立了〔註46〕。站在頭裏的，是一些如朱應鵬和王平陵那樣不太出名的作家。它打算充當與左聯相反的角色，嘗試減弱它的影響。對國民文學的追隨者來說事情的現狀似乎是難以防守的。他們一方面看到的是封建意識的殘餘明顯統治著的文學（這代表了大眾文學的很大比例），而另一方面，則是致力於無產階級的勝利或死亡的觀點的無產階級文學。在這正反相對的兩者之間他們看到了一些小的組織，但並不認為有必要詳細地描繪它們的特徵。總體上看，現代中國的文學意識在他們看來是相當破碎的。只有「中心意識」才能拯救中國文學，使其成功〔註47〕。朱應鵬、王平陵和他們周圍的那些人建議豎起文學的民族大旗，為他們自己而接受一種民族文學意識，承認民族精神和意識的加強是文學的最高使命。

　　在這些作家看來，民族主義是「文藝的最高意義，」〔註48〕他們通過文藝史中的各種例子來證明他們批評的這個基本前提。他們在埃及的金字塔和

〔註43〕《中國現代文學史》，上海，1959 年版，第 449 頁。
〔註44〕《中國現代文學史參考資料》第 1 卷，第 514～516 頁。
〔註45〕同上，第 515 頁。
〔註46〕《中國現代文學史》，上海，1959 年版，第 317 頁和夏志清（C. T. Hsia），《中國現代小說史》（*A History of Modern Chinese Fiction*），紐黑文，1961 年版，第 126 頁。
〔註47〕《中國現代文學史參考資料》第 1 卷，第 427 頁。
〔註48〕同上，第 429 頁。

斯芬尼克斯（sphinxes）、希臘的雕塑那裡看到了民族精神的一種表現。在現代時期，這種精神是文學和藝術發展的原動力（*primum mobile*），是其送信人和實現者。國民文學，在國民生活中代表的是政治的出路；而在藝術中，代表的則是藝術的表達途徑。即便僅僅是藝術的傾向，在他們看來，也是民族精神的某種表達：德國精神表現在表現派中，意大利的精神表現在未來派中，俄國的精神表現在阿克美派（Akmeism）中，而法國的精神則表現在純粹派中。

這些聲明，當然是值得質疑的。

當國民文學運動的宣言在《前鋒月刊》第 1 期上刊登出來的時候，沒有引起多少注意。只是在很久以後，當這種類型的文學的第一批成果成形後，批評的聲音才被人聽到。這些聲音中最有效的是魯迅的。1931 年 10 月他在《文學導報》上發表了題爲《民族主義文學的任務和運命》的文章〔註 49〕。他特別轉而反對黃震遐的詩劇《黃人之血》。劇中作者描寫了黃種人在拔都汗（Batu Khan）帶領下的西進之事。這次西進的目標是俄羅斯，軍隊由中國人、蒙古人、韃靼人、女眞人和契丹人組成。這是一次「亞洲英雄張開他們被人類之血濊污的嘴」的遠征。在魯迅看來，拔都已死，現代的「亞洲英雄」中，即那些與從前強有力的、殘忍的蒙古人極度相似的，是日本人。他們不喜歡蘇聯俄國，也不喜歡中國，儘管他們假裝對她很友好。事實上，他們已經張開了他們的「被人類之血濊污的嘴」把中國的滿洲里吞下。這不是西征的第一階段嗎？成吉思汗在撲向他的西鄰之前也吞下了中國。如果我們將中國知識分子的民族感情及其與蘇聯的關係加以考慮，就不難想像其成員們所採取的態度。出自魯迅和瞿秋白筆下的幾篇文章在讀者大眾眼裏已經完全讓其代表們丟了臉〔註 50〕。茅盾沒有參加這次討論。

他也沒有參加 1932 年關於文學自由和所謂「第三種人」文學的那次論爭。

1931 年 9 月，當左聯執行委員會同意早些時期已經分析過的「中國無產階級文學的新任務」這個決議的時候，胡秋原，那時還是一個完全沒有名氣的人，寫了一篇題爲《阿狗文藝論》的文章〔註 51〕。這個有意指的是民

〔註 49〕 《魯迅全集》第 4 卷，第 244～253 頁。
〔註 50〕 比如，瞿秋白寫了《狗樣的英雄》，參見《瞿秋白文集》第 1 卷，第 265～270 頁和《青年的九月》，同上，第 357～364 頁。
〔註 51〕 我研究了蘇汶編，《文藝自由論辯集》第 2 版，上海，1933 年版中的部分，第 4～9 頁。

族主義文學。作者顯然是受到了瞿秋白的文章《狗道主義》的影響，那篇文章談論的是同樣的主題〔註52〕。胡秋原的主要主張包含在下面的話語中：「藝術只有一個目的，那就是生活之表現、認識與批評。」〔註 53〕他接著寫道：「藝術者，是思想之形象的表現，而藝術之價值，則視其所含蓄的思想感情之高下而定。」〔註 54〕他的特別思考導致了這樣的結論，即文學可能是唯一人道的，「狗道文學」是不存在的〔註55〕。在胡秋原看來，這種民族主義色彩的中國文學是一種法西斯文學（儘管他對此似乎不是很肯定）。它是特權者文化上的「前鋒」，是「醜陋的警犬」的代表，它巡視思想上的異端，摧殘思想的自由，阻礙文藝之自由的創造〔註56〕。胡秋原認爲「摩罕默德主義」（Mahometanism）（這是他自己的術語）與文化的發展是絕不相容的。中國遭受了儒教一尊主義的痛苦，歐洲遭受了中世紀的絕對教權主義的痛苦。胡秋原在文中寫道：「文學與藝術，至死也是自由的，民主的。」〔註 57〕民族文學不應該由思想的質的層面和自由個體的感情來決定，胡秋原鄙視它。

這些論爭對胡秋原來說似乎還不夠，於是他繼續寫道：「藝術雖然不是『至上』，然而絕不是『至下』的東西。將藝術墮落到政治的留聲機，那是藝術的叛徒。藝術家雖然不是神聖，然而也絕不是趴兒狗。」〔註58〕或者：「文化與藝術之發展，全靠各種意識相互競爭，才有萬華撩亂之趣。中國與歐洲文化，發達於自由表現的先秦與希臘時代，而僵化於中心意識形成之時。用一種中心意識獨裁文壇，結果，只有奴才奉命執筆而已。」〔註59〕

論爭反對的目標指明是對準國民文學的，但左聯的成員認爲它們也是對無產階級文學，尤其是郭沫若和他的朋友們的攻擊。統一的意識也是左派批評家想要獲得的東西。

起初，論戰進行的節奏很慢。最先對胡秋原做出回應的是批評家譚四海。他批評胡秋原沒有表達出「藝術的改造與建設作用」，甚至認爲文學的自由和

〔註52〕《瞿秋白選集》第 1 卷，第 296～299 頁。
〔註53〕胡秋原，前面所引書，第 5 頁。
〔註54〕同上，第 6 頁。
〔註55〕同上，第 7 頁。
〔註56〕在上述引文中。
〔註57〕在上述引文中。
〔註58〕在上述引文中。
〔註59〕胡秋原，前面所引書，第 9 頁。

民主是絕對的，不受階級性和社會的限制。〔註60〕

　　譚四海沒有對胡秋原的觀點中根本的東西做出回應。這點後來被提及，特別是被瞿秋白提到了。

　　胡秋原，顯然認爲他將不會遇到有準備的對手，寫了這篇題爲《錢杏邨理論之清算》的文章〔註61〕。許多作家對此做出了回應。其中，在很大程度上對胡秋原給予同情的人中，首先應該提到的是蘇汶（批評家和短篇小說家杜衡的筆名）。在其文章《關於「文新」與胡秋原的文藝論辯》〔註62〕中他既不支持胡秋原（即「自由知識分子」），也不支持左聯（即那些「那些沒有自由的、黨派性強的作家」）。他宣稱自己「屬於第三種人。」當然，蘇汶也不是完全獨立的，因爲即便他不完全同意胡秋原的觀點，他卻相當公開地反對左聯。於是他抱怨，在階級文學的觀念統治的那個時期，這種作者的行爲就像個賣淫婦，今天將自己賣給資產階級，明天又賣給無產階級〔註63〕。至於後者，他寫道，無產階級作家不得不遵守嚴格的規矩，一旦這些規矩進入到實踐創作中，文學便不再是文學，變爲連環圖畫之類；而作者也不再是作者，變爲煽動家之類。〔註64〕

　　瞿秋白，這位 30 年代前半期中國文學批評領域的傑出人物，以左聯的名義對這兩篇文章做出了回應。在這篇以筆名「易嘉」發表的題爲《文藝的自由與文藝家的不自由》〔註65〕的文章中他斷言，在階級社會是「沒有眞正的自由的。」〔註66〕他轉向胡秋原最嚴肅的指控之一對他進行反駁，這個指控原本是針對郭沫若和錢杏邨的理論的。「當無產階級公開的要求文藝的鬥爭工具的時候，誰要出來大叫『勿侵略文藝』，誰就無意之中做了僞善的資產階級的藝術至上派的『留聲機』。」〔註67〕同時，他也譴責胡秋原的「文藝的目的」這個概念是不準確的，胡秋原宣稱文藝是「上層建築中最高的一層」〔註68〕，

〔註60〕譚四海，《「自由智識階級」的「文化」理論》，載《文藝自由論辯集》第 14 ～16 頁。
〔註61〕同上，第 24～55 頁。
〔註62〕同上，第 62～76 頁。
〔註63〕同上，第 73～74 頁。
〔註64〕同上，第 74 頁。
〔註65〕同上，第 77～89 頁。
〔註66〕同上，第 85 頁。
〔註67〕在上述引文中。
〔註68〕《文藝自由論辯集》第 81～82 頁。

可以影響社會生活，並在一定程度上，加速或者阻礙階級鬥爭。他嘲笑胡秋原談論「文學與藝術之發展，全靠各種意識相互競爭」時背對著大眾，臉對著藝術之宮，但是卻沒能以任何方式證明自己關於中心意識和藝術的獨裁政策及其後果的主要論點。或許，他甚至也沒認為這麼做是有必要的。〔註69〕

在對蘇汶的回應中，瞿秋白寫道，文學不是賣淫婦〔註70〕。每個階級都有它自己的文學，因而根本用不著你搶我奪。他認為如果寫得好，甚至連環圖畫也是文學。〔註71〕

周揚寫了一篇題為《到底是誰不要真理，不要文藝》〔註72〕的文章，加入到了這場論戰中。他沿著與瞿秋白相同的線索，在大眾文學理論領域對其做了完善。他認為可以利用連環圖畫和唱本，以創造革命的大眾文藝，促進大眾的思想鬥爭，煽起他們的熱情，讓他們對實施革命的政治口號產生興趣。在周揚看來，連環圖畫和唱本只是大眾文學的媒介物，可以以它們為基礎創造新的形式。他甚至比瞿秋白表達得更明白，認為在政治鬥爭非常尖銳的階段，「每一個無產階級作家都應該是煽動家，他應該把文學當做 Agit-Prop（宣傳鼓動）的武器。」〔註73〕沒錯，他也說做了煽動家並不見得就是文學家了，而且，「越是好的文學越有 Agit-Prop（宣傳鼓動）的效果。」〔註74〕他相信，只有革命的階級（即無產階級）才能推進今後世界的文學，把文學提高到空前的水準。他斷言資產階級「已經沒有未來了。」〔註75〕它再也產生不出一個「托爾斯泰」或者「福樓拜」了。頂多，會出現一個馬塞爾‧普魯斯特（Marcel Proust）那樣被周揚稱為「手淫大家」的作家。〔註76〕

並不僅僅是蘇汶的批評，而是國際無產階級文學和中國現代文學的總體形勢又一次迫使大眾文學的問題不得不被放在桌面上來加以討論。無產階級批評家不但進行了自我辯護，而且更加詳細地解釋和闡明了他們的觀點。這次，茅盾參加了論戰。

首先談論這個問題的是瞿秋白的《大眾文藝問題》，他用的是筆名「宋陽」

〔註69〕《文藝自由論辯集》第 86 頁。
〔註70〕同上，第 96 頁。
〔註71〕同上，第 98 頁。
〔註72〕同上，第 100～111 頁。
〔註73〕同上，第 107 頁。
〔註74〕在上述引文中。
〔註75〕《文藝自由論辯集》第 108 頁。
〔註76〕在上述引文中。

〔註77〕。他在文中宣稱五四運動僅是在語言方面創造了一個新文言的文學，對於民眾好像是白費了似的。現代時期所謂的白話讓人口頭上讀不出來，而且也是根本聽不懂的。從文言中借用大量的古文文法，歐洲文的文法，日本文的文法，使得白話成了與勞苦大眾隔離開來的語言。

瞿秋白的觀點部分是正確的。白話是相當難理解的，但將其說成爲是一種「新文言」就有些誇張了。他建議新的中國大眾文學應該使用「普通話」，「大眾語言。」〔註78〕他相信中國的普通話正在中國的大都市裏和現代化的工廠中產生。這種語言是大眾能懂的。在這個問題上贊同瞿秋白的觀點的是周揚〔註79〕，而茅盾在他以筆名「止敬」所寫的文章《問題中的大眾文藝》中對他們進行了反駁。〔註80〕

通過簡單的「社會的」調查，茅盾很快就證實，在上海的大街上和工人中，在上海現代化的工廠中不存在這樣一種「工人階級的共同語言」。因而，沒有眞正的中國普通話〔註81〕。在他看來，這沒有什麼不幸的。至於中國的大眾文學，主要的因素不是語言的問題，而是創作時採用的技巧問題。茅盾同意瞿秋白將白話歸爲「新文言」。然而，根據他的主張，在現代時期將白話作爲新文學作品唯一可能的語言來使用是沒有障礙的。大體上，他舉了中國的說書場和中國舊體小說爲例。其中所用的語言不比現代的白話更容易懂，但是大眾喜歡讀，喜歡聽。與提高讀者對文學文本思想的理解力一樣，豐富文學作品的讀者的情感也是必要的。他認爲其中決定性的因素不是語言而是表達人物動作和性格的「描寫方法」〔註82〕。中國的普通大眾不喜歡太多推理的作品。他們喜歡像《水滸傳》中的武松和魯智深那樣生龍活虎的人物。當然並非所有的中國舊文學都能在感情上影響讀者。比如，在「流水賬」式的作品中這種品質就沒有。茅盾在1922年對這個問題論述得更詳細。

在大眾文學與其讀者的關係上，茅盾得出了相當有趣的結論。他斷言，至於大眾文學的讀者，對文本本身的理解問題，不管是讀還是寫，都不如讀者或者聽者從一個接一個的簡單卻有效的事實描寫中所獲得的美感重要。這

〔註77〕《文藝自由論辯集》第332～344頁。
〔註78〕同上，第338頁。
〔註79〕周起應，《關於文學大眾化》，載《文藝自由論辯集》第345～350頁。
〔註80〕同上，第351～165頁。
〔註81〕同上，第360～361頁。
〔註82〕同上，第354～356頁。

些描寫恰當地再現了環境的氣氛，描寫了人物的性格。這與一般中國讀者的理解力低下相關，他們的思想能力使他們不能理解複雜的思想過程和暗示等等。僅從中國舊體小說中挑選出某些手法或言語的表達方式是不夠的。所有的文學形式中，文學技巧是不得不加以改變的。在這點上茅盾建議大眾文學的新創作者掌握作品的技巧。早在 20 年代早期當茅盾宣傳自然主義時也提過類似的建議。在經過調整和改裝的容器中必須加入新的內容。

　　正如已經提及過的那樣，周揚是支持瞿秋白的，主張必須把語言放在第一位〔註 83〕。當他說「只有從大眾生活的鍛冶場裏才能鍛冶出大眾所理解的文字」〔註 84〕時也表達得相當模糊。與參加論戰的其他人相似，首先他對大眾文學的舊形式，如說書、唱本等進行了批評地探索。這些努力的目標在於「快速組織和鼓動大眾。」〔註 85〕同時，要提高他們的思想和文化水平以便使其能夠一步一步地接近真正的、偉大的藝術。周揚進一步指出了利用多種或大或小的無產階級文學的國際形式的必要性。在前者中，顯然是他喜歡的，他介紹了短劇、短篇報導、政治詩等等。這些作品對他而言又是「宣傳鼓動的最好的武器。」〔註 86〕

　　周揚的文學思想也呈現出一些趣味。其出發點是馬克思主義哲學著名的論點，根據這個論點，形式是由內容決定的〔註 87〕。形式是第二位的，內容是最要緊的。藝術和文學的內容是「實際鬥爭的生活」，可以從中創造出「許多新的形式」〔註 88〕。內容的首要性決定了當前無產階級文學的主要任務是描寫「革命的無產階級的鬥爭生活。」〔註 89〕題材與生活一樣是豐富的，但是如果把其按照無產階級的利益來進行藝術處理的話，它們不應該是以超階級的或者超黨派的態度為基礎來進行描寫。在周揚看來，僅僅只對人生進行客觀的觀察然後將這種觀察的結果表現在藝術作品中是不夠的。無產階級的主要任務只有通過直接參加到現實的鬥爭中，通過那些與群眾接近的、站在階級和黨派的立場上的作家和詩人才能完成。只有這樣，才有可能在作品中

〔註 83〕周起應，《關於文學大眾化》第 345 頁。
〔註 84〕在上述引文中。
〔註 85〕周起應，《關於文學大眾化》第 348 頁。
〔註 86〕同上，第 346 頁。
〔註 87〕在上述引文中。
〔註 88〕在上述引文中。
〔註 89〕在上述引文中。

表現出「活人」（又一個左傾蘇維埃批評的口號）而不至於陷入概念主義。「現實的人生」或者「現實人生的鬥爭」對於周揚不僅僅是新形式和新內容的不竭源泉，也是檢驗作品有效性和價值之所在。在其中他看到了治癒在現今的文學中十分常見的「概念式的文學英雄」的藥方。如果作家「到大眾中去，從大眾去學習」，〔註90〕這種缺點尤其可以得到治癒。這種實施文學大眾化的思想的態度不僅不是降低文學，而且是提高文學，即「提高文學的鬥爭性，階級性。」〔註91〕周揚認為，這將表明，這些品質，即鬥爭性、階級性和黨派性，正如我們前面所看到的，是衡量一部文學作品價值的最重要的標準。在此基礎上我們很容易理解，為什麼周揚在隨後的幾十年裏成為了毛澤東文學信條的主要詮釋者。

魯迅也表達了自己對於大眾文學相關問題的意見。他首先是在一篇小短文《文藝的大眾化》〔註92〕中發表了自己的看法。文章開頭的文字，顯然是針對梁實秋和新月派的批評家的：「文藝本應該並非只有少數的優秀者才能夠鑒賞，而是只有少數的先天的低能者所不能鑒賞的東西。」〔註93〕但是，讀者也應該有相當的水平。他們必須有足夠的知識和相當的感受能力。否則，他們和文藝不能發生關係。他為某些無產階級批評家的利益寫道：「若文藝設法俯就，就很容易流為迎合大眾，媚悅大眾。迎合和媚悅，是不會於大眾有益的。」〔註94〕

在魯迅所生活的那個時代的中國社會中，他看到了各種程度的讀者，他們對文學的要求是不同的。他贊成創作一種大眾能懂、愛看的「淺顯易解的」作品〔註95〕。至於衡量的標準，不需要超過唱本的藝術價值。他認為那些宣傳文學全部大眾化而否定其他所有形式的人的要求是「空談」。

對於在大眾文藝領域使用舊文學和歐洲傳統，魯迅表達了與茅盾相似的態度。二者都贊成對中國的連環圖畫進行改革。他們認為連環圖畫是偉大藝術的精華。在答覆蘇汶時，魯迅指出，的確，連環圖畫產生不出托爾斯泰或福樓拜，但是它們可以產生米開朗基羅（Michelangelo）或達芬奇（L. da Vinci）

〔註90〕周起應，《關於文學大眾化》第 347 頁。
〔註91〕同上，第 347～348 頁。
〔註92〕《魯迅論文學》第 63～64 頁。
〔註93〕同上，第 63 頁。
〔註94〕在上述引文中。
〔註95〕在上述引文中。

那樣偉大的畫家〔註 96〕。茅盾則表達了如果很巧妙地（將連環圖畫）運用起來，是可以達到比德國畫家凱綏‧柯勒惠支（Käthe Kollwitz）、卡爾‧梅斐爾德（Carl Meffert）以及其他畫家的連續版畫更高的藝術水準的願望的。〔註 97〕

當然，魯迅和茅盾的希望沒能實現。但是他們斷然地對堅定不移地努力創作和批判地評價所有有價值的文學給予了信任。在這樣的文學中，一切別的東西，比如階級性和宣傳的目的，取決於其美學品質，缺了它是無法想像的。

由於茅盾與瞿秋白之間的論爭沒有結束而且很少寫關於大眾文學的文章，我們無法確切知道他在這方面的真正的觀點是什麼。但是從他的創作活動和他的批評文章中我們可以很好地判斷出，除連環圖畫外，他對大眾文學的評價不高。在本書對此進行分析的時刻，他還沒寫過哪怕一篇可以確切地被稱爲是大眾文學的作品，他也不完全同意他在與瞿秋白的論爭中所表達的觀點。1932 年至 1933 年間，他完全相信，中國現代文學將從中國舊體小說的舊技巧中獲得比對新文言的無益的討論中所能獲得的更多的東西。他承認，這種技巧必須果斷地加以探索，但後面不遠就可以看到，1934 年時，他轉變成了其他的觀點。

臨近 1933 年底時，中國文學界發生了一場小型的論戰。這次，論爭的是作爲年輕作家的源泉的《莊子》和《文選》。論戰首先是由文學批評家和短篇小說家施蟄存的文章《〈莊子〉與〈文選〉》引起的。文章發表在 1933 年 10 月 8 日上海《申報》的「自由談」欄目上。施蟄存是贊成研究《莊子》和《文選》有助於消除中國年輕作家藝術技巧和詞彙儲備不足的障礙這個觀點的。而茅盾則相反，很自信研究《莊子》和《文選》對任何人都沒有幫助。這兩種著作與文學的現狀都差太遠了。如果說在中國文學的寶藏中有什麼年輕作家可以參考的東西的話，那就只有小說方面的遺產如《水滸傳》。〔註 98〕

在發生於 1934 年的關於「文學遺產」的論戰中，茅盾則持相當不同的觀點。

在一篇文章中他認爲《水滸傳》、《紅樓夢》、《儒林外史》和《海上花》〔註 99〕都屬於文學遺產。這些文學著作毫無疑問爲那些對過去時代的社會

〔註 96〕 《論「第三種人」》，載《魯迅全集》第 4 卷，第 337 頁。
〔註 97〕 茅盾，《連環圖畫小說》，載《茅盾散文集》第 43 頁。
〔註 98〕 茅盾，《文學青年如何修養》，載《話匣子》第 172 頁。
〔註 99〕 茅盾，《我們有什麼遺產》，同上，第 179 頁。

情形感興趣的社會科學者提供了很不錯的材料，全都可以被稱為「傑作」。可是這些書裏的「創作方法」，很少是我們現在合用的。他建議可在其他作品中去尋找新的創作方法：「……現在我們需要的是更進步的技術，而這恰巧是我們的章回體舊小說根本沒有的。」〔註 100〕他進一步寫道：「文學是沒有國界的。在『接受遺產』這一名義下，我們不應當老是望著自己那不完全的一份兒；我們還得多多從世界的文學名著去學習。不要以為中國字寫的，才是『遺產』呀！」〔註 101〕

　　這可能是為什麼茅盾將他這個時期大部分的精力都放到藝術技巧的問題和世界名著的研究上的原因吧。

　　上面提到的這些話對後面數十年的中國批評家和作家們提出了警告，儘管這些警告是無用的。對傳統的極大的強調被證明對其後那個時代的中國現代文學是有害的。

〔註 100〕茅盾，《我們有什麼遺產》第 180 頁。
〔註 101〕在上述引文中。

第十一章　文學創作與技巧問題

（一）

　　文學的創作和技巧問題，從 1919 年茅盾作爲一個文藝批評家的文學生涯的一開始時就吸引了他。後來，如在 1922 年，它們又引起了他的興趣。但是直到大約 1924 年當他在上海大學發表關於小說發展的演講時他才開始對這個問題給予了更多的關注。這時，他寫了題爲《人物的研究》〔註1〕的文章，該文章後來成了他更爲豐富的著作《小說研究 ABC》中的一章。正如大家已經知道的，此書於 1928 年出版。

　　在這本書中，茅盾提到一直到上世紀末本世紀初各種論小說創作的著作。在其題爲《小說的對象》的序言中，茅盾簡明地指出了中國對於小說的舊概念，並更加詳細地分析了歐洲很多作家如鄧洛普（J. Dunlop）、塔克曼（B. Tuckermann）、賈斯蘭德（J. Jusserand）、沃倫（F. Warren）和佩里（B. Perry）的觀點。他們的著作大體上論述的都是英國小說。

　　在茅盾看來，小說（或近代小說）是「散文的文藝作品，主要是描寫現實人生，必須有精密的結構，活潑有靈魂的人物，並且要有合於書中時代與人物身份的背景或環境。」〔註2〕

　　此書用了相當的篇幅來闡述小說的最重要部分：人物、情節和背景。這樣，本質上他是追隨了佩里在其《小說研究》（*A Study of Prose Fiction*）一書

〔註1〕　《小說月報》第 16 卷第 3 號，1925 年 3 月 10 日出版，第 1～20 頁。
〔註2〕　沈雁冰，《小說研究 ABC》第 14 頁。（具體信息應爲：沈雁冰著，《小說研究 ABC》，世界書局：1928 年版，第 14 頁。譯者注。）

中處理主題的方法。該書也被譯成了中文〔註3〕。茅盾首先論述了他認爲是文藝作品的主要成分的人物。

在這部分中，茅盾主要探討了小說技巧方面的問題。比如，他沒有去分析那些已經創造出來的人物，那些名著中的主人公，也沒有分析這些人物和主人公在一部文學作品的整個組織結構中的重要性，而是通過人物可以被塑造的方法描繪了這個過程。他非常簡略地論及人物作爲社會的或歷史的現象（就它們當代的或過去的來源而論），及其作爲現實主義的或理想主義的現象（根據創造這些人物的方法而論）。

茅盾首先回答了怎樣描繪人物這個主要問題。他最先論及的是直接描寫和間接描寫這兩種方法。「描寫」（description）這個術語，即描寫的方法，如在第七章已經指出過的那樣，在這裡的所指與其通常在文學批評中表示的意思不同。或許，在這裡用英語詞彙「描述」（delineation），即描述的方法更恰當些。在茅盾的詞彙中，直接描寫法或許可以被稱作「分析描寫」，意爲「作者將人物的思想性格，分析的敘述出來，愈詳明愈好。」〔註4〕慣以自身經驗爲小說題材的作家更常常用這個方法。關於間接描寫法，茅盾是這樣說的：「作者對於人物的思想性格不用抽象的話來說明，只著意描寫該人物的動作，讓讀者自如從動作中尋求該人物的思想性格。……總之，作家不來自己直捷告訴讀者，卻叫讀者自去探索。」〔註5〕

接著茅盾探討了作家與其描繪的人物之間的關係，小說中的各種人物以及它們之間的相互關係，並在最後強調指出，作家在創作時必須將人物個體的典型特徵牢記在心。

在茅盾看來，作家可以與其描寫的人物之間有三種不同的態度。他可以如司各特那樣崇拜他們，或者如莫泊桑那樣象生物學家解剖生物時那樣（冷眼）看待他們，或者像科洛連科（V. Korolenko）和托爾斯泰那樣對它們給予「友意的同情」。〔註6〕

在茅盾的整個文學批評生涯中，他始終要求文學作品的人物要有獨特性、個性和特性。文學作品的人物必須清晰，也就是說，只有這樣描繪人物才能打動讀者。刻畫不充分的人物是不會打動讀者的。幾乎不用去回想便可

〔註3〕 出版時用的中文書名爲《小說的研究》，上海，1925 年版。
〔註4〕 沈雁冰，《小說研究 ABC》第 85 頁。
〔註5〕 同上，第 85～86 頁。
〔註6〕 同上，第 87 頁。

知道，正是茅盾對自己這個原則的堅信使得他最好的文學作品與那個時期中
國文學所特有的公式化的特徵區別開來。

　　茅盾總是反對並警告任何可能導致任何形式的公式化和沒有活力的形式化
的文學的權宜之計。因而，比如，當要把一個新的人物引進一部文學作品時直
接描寫法的表達方式之一即是「總介紹」（general introduction）（用他自己的話
說）〔註7〕。英國小說家中司各特用這種方法，中國舊時的小說家也用這種方
法。使用這種方法在本質上沒有什麼錯，但容易流於公式化。這在中國舊時的
故事和小說中是很明顯的，其中最常見的公式化特徵即是要求在作品中指明朝
代、統治者的名字、人物的姓名、出生地、職業、綽號等等。在茅盾的文章《自
然主義與中國現代小說》中，他譴責了這種方法以及與描繪的人物之間沒有直
接關係的其他公式化的方法。第二種方法對人物進行公式化描繪的可能性要小
些，茅盾將其稱為「零碎介紹」（fragmentary introduction），即陸陸續續地直接
或間接地把人物的性格思想一點點指出來。這種方法的不足之處在於描繪的人
物有可能變得模糊、表面而膚淺。

　　茅盾對所謂的典型人物給予了相當的關注。在他看來，描寫人物的職業
特性、階級特性、民族特性或性的特性這些特徵，只表現了「所共具的類性」
〔註8〕，而非他個人特有的特徵。如果僅僅只刻畫一個典型人物的社會的、階
級的、職業的以及其他的職位的特性，那他則不是一個共性與個性兼具的和
諧體。因而，茅盾建議應塑造非典型的、具有個性的人物。他將典型人物看
成是作家創作失敗的一個標誌。甚至到了晚些時候他也沒能放棄這種看法，
在他與左派批評家辯論時他尤其依賴這個觀點。在他看來，只有具有個性的
人物才能「有極大的吸引力，能引起讀者無限的興味。」〔註9〕

　　茅盾認為，結構實際上是小說的「故事」，換句話說即是，「書中離合悲
歡的情節」〔註10〕，或更確切地說便是，人物所遇到的事故以及它們之間的
相互關係。他以人物參與結構的情況為基礎，將結構分為最簡單結構和複式
的結構兩種。最簡單結構只通過一系列不同的事件或相互關聯的事件之間的
一條線索來描述一個人物的發展和他的種種遭遇。複式的結構則要展開所關
聯的幾個人物的情況，通過他們之間的因果關係來描繪，但其中只有一個是

〔註7〕　沈雁冰，《小說研究 ABC》第 89 頁。
〔註8〕　同上，第 92 頁。
〔註9〕　同上，第 93 頁。
〔註10〕同上，第 100 頁。（應為 101 頁。譯者注。）

主要人物。說到結構的展開，茅盾強調了其複雜性和難度。他認為大部分中國舊章回體小說在末尾使用「要知後事如何，且聽下回分解」是「最拙劣的方法」〔註 11〕。茅盾之所以這麼認為是由於他確信，一個作家必須要迴避第三者的敘述口吻，即，在文學作品中，他必須讓事實自己的發展來告訴讀者。這個觀點與福樓拜和亨利・詹姆斯（Henry James）的觀點不謀而合。雅羅斯拉夫・普實克已經指出過茅盾文學理論中的這個顯著特徵。〔註 12〕

當從對材料的藝術處理這個角度來考慮結構時，茅盾進一步將結構分為鬆結構和機體結構兩類。前者描繪的是並沒有緊密的連帶關係的各項事實，他舉了司各特（W. Scott）的小說《尼格爾的家產》（*The Fortunes of Nigel*）和中國小說《儒林外史》和《西遊記》來說明。茅盾沒有舉例說明機體結構，僅僅將其比作一部複雜的機器，只有當所有的齒、輪協調合作，才能正常運轉。從茅盾的闡釋中，我們無法推斷出他更喜歡哪一種結構。

環境是作品中圍繞人物的成分，即時間、地點和其他自然的和社會的環境界。關於時間，茅盾要求作家們處處抓住時代精神。正如我們已經重複看到過多次的情形，這也是茅盾文學理論又一內在的主張。他也認為地點是非常重要的因素，並說一個作家必須「用極大的努力去認明他所要寫的地方的『地方色彩』。」〔註13〕他必須親自到他描寫的地方去實地觀察（茅盾又一次強調了著名的「實地觀察」）。如果作家描寫的是歷史地點，則他必須通過書和其他適當的來源研究相關的史料。在茅盾的文學理論中，地方色彩是在兩方面與時代精神相符合的：它是自然背景與社會背景之錯綜相，不但有特殊的色，而且有特殊的味。地方色彩可使故事變得更加真實。因而，茅盾強調了準確選擇故事所發生的社會背景和自然風貌的必要性。因而，真實性成了茅盾要求一部藝術作品所需具備的基本條件。〔註 14〕

〔註11〕 沈雁冰，《小說研究 ABC》第 104 頁。
〔註12〕 關於福樓拜（Flaubert）和詹姆斯（James）的觀點，可參見：韋勒克（R. Wellek），《批評的概念》（*Concepts of Criticism*），第 247 頁。關於普實克（Průšek）的觀點，可參見《中國現代文學研究》（*Studies in Modern Chinese Literature*）一書「導言」，第 31 頁。
〔註13〕 同上，第 113～114 頁。
〔註14〕 同上，第 115～116 頁。

（二）

1931 年下半年初，茅盾寫了一篇題爲《關於「創作」》〔註15〕的文章，研究了本章探討的一系列問題。這篇文章實際上僅僅是個開始。與馬克思主義的文學批評理論一致，茅盾堅信一部文學作品的形式和內容是同一硬幣的兩面，不可強行分開。而且，是內容決定一部藝術作品的形式。這個觀點邏輯性地表明茅盾將更加關注一部文學作品的內容，關注其思想信息。然而，這還不是本章的第二、三部分將要討論的那幾年裏的問題。形式問題仍然還是他最關注的問題。

有趣的是，題材的問題和題材與創作的關係問題卻組成了茅盾這類著作最常論及的主題。

在 1932 年年末的時候，一個名叫萬良湛的青年學生給《中學生》雜誌編輯部寫了一封信，他在信中寫道，他們班的四十多個同學中，有十多個對文學非常感興趣〔註16〕。他們幾乎讀了出版的所有的書和雜誌，甚至試著寫了短篇故事。萬良湛和他的朋友們主要爲兩件事感到困惑：一是，他們僅寫了那些「個人瑣事」，而這些，根據那個時期最有影響力的文學批評觀（即無產階級批評觀），是不應該加以藝術地對待的。二是，如何藝術地對待這個問題。他們所寫的不是小說而是記述。他們給編輯所提的問題便是：小說適合寫什麼主題？該用什麼語言來寫小說？該用什麼方法來寫小說？

編輯將這封信給了茅盾，讓他答覆。

在答覆時，茅盾先說明自己是個作家，是個「做」小說的人，向來對「做」小說這個「做」字看得非常嚴肅。在他的《關於「創作」》一文中他已經寫過，「寫」小說和「做」小說之間是有區別的〔註17〕。如果一個作者偶有所感，信筆揮灑，是不會寫出傑出的作品來的。小說和文學作品總的說來不能這麼「寫」，而是必須「做」，即系統地創作，並且要與美學原則相和諧〔註18〕。郭沫若曾經說過詩不是「做」出來的，而是「寫」出來。〔註19〕

〔註15〕 以筆名「朱璟」發表在《北斗》第 1 卷第 1 期，第 75～87 頁上，1931 年 9 月出版。

〔註16〕 茅盾，《創作與題材》第 1 頁。

〔註17〕 朱璟，前面所引書。收錄在松井博光編，前面所引書，第 1 卷，東京，1957 年版，第 84 頁。

〔註18〕 茅盾，《創作與題材》第 1～2 頁。

〔註19〕 郭沫若，《論詩三箚》，見《郭沫若選集》第 10 卷，第 205 頁。

　　茅盾反對那種認為「宇宙間盡是文章材料，俯拾即是」的觀點。比如說，個人的瑣事就不應該寫。但這並不是說它們就一定不能寫。年輕的作家還沒有其他的經驗，只能從家庭和學校中去瞭解生活，是可以描寫個人瑣事的。然而，他們的責任，在於要仔細挑選生活題材並給它們以適當的文學形式。應當怎樣選取這些題材呢？

　　茅盾在答覆這些學生時提出的觀點已經在前一章中加以了引用。根據這些觀點，在選取題材時應該以其社會意義為基礎，必須具有普遍性，必須與一般人生有重大的關係。茅盾舉了兩個例子來加以證明。由於這裡又一次涉及茅盾文學理論的一個重要特徵，請允許我們對其進行逐字引用：

　　　　假使你有一頭心愛的貓，因為偷食，被你家裏人轟走了，或打死了，這在你大概是很痛惜，因而你就取這件事作為題材寫了一個短篇小說，因為這是你的感情的真摯的流露，你的小說也許寫得很好，可是你這篇小說卻說不上有什麼社會意義，你這熟悉的題材是「不值得描寫的」！為什麼呢？因為你痛惜你那頭心愛的貓的感情並不是人人都有而且常有的，你這感情是個人的，沒有普遍性，沒有普遍性的感情就不能感染人而起共鳴；再者，即使你的小說做得十分好，你那痛惜那貓的感情果然能夠感染別人了，可是這種感染對於一般人生就毫沒意義，因為這題材根本就不是對於一般人生有重大關係的，你失了那貓，或得了那貓，你的生活不會因此而受到影響，別人的生活更不會因此而受到影響的。所謂不值得描寫的『身邊瑣事』就是這樣一類沒有普遍性並且不和一般人生發生關係（就是影響不到生活）的題材！〔註20〕

他進一步說道：

　　　　但假使你家有一位小妹妹患了腦膜炎，你主張請西醫而你的父親卻相信中醫，你的母親又相信了什麼符水草藥的走方郎中，結果是符水禳神，就把你的小妹妹送到了西天；這件事你是非常痛心的，你這痛心，一面是基源於兄妹之愛（這已經不是很狹仄的完全屬於個人的感情了），而又一面是為的那非科學的迷信的毒害，你於是取這件事作為題材做了一個短篇小說，那麼，你這小說就有社會意義了！因為不但一個小妹妹的被迷信誤殺是大大的人生悲劇，並且那

〔註20〕茅盾，《創作與題材》第 4 頁。

非科學的迷信的毒害是一個社會現象——嚴重的社會現象，同時有普遍性，而且和人生發生重大的關係的！你的手足的愛，你的對於非科學的迷信的痛恨，都是非常眞摯而且熱烈，你這小說因此將有異常強烈的感染力，你這小說就是批評人生，並且有改進人生的作用了！說來還不過是「身邊瑣事」（因爲這題材並沒有觸到社會的經濟組織，不過是家庭中間的悲劇，還不是社會的階級層中間的悲劇），然而這種『身邊瑣事』是值得描寫的！〔註21〕

　　上述的兩段引文清楚地表明了一個作家深入社會，找出具有一定社會影響的題材的必要性。

　　雅羅斯拉夫·普實克教授在其研究中多次指出，在用文言創作的中國古典文學作品中，「與現實緊密聯繫的傳統使作者偏愛於描寫眞實的人物——即便這個人物已經在很多方面發生了變化——而不願去創造一幅純粹的藝術肖像；寧願去敘述一則眞實的事件而不願去虛構故事；寧願去描寫環境，而不願去搭建一幅人工布景。這是古代高級文學的特點。這種文學總是看重在描寫現實時文學的功能，而反對純粹的虛構。」〔註22〕中國古代的學者對民間文學的輕視首先是源自這麼一個事實，即這種文學記錄的是「幻想出來的東西，是『虛』的。而傳統的士族文學應該服務於眞理和現實，是『實』的。」〔註23〕因而，假如我們要正確地理解中國古代文學的作用，假定它不是僅僅只供娛樂的文學的話，「那我們就必須時刻記住文學描寫眞實事件這個特別的傾向，而忽視只能在民間創作中才盛行的幻想。不容置疑，這種觀念也與對自由結構的偏愛有關，這種文體大部分僅僅是記錄（也即是所謂的筆記，高利克注），只需把記錄的材料不加整理地保存即可。」〔註24〕魯迅甚至在《中國小說史略》中指出，直到唐朝（618～907），中國作家才意識到原來他們寫的是小說。例如在六朝時期創作了許多描寫超自然現象的志怪故事，這些故事的作者在寫這些故事時，「故其（前者）敘述異事，與（後者）記載人間常事，自視固無誠妄之別矣。」〔註25〕

〔註21〕茅盾，《創作與題材》第4～5頁。
〔註22〕普實克爲劉鶚小說《老殘遊記》捷克語譯本所作的《譯者序》（*The Preface of the Translator to the Czech translation of the novel Liu O, Lao Ts'an yu-chi*）（劉鶚及其小說《老殘遊記》），布拉格，1965年版，第105頁。
〔註23〕在上述引文中。
〔註24〕在上述引文中。
〔註25〕魯迅，《中國小說史略》，北京，1959年版，第45頁。

　　魯迅和普實克的觀點也可類似地用於許多中國現代文學作品中。似乎藝術地加以虛構的故事相對來說成了問題的所在：普通編年史家的記載、抽象的敘述以及簡單的（儘管是眞實的）的故事比對所描繪的材料進行藝術處理的作品要清楚得多。當考慮對生活材料進行藝術地處理這個問題時，茅盾得出結論說，青年作家，或許青年學生也不排除在外，他們是在描寫現實，但他們創作的不是小說。

　　茅盾又舉了兩個例來加以說明。但這兩個例子有些相似，我們僅提其中更有意義的那一個。

　　《中學生》第 25 號上刊登了一篇初學者的短篇小說，題爲《阿 D 的自述》，作者是鄭朝陽。故事的主題在那個時期中國文學中是相當常見的。故事的主人公阿 D，是一個自耕農的兒子。度過了相對來說比較幸福的童年之後（父親適度的富裕使得他有機會上了幾年學），他發現自己處在一個被內戰、土匪、蟲災、幹災（茅盾原文爲「水災」，譯者注）所毀壞的國家，他們全家也被迫成了當地地主的佃戶。後來，阿 D 的父親死了，他自己在一家工廠找到一份工作，每天不得不辛苦干上 14 個小時，才勉強能養活自己和母親。後來，他染上了肺結核，最後因爲參加一次工人罷工而被開除。儘管病得很重，可他仍然準備同「萬惡的社會」鬥爭，並喚醒那些還在做著「甜蜜的幻夢」〔註26〕的人們。

　　顯然，初略一看，這個題材是茅盾所贊同的，但作者處理題材的方式，即對題材的藝術的安排，卻絕對不能讓他感到滿意。實際上，只有三分之一的題材鄭朝陽是用「故事」表現的，而另外的三分之二卻用了「簡單的記述」。從這樣的社會生活中攝取題材的時候，作者「必須自創（製）『故事』，把那些社會生活用最經濟最有力的形式（即藝術手腕）表現出來。」〔註27〕但是，作家自己創作出來的故事並不意味著它僅僅只是想像的結果，它必須緊緊寄根這現實的社會。所描寫的人物是現實生活裏的活人。這又一次說，他們是「活人」，不必是眞實存在的人物（茅盾對這個事實加以了特別的強調：「注意！是『活人』，不是實有其人！」譯者注）。這些「活人」必須通過動作而不是抽象的記述表現出來。

　　茅盾給《中學生》的覆信中沒有談文學技巧的問題（信中茅盾僅指出：⋯⋯

〔註26〕茅盾，《創作與題材》第 10 頁。
〔註27〕同上，第 8 頁。

最大的原因在作者缺乏描寫的技術，……譯者注）。他關注這個方面，但他並沒有詳細論述，因爲他與魯迅和其他中國作家一樣，都不相信那些由美國學者和他們在中國的追隨者們編輯的關於如何寫故事或小說的手冊或指南能夠對任何人有所幫助。在題爲《怎樣寫作》〔註28〕的文章中茅盾這樣寫道：「我們也見過有許多書籍或論文回答『怎樣寫作』了。那都是長套的大議論，介紹了前人寫作經驗的心得。這些回答也許是有用處的，也許曾有人得到了啓示，但讀了什麼什麼『做法』之類的書籍而愈弄愈糊塗的青年卻也很多……有材料而覺得表現困難的青年是應當學習一點什麼寫作法的。不過那些專書卻不能給他們什麼。他們倒是丟開了種種規則自由獨立的寫去，恐怕要好得多。他們倒是多讀名家的著作，不要先把什麼寫作法橫梗在心中，只是欣賞地去讀著，恐怕倒能夠不知不覺間讀會了一些寫作法。」〔註29〕

　　從茅盾的文章《小說作法之類》〔註30〕我們知道，30年代最暢銷的是原版的中國小說和小說寫作手冊，其次是譯介的外國小說、文學評論和歷史文學作品，最後是譯介的外國詩歌和戲劇。中國讀者最關注的是小說寫作手冊這類的書以及文學技巧詞典。上面所引茅盾的話，確實很有分量。

　　前面一章我們已經暗示過，茅盾確信文學是沒有國界的。如果年輕的中國文學想要成爲其他已經高度發展的世界文學的平等夥伴的話，它就不得不將其他國家的遺產看成是自己的。茅盾並不太反對青年人從《水滸傳》或《海上花》中學習，但他極力推薦他們閱讀歐洲作家的偉大作品，這已經在前一章中有所表明。但當時他心中並沒有特別想到是哪些作品，只是順便說，「英國方面，我最多讀的，是狄更斯和司各特；法國的是大仲馬和莫泊桑、左拉；俄國的是托爾斯泰、契訶夫和高爾基，以及一些新俄諸作家的作品」〔註31〕這個時候茅盾爲中國讀者奉獻了一本非常有意義的共有250頁的書，這本書對盡可能多的作家的中譯本的特點做了評注，包括荷馬、但丁、卜伽丘、莎士比亞、彌爾頓、莫里哀、伏爾泰、笛福、斯威夫特、菲爾丁、盧梭、歌德、席勒、司各特、拜倫、大仲馬、雨果、萊蒙托夫、顯克微支、薩克雷（Thackeray）、

〔註28〕以筆名「丙生」發表在1934年12月25日出版的《讀書生活》第1卷第4期第4頁上。

〔註29〕在上述引文中。

〔註30〕以筆名「明」於1935年8月1日發表在《文學》第5卷第2期，第286～287頁。

〔註31〕茅盾，《談我的研究》，收錄在《印象·感想·回憶》，文化生活出版社，1936年版。

狄更斯、果戈里、屠格涅夫、列夫‧托爾斯泰、陀思妥耶夫斯基、契訶夫、福樓拜、左拉、莫泊桑、易卜生、王爾德的作品以及一位不知名的中世紀作家的作品《烏加桑與尼科萊特》（*Aucassin and Nicolette*）〔註32〕。茅盾因而希望能讓中國讀者關注這些歐洲文學的珍寶。這本書中他沒有選那些在本世紀初的頭十年之後去世的作家的作品。他原本打算另編一本書收錄這些作家的作品，但這個計劃沒有實現。

（三）

1936 年，在有了創作小說九年的經驗之後，生活書店讓茅盾寫一本關於小說創作的方法之類的小冊子，但這本書同時也可以供青年作家和那些對文學感興趣的人使用。於是茅盾寫了《創作的準備》一書。這本書成了暢銷書，出版後的頭三個月裏就印了兩版。

茅盾的這本書是這樣開始的：「這樣一個重大的題目，絕不是我能夠說得圓滿的。世界文學史上的巨人們遺留給我們的不朽著作，以及它們畢生的文學視野的經歷，就是這題目——《創作的準備》的最完美的解答。」這些話讓我們推測，這本書將要介紹的是別人的經驗。但其實不然，因為這個時候的茅盾被認為是中國最傑出的作家，因而，編輯明確要求他以作家的身份，而不是以一個批評家的身份來寫一本小冊子。這就是為什麼他自己的小說創作經驗也包括在了這本書中的緣故。

這本書是以他常常在文章中所闡釋的觀點開始的：在試筆以前，一個青年作家「一定是愛讀文藝作品，而且讀得很多的。」〔註33〕但是，想要成為一個優秀的作家，僅讀文學作品是不夠的，他還必須研究文學理論，擁有廣博的藝術、文學和文化方面的知識，觀察生活，體驗生活並收集題材。

接著茅盾把他的文學的基本概念轉向了作家本人。他認為，作家不應該是一個拿著照相機到處拍照的攝影師。他應該不僅是一個藝術家，也是一個思想者，「在現代，並且同時一定是不倦的戰士。」〔註34〕他的作品不僅應該反映現實，也要對當代生活和思想的問題給出自己的理解。

一個未來的作家必須熟悉諸多偉大作家的作品，而不應該僅僅局限於一個作家的作品或者一個文學流派的作家作品。根據茅盾 1936 年的觀點，應該

〔註32〕即上文提及的《西方文學名著中譯本》。
〔註33〕茅盾，《創作的準備》第 2 頁。
〔註34〕同上，第 4 頁。

對現實主義作家給予最廣泛的關注，但也必須熟悉浪漫主義的文學，正如高爾基那樣。他警告了由於傳統的力量使然當時中國常見的摹仿名著的現象。對文學作品研究的結果應該是對原材料的重新融合，是把作者所研究的東西與自己的東西融爲一種新的東西。一個有才能的作家因而應該創造出與自己的前輩完全不同的作品。一切均須依靠作家自身的能力與不懈努力。〔註35〕

　　如前面所指出的，茅盾一直都將其大部分的注意力放在了文學作品的人物身上。僅僅只在30年代初的時候他寫了更多關於題材以及題材與創作的關係的文章。在寫《創作的準備》的時候，他被人物與故事之間的關係問題所深深吸引。他在書中這樣寫道：「應當是由人物生發出故事。人物是本位，而故事不過是具體地描寫出人物的思想意識。」〔註36〕

　　那時中國文學自身的形勢可能會對這種提法給予具體的反對：作家描寫諸如中國農村經濟的衰退、工廠裏的童工問題等社會現象，因而，他應該將故事作爲自己的出發點，闡明其原因和後果。在這種情形下，人物僅僅只是完成自己在故事中的角色而已。茅盾對此說法是這樣回覆的：即便在關閉的房間裏，依靠各種書本、報告、統計數據、旅行手冊等等，也是可以觀察和研究社會現象的，而且也可能得出滿意而可靠的科學結論。以這些結論爲基礎，他可以寫故事，爲故事安排合適的人物，這樣就創作出了一部文學作品。然而，即便這樣的作品可能準確地反映社會現實，但也很可能會是公式化的，它可能成爲一篇穿著文學外衣的社會科學主題的文章。

　　一個作家不能先在書桌上得出了結論然後才進入社會去「攝取」一些「實感」，也不能把人物裝進故事的框架裏。作家的創造過程是與社會科學領域的研究者的調查過程完全不同的。

　　茅盾這樣寫道：

　　　　文學作家研究觀察的對象當然也是社會現象，這和社會科學家是相同的。然而社會科學家所取以爲研究的資料者，是那些錯綜的已然的現象，文學作家的卻是造成那些現象的活生生的人。社會科學家把那些現象比較分析，達到了結論；文學作家卻是從那些活生生的人身上，——從他們相互的關係上，看明了某種現象，用藝術手段來「說明」它，如果作家有的是正確的眼光，深入的眼光，則

〔註35〕茅盾，《創作的準備》第8頁。
〔註36〕同上，第15頁。

他雖不作結論而結論自在其中了。這就是爲什麼現實主義的傑作常
常是社會科學家研究時的好資料。〔註37〕

茅盾要求作家先研究書本和其他的材料以獲得一些關於社會的認識,獲
取對於社會的某種態度(他將其描繪爲「正確的和先進的」),然後徑直去研
究和觀察活生生的人。用這樣的方式他就能積累足夠的關於人(人物)和各
種各樣的社會現象的、材料的、主題方面的知識,這樣就很容易創作出一個
或者更多的故事來。

與 20 年代相似,茅盾現在將關注的焦點放在了創作反映個性與共性相統
一的人物的需要上。如果描繪的人物只反映了其社會性,或其階級的特性,
那麼它就只能是一個「標本化」的人物,不能帶給讀者美學上的滿足感。

同樣讀者也不能在這個無非是模特兒的畫像的人物身上找到美學上的滿
足感。文學人物是「創造」這個行爲的結果,它必須通過對許多活生生的人
物的各種特徵加以綜合來進行描繪。在這點上,茅盾與魯迅的觀點是一樣的,
魯迅也採用了所謂的概括法。這一類的成功人物被茅盾稱作創作的「最上
乘」,是其「極致」。茅盾舉了魯迅的阿 Q 爲佐證。

對於人物與故事之間的關係,茅盾強調了人物的至高地位。有了人物,
故事就容易建構。相反,就沒有活生生的人物出現在文學作品中,而僅僅是
木偶劇表演中的木偶罷了。

在《創作的準備》中茅盾爲人物與環境之間的關係保留了相當的空間。
他認爲二者是相互統一的,但是在此處他仍然認爲人物是主要的。是人創造
了環境,然後環境反過來影響他的思想和行爲。環境應該通過人物的行爲來
描繪。文學人物不應該僅僅只是環境的補充和裝飾。

茅盾用了整整一章來討論搜集材料的問題。

青年作家應該總以他們自身的直接知識爲基礎來進行寫作。然而,一個
人自身的知識必定是有限的。當一個人成爲職業作家後,他也必須寫那些與
諸如自己的青年時代、自己成長的地方、自己的家庭、朋友等等相比他不那
麼熟悉的事情。因而,他必須要搜集題材。如果他努力堅持只寫自己的經歷,
他創作出來的作品就難免失之單調。

一個作家必須不斷地、持續地搜集題材,即便在他不寫作的時候,或甚
至是在寫與其完全不同和無關的東西的時候。搜集題材應當是一種追求現實

〔註37〕茅盾,《創作的準備》第 37 頁。

與人生知識的形式。茅盾指出了兩種搜集題材的方法。第一是左拉實踐過的方法，這種方法包括對文學作品中要涉及的生活與環境的熟悉，包括從這個環境中以及與人物的對話中去觀察人物，包括注意報紙上對他將要描寫的生活環境的相關報導，也包括閱讀類似的書籍。然後研究所有這些記錄，分析它們，最後在這些基礎上構建一部文學作品。

茅盾對這種方法是反對的。首先，在他看來這種方法似乎有點機會主義。其次，運用這種方法的人對生活和藝術沒有足夠誠摯的態度。然而，他也沒有痛快地譴責這種方法。在他看來，這種方法不是毫無用處，只是不能令人滿意而已。

茅盾反駁了那些不知名的批評家，他們拒絕搜集題材，認爲它是一種「敷衍的不切實的」方法。在他們看來，藝術作品唯一的題材就是作家的自身經驗。茅盾承認，這種題材是最好，但要親身參與社會生活的各個重大方面在中國是不大可能的。茅盾不相信在 1936 年或者更早些年裏到工人和農民中間去是可能的。而且，要求中國作家僅僅描寫他們自身的經驗並非「輕微的」錯誤。

他寫道：

> 在我們目前，單說一句「寫你自己熟悉的生活」只得了片面的眞理。在一般作家的百分比還是小市民層知識分子占絕大多數的現在，我們要是嚴格執行起「寫你自己熟悉的生活」而排斥「搜集材料」的提議，徒然使作品的內容單調狹小而已。在我們目前，正要高呼：探頭到你自己的生活圈子以外！正要高呼：「搜集材料！」
> 〔註38〕

現在的問題是，既然茅盾認爲左拉的方法不適合，那他喜歡用哪種方法來搜集題材呢？

茅盾把其稱作契訶夫式的方法。這種方法與左拉的方法相似。其根本的不同在於，左拉總是僅僅在其需要時才去爲某個主題搜集題材。而契訶夫是連續地搜集，而且努力走進那些超出自己的生活範圍所限制的人物和事件。茅盾僅有一點不同意契訶夫：契訶夫建議作家們在開始寫小說的時候記筆記，並使用那些適合自己目的的材料。茅盾要更間接些。他要求作家們不時返回他的筆記，研究它們，把它們與現實相比較，這樣才能使其最初不正確

〔註38〕茅盾，《創作的準備》第 28～29 頁。

的觀察得到改正。

在這本書的結尾處茅盾例舉了某些可能引起那些反對此方法的人的質疑。我們現在僅舉其中最重要的一個來結束該書。在 30 年代的中國文學界對靈感和直覺知識的盲目信任取代了對「生活的實地經驗」〔註39〕的盲目信任。有人將其看成是一種全能的方法（指周揚，以及他那些沒有提及名字的追隨者），並且認為獲取了生活的真實經驗就會創作出偉大的作品。他們看不起辛苦地提高自身的知識和對文學技巧的訓練。後來的事情證明茅盾是正確的。即便是源自工人、農民、士兵的最真實的生活經驗也沒有能保護 40 年代以及後來那些年里中國文學的衰敗。那些原本應該是文學和藝術中最主要的東西跌到了次要的地位。這必然會在過去 30 年的中國現代文學作品的質量上得以反映。

（四）

正如前面所提到的，1936 年左翼作家聯盟的解散為中國的文學創作和文學批評帶來了新的形勢。1937 年抗日戰爭爆發，文學批評不得不用有別於二、三十年代的方法去解決出現的問題。土壤一點一點地為毛澤東的文學批評理論做了準備。1942 年，他的《在延安文藝座談會上的講話》標誌著中國文學思想新紀元的開始，這個時代至今還未結束〔註 40〕。茅盾，除了在抗日戰爭的第一階段外，不再在中國的文學批評領域中起最重要的作用。當他成為這個領域中更嚴肅的發言人時，他更多傳達的是官方的態度而非健康的文學批評所允許的觀點。因而，在一本設計如本書這樣的著作中再來繼續談他的文學批評就沒有理由和意義了。

〔註39〕茅盾，《創作的準備》第 27～28 頁。
〔註40〕毛澤東的文學思想被在如雅羅斯拉夫·普實克（J. Průšek）的《解放區的中國文學及其民間傳統》（*Die Literatur des befreiten China und ihre Volkstraditionen*），布拉格，1955 年版，第 29～40 頁和杜威·佛克瑪（D. W. Fokkema）的《中國的文學理論與蘇聯影響，1956～1960》（*Literary Doctrine in China and Soviet Influence, 1956～1960*），海牙，1965 年版，第 3～11 頁中探討。

結　語

　　這本專著涉及了茅盾一生中 1896～1936 年間最重要的事件，涉及了他思想的和政治的成長，當然，還有他作爲一個文學批評家的觀點。同時，他表現爲中國現代文學的頭 20 年間中國文學思想主流的重要代表。

　　或許，再來簡略地回顧一下他的批評觀和文學觀並不會有什麼不恰當。

　　茅盾加入中國現代文學批評的行列是在 1919 年，緊跟在胡適、陳獨秀和周作人之後。中國當代的思想家中，他追隨了陳獨秀的一些思想。而在歐洲的思想家中，首先是托爾斯泰的《什麼是藝術》一書。實際上，是托爾斯泰以直接的方式給予了茅盾最重要的影響。茅盾至少是在進化論的總體特徵上接受了黑格爾的觀點並爲己用。稍後，他開始從事法郎士的印象主義批評研究和卡彭特的懷疑論論文研究，並在羅曼‧羅蘭和巴比塞的作品中尋求有關進一步發展與現代世界精神、現代哲學和藝術一致的中國新文學的問題的答案。到 20 世紀 20 年代末，這同樣標誌著他作爲批評家成長的第一個時期的結束，在經過一段時期刻苦的準備和研究後，茅盾建議中國的文學家們將後現實主義的藝術，具體說是新浪漫主義批評，作爲他們的起點。

　　在羅曼‧羅蘭那裡，尤其是從他的《約翰‧克里斯托夫》中，他看到了新浪漫主義運動最傑出的代表。他爲這種健康的個人主義的精神，一種革命的、解放的、具有創造性的精神而震驚，爲「自我意識」的觀點而震驚，而這種精神和觀點在他生活的那個時代的中國卻明顯地是那麼的缺乏。貝多芬這個現代形象成爲了中國年輕人的模範。一場藝術運動，一場更多是以人爲中心的運動，將代替在大部分情況下是在其矛盾面、在媒體的力量和時代的

精神方面顯示人類社會的運動。

1919 年和 1920 年的時候，茅盾曾說過，首先是以他自己的名義。1921 年和 1922 年的時候，他也以文學研究會成員們的名義說過。

這個時候他確信在文學領域裏存在著一種統一的、普遍的進化過程，這種過程對全世界來說都是正確的。與陳獨秀相似，他斷言中國文學在現實主義的門檻處停住了，因而他決定與他文學研究會的朋友們一道積極地宣傳它。這些年裏他常常被迫對文學批評的某些方面做出反映。因而，他對諸如作家的社會立場所吸引，對作家的個人自由、他慣常的社會責任以及他對社會作用的認知等提出要求。仔細思考了茅盾對於文學（這主要是指新文學）是什麼的觀點後，我們發現它應該是對客觀現實最客觀的反映，它應該通過努力選擇和描寫與民族和全人類生活相關的事實，獲得最大範圍的可能的有效性。它應該成為絕大部分不同層次的讀者認知的源泉，這種認知的源泉在最大程度上是基於現代科學、哲學和倫理學的知識的。自然，每一種文學都必須將藝術的方面考慮為其不可缺少的共存物。1922 年泰納的影響在茅盾的作品中變得越來越明顯。在泰納所認為的三個主要因素中，茅盾最常指出的就是環境的影響和時代的精神，但他並沒有像他的前輩們所做的那樣對它們進行系統的運用。在他那時的批評體系中，他賦予了「社會背景」這個術語最重要的位置，使其成了相對於其他術語來說核心之所在。茅盾清楚與藝術的政治功能相關聯的社會功能，因而他對那些陶醉於「藝術獨立」口號的人，對他們過度的功利主義的闡釋持反對態度。那個時期他唯一反對的是那種純粹為了藝術而創作的傾向。他之所以反對主要是因為這些藝術作品對社會沒有益處。到 1921 年底和 1922 年的上半年，茅盾熱情地宣傳自然主義，儘管他常常會遭遇到誤解和反對。然而，當茅盾的概念，這個自然主義所關注的概念，與左拉、霍爾茨、島村抱月和錢德勒所有這些都對茅盾的自然主義理論產生了影響的作家的概念相比時問題就變得顯而易見了。在茅盾的這個概念中，個體因素的變異達到了如此的程度，以至於它成了識別其原初身份的序曲，並要求給其一個完全不同的名稱，這樣才使其不至於僅僅是一個與特定的內容不相干的任意的標籤〔註1〕。然而，還是應該注意到，儘管茅盾在這

〔註1〕 參見馬立安・高利克，《自然主義：一個變化著的概念》（*Naturalism: A Changing Concept*），載《東方與西方》（*East and West*）第 16 卷第 3〜4 期，1966 年，第 310〜328 頁。

個時期宣傳現實主義，但他在後現實主義的現代藝術中看到了中國文學的未來。現實主義（自然主義）僅僅爲其進一步的發展做了準備。

1923 年，在中國能夠開始聽到「革命文學」最初的呼聲之時，茅盾還是堅持自己早期的觀點，一直到 1924～1925 年這些觀點才經歷了更加實質性的變化。這從他 1925 年的創作中可以顯而易見地看出來。他這個時期的文學批評尤其有兩點不同於他先前的觀點。其發展的舞臺不再是世界性的，而且尤其成了一個階級的舞臺，儘管它仍然還是國民性的。茅盾將文學理解爲階級的工具。這是其一。其二，茅盾開始譴責現代文學作爲現代資本主義社會衰敗階段的表現的傾向。

1925 年，茅盾是中國最早一批宣傳無產階級文藝的人之一。他在革命浪漫主義的代表作品和所有時代的經典作品中找到了這種文藝的模型。

到 1927 末和 1928 年初的時候，後來引起中國文學批評的興趣並在隨後的年月裏對其發展產生影響的主要問題變得具體了。這些問題主要包括時代與文學的關係問題，包括文學作爲宣傳工具的問題，包括所謂的「標語口號」文學的問題，也包括文學的階級特徵的問題。這個時期茅盾主要開始從事文學作品的藝術價值的研究。他指出，由於革命熱情的緣故，文學最重要的屬性，即，它的美學特徵，被忘記了。而且，文學僅僅成爲了政治的和階級宣傳的工具。他堅持一部藝術作品形式和內容的完善。他呼籲那些準備從事文學創作的人學習、觀察同時也分析他們周圍的現實，不要滿足於自己作爲被動的喇叭的作用，因爲這樣他們只會被最初演繹過的那些辯證邏輯所分解。此外，這個時期茅盾也開始進行時代的精神及其與文學作品的關係的思想研究。他將一部文學作品理解爲是作品所描述的那個時期精神的投射。在茅盾看來，文學應該是創造一種新生活的工具之一。在這個觀點上，茅盾與他的對手觀點是一致的，儘管他在如何創造生活這個概念上與他們並不相同。他贊成文學作品描寫社會現實的陰暗面，譴責革命的老生常談。與 1925 年的時候相反，一直到 20 年代末，茅盾沒有再支持那些錯誤的觀點。這些錯誤的觀點認爲，現代藝術的傾向是腐朽時期由社會導致的病症。他看到了在客觀現實的變形中後現實主義藝術的共同標記，並著力去對某一主觀世界進行描繪。茅盾對那些適合他自己的文學基本概念的標準表示贊成。他只對那些彬彬有禮的、社會型的先鋒派作家如凱澤、托勒和馬雅可夫斯基給予了高度評價。在這些年裏，法國同一時期的文學最適合茅盾，尤其是巴比爾、萊昂諾

夫、格拉特科夫和法捷耶夫的作品。這也難怪，因爲他自己的文學觀念就是現實主義的。

茅盾對於文學創作和文學技巧問題的興趣在 30 年代並沒有消滅，相反，他的興趣變得更加濃厚，被放在了他所有文學批評作品的第二位。他將注意力轉向了內容題材的問題及其與創作的關係，並努力去解決中國古代文學的老問題，這個問題同時也可能是中國現代小說的問題。在《創作的準備》一書中，茅盾聲明自己完全遵循現實主義的傳統，他認爲氣質是一部文學作品的根本成分，最成功的當屬那些能反映出個體與總體的統一的作品。他將如魯迅的人物阿 Q，即所謂的概括型的人物的創作稱作「最上乘」（highest Mahayana）。1936 年及之前，茅盾並不相信與工人和農民打成一片是可能的。因而，他贊成將自己的生活經歷與觀察、研究和資料的收集結合起來。他並不相信真正的藝術作品能夠僅僅在所謂的真實生活經驗中創作出來。茅盾對寬泛的知識面和藝術的技巧加以了強調。

非常遺憾的是，茅盾 20 年代和 30 年代的作品，與魯迅的批評作品一樣，並沒有受到應有的欣賞，或者說沒有受到正確的欣賞。在最近的 30 年裏，中國現代文學批評之路並非只有這兩條。結果已經不言自明。

縮略詞表

M. T.　　　　　茅盾

UB　　　　　　未發表的《茅盾傳》，用中文寫於 1960 年 3～5 月。茅盾親自修
　　　　　　　改了文本，並補充了許多信息。共 61 頁（應爲 65 頁，譯者注）。

雜誌與副刊（詳細的中文名，英譯，出版周期，以及初刊日期。所有這些刊
物均在上海出版）

CTCP　　　　　《創造周報》，周刊，1923 年 5 月 13 日創刊

CTCK　　　　　《創造季刊》，季刊，1922 年 5 月創刊

CTYK　　　　　《創造月刊》，月刊，1926 年 3 月創刊

FNTC　　　　　《婦女雜誌》，月刊，1915 年 1 月創刊

HCN　　　　　《新青年》，月刊，1915 年 9 月創刊

HSTC　　　　　《學生雜誌》，月刊，1914 年 1 月創刊

HSYP　　　　　《小說月報》，月刊，1911 年 1 月〔註1〕創刊

HT-WH　　　　《學燈——文學》，周刊，1923 年 7 月創刊，是上海《時事新
　　　　　　　報》的副刊

TFTC　　　　　《東方雜誌》，月刊，1904 年 1 月創刊

WH　　　　　　《文學》，月刊，1933 年 7 月創刊

〔註1〕 應爲 1910 年 7 月。譯者注。

WHCP　　　　《文學周報》，周刊，1925 年 5 月〔註2〕創刊
WHHK　　　　《文學旬刊》，每十天出版一期，1921 年 5 月創刊，是上海《時
　　　　　　　事新報》的副刊

文　集

WHTH　　　　《中國新文學大系》，10 卷本，1935 年版，上海
TKTL　　　　《中國現代文學史參考資料》，1959 年版，北京

〔註 2〕 1921 年 5 月 10 日創刊，初名爲《文學旬刊》。1923 年 7 月第 81 期起改名爲
　　　　《文學》（周刊）。1925 年 5 月第 172 期起改名爲《文學周報》。譯者注。

術 語 表

（只包括那些對讀者來說有難度的或不能識別或理解的人名和術語）

Aono Suekichi	青野季吉
Arishima Takeo	有島武郎
Chang Chih-ch'in	張之琴
Chang Chü-sheng	張菊生
chang-hui-t'i hsiao-shuo	章回體小說
ch'ang-pen	唱本
Ch'en Ai-chu	陳愛珠
Ch'en Feng-chang	陳鳳章
Chi Yang-hsien	計仰先
Chih Ching	止敬
Chih Hsi	志希
Ch'i Ming	豈明
Ch'iu Shih	秋士
Ch'ing-chen	青鎮
Chou Chih-i	周志伊
Chou Tsan-hsiang	周贊襄
Chu Ching	朱璟
Chu Feng-hsien	朱蓬仙
Chu Hsi-tsu	朱希祖
Chu Ying-p'eng	朱應鵬

chung-hsüeh wei t'i	中學爲體
Fang Kuang-tao	方光燾
Fang Pao-tsung	方保宗
Fang Pi	方壁
Fu Chih-ying	伏志英
Hirabayashi Hatsunosuke	平林初之輔
Homma Hisao	本間久雄
Hsi Chen	希眞
hsi-hsüeh wei yung	西學爲用
Hsiao Feng	曉風
Hsieh Liu-i	謝六逸
hsien-shu	閒書
hsiu-shen	修身
hsü	虛
Hsü Ch'in-wen	許欽文
Hsü Tiao-fou	徐調孚
Hsü Yü-no	徐玉諾
Hsüan	玄
Hsüan Chu	玄珠
hua-chi pu-ya	滑稽不雅
Hung Wei-fa	洪爲法
I Chia	易嘉
Kan Jen	甘人
Kaneko Chikusui	金子築水
Kao Meng-tan	高夢旦
Katagami Noburu	片上伸
Katayama Koson	片上孤村
ko-hsing	個性
Ku Fei	古斐
K'ung Ling-ching	孔另境
K'ung Te-chih	孔德沚

K'ung Yen-ying	孔彥英
Kuo Meng-liang	郭夢良
Kurahara Korehito	藏原惟人
Kuriyagawa Hakuson	廚川白村
Lang Sun	朗（應爲「郎」）損
lien-huan t'u-hua	連環圖畫
Liu Chen-hui	劉貞晦
Liu Yen-ling	劉延陵
Lü Fei-nan	呂芾南
Ma Yu-yu	馬幼漁
Mai K'o-ang	麥克昂
Meng Pen	孟賁
Ming	明
Ming Hsin	明心
P'ei Wei	佩韋
P'u Lu-shih	普魯士
san-kang	三綱
/Sun /Yün-pin	（孫）雲彬（應爲：（宋）雲彬，譯者注）
shih	實
Shen Chih-chien	沈志堅
Shen Hsia	沈霞
Shen Huan	沈煥
Shen Nien-keng	沈年庚
Shen Po-fan	沈伯蕃
Shen Shuang	沈霜
Shen Te-hung	沈德鴻
Shen Yu	沈餘
Shimamura Hogetsu	島村抱月
Sung Yang	宋陽
Tan Yen-i	單演義
T'an Ssu-hai	譚四海

Teng Yen-ts'un	鄧演存
T'i Jo	惕若
T'e-hsing	特性
Ts'ao Mu-kuan	曹慕管
Tseng I	曾毅
Tso Shun-sheng	左舜生
tsui-shang-ch'en	最上乘
Wan Liang-chan	萬良湛
Wan Liang-chun	萬良濬
Wang Chin-hsin	王晉鑫
Wang Hui-nung	王蕙濃
Wang P'ing-ling	王平陵
wen-i tsai-tao	文以載道
Wei Ming	未明
ya jen yün shih	雅人韻事
Ya Tan	亞丹
Yang Fu	楊甫
Yamagishi Mitsunobu	山岸光宣
Yüan Yung-chin	袁湧進

參考文獻

著作與文章

1. 威廉・艾爾斯，《文學研究會，1921～1930》，載《中國研究論文集》第 7 卷，哈佛大學，1953 年出版。

2. 歐文・巴比特，《法國現代批評的大師》，波斯頓和紐約，1912 年版。

3. 亨利・巴比塞，《左拉》，萊比錫，1932 年版。

4. 瓦爾特・貝特，《批評的序言》，紐約，1959 年版。

5. 保羅・布里森登，《世界產業工人聯盟——美國工團主義研究》第 2 版，紐約，1920 年版。

6. 愛德華・卡彭特，《文明的成因與治癒》，布拉格，1910 年版。

7. 弗蘭克・錢德勒，《現代戲劇面面觀》，紐約，1916 年版。

8. 張靜盧編，《中國現代出版史料》第 4 卷，北京，1959 年版。

9. 陳獨秀，《今日之教育方針》，載《新青年》第 1 卷第 2 號，1915 年 10 月 15 日，第 1-6 頁。

10. 陳獨秀，《文學革命論》，載《新青年》第 2 卷第 6 號，1917 年 2 月 1 日，第 1-4 頁。

11. 成仿吾，《從文學革命到革命文學》，載《創造月刊》第 9 期，第 1-7 頁。也可參見《中國現代文學史參考資料》第 1 卷第 219～225 頁。

12. 錢杏邨，《中國新興文學中的幾個具體問題》，載《拓荒者》，1930 年 2 月 1 日，第 341～382 頁。

13. 錢杏邨，《從東京回到武漢》，載伏志英編，《茅盾評傳》，參見注釋第 32 條，第 255～314 頁。

14. 志希，《今日中國小說界》，載《中國新文學大系》第 2 集，第 349～358 頁。

15. 秋士,《告研究文學的青年》,載《中國現代文學史參考資料》第 1 卷第 195～197 頁。

16. 周作人,《人的文學》,載《新青年》第 5 卷第 6 號,1918 年 12 月,第 575～584 頁。也可參見《中國新文學大系》第 1 卷第 193～199 頁。

17. 周揚,《關於文學大眾化》,載蘇汶編,《文藝自由論辯集》,參見注釋第 199 條,第 345～350 頁。筆名:周起應(周綺影)。

18. 周揚,《到底是誰不要眞理,不要文藝》,載蘇汶編,《文藝自由論辯集》第 100～111 頁。

19. 周策縱,《五四運動:現代中國的思想革命》,哈佛大學出版社,1960 年版。

20. 周策縱,《五四運動研究指南》,哈佛大學出版社,1963 年版。

21. 瞿秋白,《大眾文藝問題》,載蘇汶編,《文藝自由論辯集》第 332～344 頁。筆名:宋陽。

22. 瞿秋白,《文藝的自由和文學家的不自由》,載蘇汶編,《文藝自由論辯集》第 77～99 頁。筆名:易嘉。

23. 米羅斯拉夫·德羅茲達,《討論中的現實主義》,載《世界文學》第 2 期,1959 年,第 194～210 頁。

24. 托馬斯·艾略特編,《埃茲拉·龐德文論集》,格拉斯哥,1954 年版。

25. 尼古拉·費德林,《中國文學》,莫斯科,1956 年版。

26. 尼古拉·費德林,《中國札記》,莫斯科,1955 年版。

27. 馮乃超,《藝術與社會生活》,載《文化批判》第 1 期,1928 年 1 月 15 日,第 3～13 頁。

28. 馮乃超,《同在黑暗的路上走》,同上,第 90～97 頁。

29. 杜威·佛克瑪,《中國的文學理論與蘇聯影響,1956～1960》,海牙,1965 年版。

30. 阿爾弗雷德·福柯譯,王充著,《論衡》第 2 部分,柏林,1911 年版。

31. 安納托爾·法郎士,《文學生涯》,載《作品全集》第 7 卷,巴黎,1926 年版。

32. 伏志英編,《茅盾評傳》,上海,1931 年版。

33. 馬立安·高利克,《自然主義:一個變化著的概念》,載《東方與西方》第 16 卷第 3～4 期,1966 年,第 310～328 頁。

34. 馬立安·高利克,《論外國思想對中國文學批評的影響,1898～1904》,載《亞非研究》(布拉迪斯拉發)第 2 期,1966 年,第 38～48 頁。

35. 馬立安·高利克,《茅盾眞名和筆名考》,載《東方檔案》第 31 期,1963 年,第 80～108 頁。

36. 馬立安‧高利克,《郭沫若的印象主義批評》,載《東京漢學學會通報》第 13 期,1967 年,第 231～243 頁。

37. 赫伯特‧翟理斯譯,《神秘主義者、道德家和社會改革家莊子》第 2 版,上海,1926 年版。

38. 弗農‧霍爾,《文學批評簡史》,紐約,1963 年版。

39. 何干之,《中國現代革命史》,北京,1959 年版。

40. 侯外廬,《中國哲學簡史》,北京,1959 年版。

41. 夏志清,《中國現代小說史》,紐黑文,1961 年版。

42. 蕭埃彌(蕭三),《中國革命文學》,載《世界革命文學》第 3～4 期,1934 年,第 323～334 頁。

43. 徐志摩,詹姆斯‧史蒂芬《瑪麗,瑪麗》譯「序」,第 2 版,上海,1928 年版,第 1～4 頁。

44. 徐調孚,《〈小說月報〉話舊》,載《文藝報》第 15 期,1956 年,第 20～21 頁。

45. 胡秋原,《阿狗文藝論》,載蘇汶編,《文藝自由論辯集》第 4～9 頁。

46. 胡秋原,《錢杏邨理論之清算》,同上,第 24～55 頁。

47. 胡適,《什麼是文學》,載《中國新文學大系》第 1 集,第 214～216 頁。

49. 胡適,《文學改良芻議》,載《新青年》第 2 卷第 5 號,1917 年 1 月 15 日,第 1～11 頁。也可參見《中國新文學大系》第 1 集,第 34～43 頁。

50. 威廉‧哈德森,《文學研究導論》,倫敦,1910 年版。

51. 西奧多‧亨特,《文學的原理與問題》,紐約和倫敦,1906 年版。

52. 尼古拉‧康拉德,《現實主義的問題與東方文學》,載《東方文學中現實主義的起源問題》,莫斯科,1964 年,第 11～32 頁。

53. 奧德瑞凱‧克勞,《茅盾對科學現實主義的尋求》,載《卡羅萊娜大學學報(語言學)》,增刊,布拉格,1960 年,第 95～106 頁。

54. 郭沫若,《海外歸鴻》,載《創造季刊》第 1 卷第 1 期,第 3～19 頁。

55. 郭沫若,《藝術的評價》,載《沫若文集》第 10 卷第 79～82 頁。

56. 郭沫若,《革命春秋》,上海,1951 年版。

57. 郭沫若,《革命與文學》,載《中國現代文學史參考資料》第 1 卷第 210～219 頁。

58. 郭沫若,《留聲機器的回音》,載《沫若文集》第 10 卷第 344～356 頁。

59. 郭沫若,《論詩三箚》,載《沫若文集》第 10 卷第 199～213 頁。

60. 郭沫若,《論文學研究與介紹》,載《沫若文集》第 10 卷第 134～139 頁。

61. 郭沫若,《批判意門湖及其他》,載《創造季刊》第 1 卷第 2 期,1922 年,

第 23～34 頁。

62. 郭沫若,《文藝之社會的使命》,載《沫若文集》第 10 卷第 83～88 頁。

63. 郭沫若,《我們的文學新運動》,載《創造周報》第 3 期,1923 年 5 月 27 日,第 13～15 頁。也可參見《沫若文集》第 10 卷第 283～285 頁。

64. 郭沫若,《英雄樹》,載《沫若文集》第 10 卷第 324～330 頁。

65. 郭紹虞,《中國文學批評史》,北京,1955 年版。

66. 孔另境,《懷茅盾》,載《庸園集》,上海,1946 年版,第 64～71 頁。

67. 孔另境,《憶魯迅先生》,載《文藝月報》第 10 期,1956 年,第 36～38 頁。

68. 孔另境,《一位作家的母親》,載《庸園新集:孔另境自述散文》第 29～39 頁。

69. 孔另境,《庸園劫灰錄》,載《庸園新集:孔另境自述散文》第 1～10 頁。

70. 魯普雷希特・萊珀拉、W. 莫爾編,《德國文學史專門詞典》第 2 版,第 2 卷,柏林,1958 年版。

71. 弗拉基米爾・列寧,《論文學與藝術》,布拉迪斯拉發,1965 年版。

72. 李初梨,《怎樣地建設革命文學》,載《文藝批判》第 2 期,1928 年 2 月 15 日,第 3～20 頁。

73. 梁實秋,《關於白璧德先生及其思想》,載《文學姻緣》,臺灣,1964 年版,第 57～64 頁。

74. 梁實秋,《浪漫的與古典的》,上海,1928 年版。

75. 林文慶,《離騷》,上海,1929 年版。

76. 沃爾瑟・林登,《自然主義》,萊比錫,1936 年版。

77. 劉盼遂編,《論衡集解》,北京,1958 年版。

78. 陸志偉,「自序」,載《渡河》第 3 版,上海,1927 年版,第 1～7 頁。

79. 魯迅,《中國小說史略》,北京,1959 年版。

80. 魯迅,《魯迅日記》,北京,1959 年版。

81. 魯迅,《現今的新文學的概觀》,載《魯迅全集》第 4 卷第 106～110 頁。

82. 魯迅,《論睜了眼看》,載《語絲》第 38 期,1925 年 8 月 3 日,第 1～3 頁。也可參見《魯迅論文學》,北京,1959 年版,第 17～21 頁。

83. 魯迅,《論「第三種人」》,載《魯迅全集》第 4 卷第 334～338 頁。

84. 魯迅,《「民族主義文學」的任務和運命》,載《魯迅全集》第 4 卷第 244～253 頁。

85. 魯迅,《「醉眼」中的朦朧》,載《魯迅全集》第 4 卷第 51～56 頁。

86. 魯迅,《對於左翼作家聯盟的意見》,載《魯迅全集》第 4 卷第 182～187

頁。

87. 魯迅，《文藝大眾化》，載《魯迅論文學》第 63～64 頁。

88. 魯迅，《文藝與革命》，載《魯迅全集》第 4 卷第 68～69 頁。

89. 魯迅，《我們要批評家》，載《魯迅全集》第 4 卷第 188～189 頁。

90. 魯迅，《我怎樣做起小說來》，載《魯迅全集》第 4 卷第 392～395 頁。

91. 魯迅，《關於小說題材的通信》，載《魯迅全集》第 4 卷第 291～294 頁。

92. 安東尼·路德維奇，《尼采的生平與作品》，倫敦，1910 年版。

92. S. 路德凱維奇，《國際革命作家組織運動》，載《國際文學》第 3～4 期，1934 年，第 335～343 頁。

94. 茅盾，《幾句舊話》，載司馬文森，《創造經驗》，上海，1935 年版，第 49 ～57 頁。

95. 茅盾，《紀念福樓拜爾的百年生日》，載《小說月報》第 12 卷第 12 號，1921 年 12 月 10 日，第 1～4 頁。

96. 茅盾，《紀念魯迅先生》，載茅盾等編，《憶魯迅》，北京，1956 年版，第 62～64 頁。

97. 茅盾，《路》「校後記」第 3 版，上海，1933 年版，第 207 頁。

98. 茅盾，《近代文學的反流——愛爾蘭的新文學》，載《東方雜誌》第 17 卷 第 7～8 號，1920 年 3 月 25 日和 4 月 10 日，第 72～80 頁和第 56～66 頁。

99. 茅盾，《近代文學體系研究》，載劉貞晦編小冊子，《中國文學變遷史》，北京，1921 年版，第 1～39 頁。

100. 茅盾，《莊子》沈德鴻選注，上海，1926 年版。

101. 茅盾，《楚辭》沈德鴻選注，上海，1928 年版。

102. 茅盾，《創作的準備》第 2 版，上海，1937 年版。

103. 茅盾，《創作與題材》，載《中學生》第 32 期，1933 年 2 月，第 1～14 頁。

104. 茅盾，《婦女解放問題的建設方面》，載《婦女雜誌》第 6 卷第 1 期，1920 年 1 月 5 日，第 1～5 頁。筆名：佩韋。

105. 茅盾，《霍普特曼傳》，載《小說月報》第 13 卷第 6 號，1922 年 6 月 10 日。筆名：希眞。

106. 茅盾，《子夜》「後記」，北京，1958 年版，第 571～572 頁。

107. 茅盾，《西洋文學通論》第 2 版，上海，1933 年版。筆名：方璧。

108. 茅盾，《肖伯納》，載《學生雜誌》第 6 卷第 2～3 號，1919 年 2 月和 3 月，第 9～19 頁和第 15～21 頁。

109. 茅盾,《小說新潮欄宣言》,載《小說月報》第 11 卷第 1 號,1920 年 1 月 10 日,第 1～5 頁。

110. 茅盾,《小說法之類》,載《文學》第 5 卷第 2 期,1935 年 8 月 1 日,第 286～287 頁。筆名:明

111. 茅盾,《小說研究 ABC》,上海,1928 年版。

112. 茅盾,《寫在〈野薔薇〉的前面》第 7 版,上海,1933 年,第 I～VIII 頁。

113. 茅盾,《寫實小說之流弊》,載《文學旬刊》第 54 期,1922 年 11 月 1 日,第 2 頁。筆名:冰

114. 茅盾,《現代小說導論》,載《中國新文學大系》第 3 集,第 4～8 頁。

115. 茅盾,《現代小說家的責任是什麼呢?》,載《東方雜誌》第 17 卷第 1 號,1920 年 1 月 10 日,第 94～96 頁。筆名:佩韋。

116. 茅盾,《新舊文學平議之評議》,載《小說月報》第 11 卷第 1 號,1920 年 1 月 10 日,第 3～4 頁。筆名:冰。

117. 茅盾,《學生與社會》,載《學生雜誌》第 4 卷第 12 號,1917 年 12 月,第 129～136 頁。

118. 茅盾,《淮南子》注評,上海,1926 年版。

119. 茅盾,《歡迎「太陽」》,載《文學周報》第 5 卷,1928 年,第 719～723 頁。也可參見松井博光,注釋 177 條,第 4 卷第 47～50 頁。筆名:方璧。

120. 茅盾,《回憶辛亥》,載茅盾,《印象、感想、回憶》第 2 版,上海,1937 年,第 97～105 頁。

121. 茅盾,《回憶是辛酸的罷,然而只有激起我們的奮發之心》,載茅盾,《時間的記錄》,上海,1946 年版,第 61～65 頁。

122. 茅盾,《〈灰色馬〉序》,載《灰色馬》中譯本第 3 版,上海,1931 年版,第 1～8 頁。也可參見《學燈——文學》第 95 卷,1923 年 11 月 5 日,第 1～2 頁。

123. 茅盾,《〈紅樓夢〉、〈水滸〉、〈儒林外史〉的奇辱》,載《學燈——文學》第 116 卷,1924 年 4 月 7 日,第 3 頁。

124. 茅盾,《一九一八年之學生》,載《學生雜誌》第 5 卷第 1 號,1918 年 1 月,第 1～5 頁。

125. 茅盾,《告研究文學者》,載《學生雜誌》第 12 卷第 7 號,1925 年 7 月 5 日,第 109～120 頁。

126. 茅盾,《故鄉雜記》,載《茅盾散文集》第 2 版,上海,1933 年版,第 199 ～270 頁。

127. 茅盾,《關於「創作」》,載《北斗》第 1 卷第 1 期,1931 年 9 月,第 75 ～87 頁。也可參見松井博光編,《茅盾評論集》第 1 卷第 81～97 頁。筆

名：朱璟。

128. 茅盾，《關於「文學研究會」》，載《中國新文學大系》第 10 集，第 84～88 頁。

129. 茅盾，《關於文學研究會》，載《文藝報》第 8 期，1959 年，第 20 頁。

130. 茅盾，《良好的開始》，載茅盾，《鼓吹集》，北京，1959 年，第 81～85 頁。

131. 茅盾，《連環圖畫小說》，載《茅盾散文集》第 37～43 頁。

132. 茅盾，《論無產階級藝術》，載《文學周報》第 172 期，1925 年 5 月 10 日，第 2～4 頁；第 173 期，1925 年 5 月 17 日，第 9～12 頁；第 175 期，1925 年 5 月 31 日，第 27～29 頁；第 196 期，1925 年 10 月 4 日，第 200～202 頁。

133. 茅盾，《南行通信》，載《文學周報》第 210 期，1926 年 1 月 31 日，第 330～332 頁。筆名：玄珠。

134. 茅盾，《尼采的學說》，載《學生雜誌》第 7 卷第 1～4 號，1920 年 1～4 月，第 1～12 頁：第 13～24 頁；第 25～34 頁：第 35～48 頁。

135. 茅盾，《歐戰十年紀念》，載《學燈——文學》第 133 卷，1924 年 8 月 4 日，第 1 頁。

136. 茅盾，《〈歐美新文學最近之趨勢〉之書後》，載《東方雜誌》第 17 卷第 18 號，1920 年 9 月 25 日，第 76～78 頁。

137. 茅盾，《虹》「跋」第 3 版，上海，1930 年版。

138. 茅盾，《暴風雨》，載《文學周報》第 180 期，1925 年 7 月 5 日，第 66～67 頁。

139. 茅盾，《巴比塞的小說〈名譽十字架〉》，載《解放與改造》第 2 卷第 13 期，1920 年 7 月 1 日，第 60～68 頁。

140. 茅盾，《評四、五、六月的創作》，載《小說月報》第 12 卷第 8 號，1921 年 8 月 10 日，第 1～4 頁。筆名：郎損。

141. 茅盾，捷克文版《子夜》序，載《暮光》，布拉格，1950 年版，第 24～26 頁。

142. 茅盾，《社會背景與創作》，載《小說月報》第 12 卷第 7 號，1921 年 7 月 10 日，第 13～18 頁。筆名：郎損。

143. 茅盾，《蘇維埃俄羅斯革命詩人》，載《學燈——文學》第 130 卷，1924 年 7 月 14 日，第 1 頁。筆名：玄珠。

144. 茅盾，《大轉變時期何時來呢》，載《學燈——文學》第 103 卷，1923 年 12 月 31 日，第 1 頁。也可參見《中國新文學大系》第 2 集，第 164～166 頁。

145. 茅盾,《談我的研究》,載《印象、感想、回憶》第 79～85 頁。

146. 茅盾,《托爾斯泰與今日之俄羅斯》,載《學生雜誌》第 6 卷第 4～6 號,1919 年 4～6 月,第 23～32 頁;第 33～41 頁;第 43～52 頁。

147. 茅盾,《雜感》,載《文學旬刊》第 76 期,1923 年 6 月 12 日,第 4 頁;《學燈——文學》第 90 卷,1923 年 10 月 1 日,第 3～4 頁;同上,第 101 卷,1923 年 12 月 17 日,第 4 頁。

148. 茅盾,《雜談》,載《文學旬刊》第 51 期,1922 年 10 月 1 日,第 4 頁。

149. 茅盾,《怎樣寫作》,載《讀書生活》第 1 卷第 4 期,1934 年 12 月 25 日,第 4 頁。筆名:丙生。

150. 茅盾,《最後的一頁》,載《小說月報》第 12 卷第 8 號,1921 年 8 月 10 日,第 8 頁。

151. 茅盾,《從牯嶺到東京》,載《小說月報》第 19 卷第 10 號,1928 年 10 月 10 日,第 1138～1146 頁。也可參見伏志英編,《茅盾評傳》第 341～369 頁。

152. 茅盾,《讀〈吶喊〉》,載《學燈——文學》第 91 卷,1923 年 10 月 8 日,第 2～3 頁。

153. 茅盾,《讀〈倪煥之〉》,載《文學周刊》第 8 卷第 20 期,1929 年 5 月 12 日,第 591～614 頁。也可參見伏志英編,《茅盾評傳》第 371～402 頁。

154. 茅盾,《自治運動與社會革命》,載《共產黨》第 3 期,1921 年 4 月 7 日,第 7～10 頁。筆名:P. 生

155. 茅盾,《自然主義與中國現代小說》,載《小說月報》第 13 卷第 7 號,1922 年 7 月 10 日,第 1～12 頁。也可參見《中國新文學大系》第 2 集,第 378～391 頁。

156. 茅盾,《為新文學研究者進一言》,載《解放與改造》第 3 卷第 1 期,1920 年 9 月 15 日,第 99～102 頁。

157. 茅盾,《文學青年如何修養》,載茅盾,《話匣子》,上海,1934 年版,第 168～172 頁。

158. 茅盾,《文學者的新使命》,載《文學周報》第 192 期,1925 年 9 月 13 日,第 150～151 頁。

159. 茅盾,《文學上的古典主義、浪漫主義和寫實主義》,載《學生雜誌》第 7 卷第 9 號,1920 年 9 月,第 1～19 頁。

160. 茅盾,《文學與政治社會》,載《小說月報》第 13 卷第 9 號,1922 年 9 月 10 日,第 1～4 頁。

161. 茅盾,《文學與人生》,載《中國新文學大系》第 2 集,第 149～153 頁。

162. 茅盾,《文學和人的關係及中國古來對於文學者身分的誤認》,載《小說月報》第 12 卷第 1 號,1921 年 1 月 10 日,第 8～10 頁。

163. 茅盾，《文學家的環境》，載《小說月報》第 13 卷第 11 號，1922 年 11 月 10 日，第 1～2 頁。

164. 茅盾，《問題中的大眾文藝》，載蘇汶編，《文藝自由論辯集》第 351～365 頁。筆名：止敬。

165. 茅盾，《我們有什麼遺產》，載《話匣子》第 177～180 頁。

166. 茅盾，《我所見的辛亥革命》，載《中學生》第 38 期，1933 年 10 月，第 3～6 頁。

167. 茅盾，《我的中學時代及其後》，載《印象、感想、回憶》第 87～95 頁。

168. 茅盾，《我的小傳》，載《文學月報》第 1 期，1932 年，第 173～175 頁。也可參見《名家傳記》第 2 版，上海，1938 年版，第 274～278 頁。

169. 茅盾，《我的小學時代》，載《風雨談》第 2 期，1943 年 5 月，第 4～9 頁。

170. 茅盾，《我的回顧》，載《茅盾自傳集》第 4 版，上海，1935 年版，第 1～8 頁。

171. 茅盾，《我怎樣寫〈春蠶〉》，載《文萃》第 8 期，1945 年 11 月 27 日，第 13～14 頁。

172. 茅盾，《我曾經穿過怎樣的緊鞋子》，載《話匣子》第 185～189 頁。

173. 茅盾，《「五四」運動的檢討》，載《前哨——文學導報》第 1 卷第 2 期，1931 年 8 月 5 日，第 7～14 頁。

174. 茅盾，《給周贊襄的一封信》，載《小說月報》第 13 卷第 2 號，1922 年 2 月 10 日，第 4 頁。

175. 茅盾，《復李芾南的一封信》，載《小說月報》第 13 卷第 6 號，1922 年 6 月 10 日，第 4～5 頁。

176. 茅盾，《復王金鑫的一封信》，載《小說月報》第 13 卷第 4 號，1922 年 4 月 10 日，第 3 頁。

177. 松井博光編，《茅盾評論集》5 卷本以及《茅盾批評作品參考文獻》，東京，1957～1996 年版。

178. 揚·穆卡洛夫斯基，《捷克詩學選篇》第 2 卷，布拉格，1941 年版。

179. Takashi Oka，《譚嗣同的哲學思想》，載《中國研究論文集》第 9 卷，哈佛大學，1955 年。

180. 巴人（王任叔），《雜憶，雜感，雜鈔》，載《文藝月報》第 10 期，1956 年 10 月，第 17～19 頁。

181. 布里斯·佩里，《散文研究》（譯成中文出版時書名爲《小說的研究》），上海，1925 年版。

182. 維克多·彼得洛夫，《魯迅》，莫斯科，1960 年版。

183. 威廉・菲爾普斯，《現代小說家論文集》，紐約，1910 年版。

184. 卜立德，《周作人及〈自己的園地〉》，載《亞洲學刊》第 11 卷第 2 期，1965 年，第 180～198 頁。

185. 雅羅斯拉夫・普實克，《新中國的文學及其民族傳統》，布拉格，1955 年版。

186. 雅羅斯拉夫・普實克，《茅盾小說後記》，以《在虎穴裏》爲題與茅盾小說《腐蝕》的捷克文譯本同時出版，布拉格，1959 年版，第 235～258 頁。

187. 雅羅斯拉夫・普實克，《〈中國現代文學研究〉序言》，柏林，1964 年版，第 1～43 頁。

188. 雅羅斯拉夫・普實克，《劉鶚〈老殘遊記〉譯者序》，布拉格，1965 年版，第 9～158 頁。

189. 伯特蘭・羅素，《通向自由之路：社會主義、無政府主義與工團主義》，倫敦，1919 年版。

190. 沈志堅，《懷茅盾》，載楊之華編，《文壇史料》，上海，1944 年版，第 164～169 頁。

191. 本傑明・史華慈，《尋求富強：嚴復與西方》，哈佛大學出版社，1964 年版。

192. 適安，《沈雁冰又右傾》，載《社會新聞》第 6 期，1932 年 10 月 19 日，第 126 頁。

193. 島村抱月，《文藝上的自然主義》，載《小說月報》第 12 卷第 12 號，1921 年 12 月 10 日，第 1～16 頁。

194. 約瑟夫・希普利，《世界文學詞典》，紐約，1960 年版。

195. 馬克・施奈德，《中國二、三十年代的馬克思主義美學作品譯介》，載《亞非人民》第 5 期，1961 年，第 188～194 頁。

196. 馬克・施奈德，《瞿秋白的創作之路》，莫斯科，1964 年版。

197. 弗拉迪米爾・索羅金，《茅盾的創作之路》，莫斯科，1962 年版。

198. 羅伯特・斯皮勒等，《美國文學史》，紐約，1949 年版。

199. 蘇汶編，《文藝自由論辯集》第 2 版，上海，1933 年版。

200. 蘇汶，「關於《文新》與胡秋原的文藝論辯」，載蘇汶編，《文藝自由論辯集》第 62～76 頁。

201. （宋）雲彬，《沈雁冰》，載《人物雜誌》第 8 期，1946 年 9 月 1 日，第 16～23 頁。

202. 伊波利特・泰納，《哲學藝術》，巴黎，1917 年版。

203. 單演義，《魯迅與茅盾戰鬥友誼斷片》，載《人文雜誌》（西安版）第 4 期，

1957 年，第 77～81 頁。

204. 譚四海，《自由智士階級的「文化」理論》，載蘇汶編，《文藝自由論辯集》第 14～16 頁。

205. 鄧中夏，《新詩人的棒喝》，載《中國現代文學史參考資料》第 1 卷第 182～183 頁。

206. 鄧中夏，《貢獻於新詩人之前》，載《中國現代文學史參考資料》第 1 卷第 179～181 頁。

207. 列夫・托爾斯泰，《什麼是藝術》，倫敦，1899 年版。

208. 曾毅，《給陳獨秀的一封信》（及陳獨秀的回信），載《中國新文學大系》第 2 集，第 3～8 頁。

209. 萬良春，《給茅盾的一封信》，載《小說月報》第 13 卷第 7 號，1922 年 7 月 10 日，第 2 頁。

210. 勒內・韋勒克，《文學史中進化的概念》，載《批評的概念》，耶魯大學出版社，1963 年版，第 37～53 頁。

211. 勒內・韋勒克，《文學關係中的現實主義概念》，載《批評的概念》第 222～255 頁。

212. 問白，《描畫幾個普羅作家》（續），載《社會新聞》，1933 年 12 月 12 日，第 374～375 頁。

213. 奧斯卡・王爾德，《杜蓮格萊的序文》，載《創造季刊》第 1 期，1922 年 5 月，第 1～～2 頁。

214. 凱萊布・溫切斯特，《文學批評的原則》，紐約，1899 年版。

215. 喬治・伍德伯里，《文學鑒賞》，紐約，1909 年版。

216. 山岸光宣，《近代德國文學的主潮》，載《小說月報》第 12 卷第 8 號，1921 年 8 月 10 日，第 1～12 頁。

217. 楊甫，《茅盾的轉變》，載《上海周報》第 2 卷第 8 期，1933 年 7 月 20 日，第 121～123 頁。

218. 楊甫，《袁太英生平》，載《上海周報》第 2 卷第 23 期，1933 年 11 月 2 日，第 357～359 頁。

219. （葉）以群，《在文藝思想戰線上》，上海，1957 年版。

220. 葉聖陶，《略談雁冰兄的文學工作》，載《文哨》第 1 卷第 3 期，1945 年 10 月 1 日，第 3～4 頁。

221. 葉子銘，《論茅盾四十年的文學道路》，上海，1959 年版。

222. 顏之推，《顏氏家訓》，載《叢書集成》，1937 年版。

223. 郁達夫，《藝文私見》，載《創造季刊》第 1 期，1922 年 5 月，第 10～12 頁。

224. 郁達夫，《文學上的階級鬥爭》，載《創造周刊》第 3 期，1923 年 5 月 27 日，第 1～5 頁。也可參見《郁達夫選集》，北京，1957 年版，第 176～182 頁。

225. 袁湧進編，《中國現代作家筆名錄》，北京，1936 年版。

226. 惲代英，《八股》，載《中國現代文學史參考資料》第 1 卷第 192～195 頁。

227. 愛彌兒‧左拉，《實驗小說》，巴黎，1923 年版。

文 獻

1. 《中國文藝家協會宣言》，載《中國現代文學史參考資料》第 1 卷第 514～516 頁。

2. 《中國左翼作家聯盟的成立》，載《拓荒者》第 3 期，1930 年。也可參見《中國現代文學史參考資料》第 1 卷第 281～282 頁。

3. 《中國無產階級革命文學的新任務》（節錄），載《中國現代文學史參考資料》第 1 卷第 287～291 頁。

4. 《國內文壇消息》，載《小說月報》第 14 卷第 2 號，1923 年 2 月 10 日，第 1 頁。

5. 《「民族主義」文藝運動》，載《中國現代文學史參考資料》第 1 卷第 427～432 頁。

6. 《本月特別啟示 4》，載《小說月報》第 11 卷第 12 號，1920 年 12 月。

7. 《撒但的工程》，載《中國新文學大系》第 10 集，第 110～111 頁。

8. 《文學研究會憲章》，載《小說月報》第 12 卷第 1 號，1921 年 1 月 10 日，附錄一。也可參見《中國新文學大系》第 10 集，第 74～76 頁。

9. 《文學研究會宣言》，載《小說月報》第 12 卷第 1 號，1921 年 1 月 10 日，附錄一。也可參見《中國新文學大系》第 10 集，第 71～72 頁。

10. 《文學研究會會務報告》，載《小說月報》第 12 卷第 2 號，1921 年 2 月 10 日，附錄四、五、六；同上，第 12 卷第 6 號，1921 年 6 月 10 日。

11. 《文學研究會讀書會現狀》，載《小說月報》第 12 卷第 2 號，1921 年 2 月 10 日，附錄四。

12. 《文學研究會叢書緣起》，載《中國新文學大系》第 10 集，第 72～74 頁。

索　引

譯 後 記

　　《茅盾與中國現代文學批評》是斯洛伐克漢學家馬立安・高利克的第一本英文專著，是在其 1968 年的同名博士論文基礎上修改而成的。該書英文版本於 1969 年由德國威斯巴登弗蘭茨・斯坦納出版社出版（Franz Steiner Verlag, Wiesbaden, 1969）。

　　《茅盾與中國現代文學批評》是歐洲第一本用英文撰寫的茅盾研究著述。高利克先生的導師，捷克斯洛伐克著名的漢學家、東方學家雅羅斯拉夫・普實克為該書作了序，對其學術價值給予了高度的評價。歐洲其他著名的漢學家如佛克瑪（D. W. Fokkema）、卜立德（David Pollard）、史羅夫（Zbigniew Slupski）、何谷理（Robert E. Hegel）、格魯納（Fritz Gruner）等都對該書給予了好評。

　　當《茅盾研究八十年書系》編委會致信高利克先生，希望翻譯出版他這部專著的時候，先生欣然應允，只是堅持要求必須由非常瞭解他的整個學術研究而他又能夠信任的人來擔任此書的翻譯工作。譯者有幸當選，接下了這份勉為其難的艱巨任務，而編委會只給了我們四個月時間來翻譯這部大約 17 萬字的書稿。從 2013 年 5 月 1 日開始，譯者放下手頭所有科研工作和雜事，日以繼夜、全力以赴地拼命工作，終於在約定的時間內完成了全書的翻譯和校閱工作。

　　本書涉及內容廣博、引用文獻繁多且出處年代久遠，這些都給書稿的翻譯和校閱帶來了相當大的困難。適逢酷暑時節，高利克先生曾兩次親自校訂、審閱譯稿，與譯者商討書稿的翻譯細節。其嚴謹的治學風範，令譯者感慨和敬仰。

　　譯稿整體上對原書篇章結構給予了保留。只是根據譯者的建議，並徵詢高利克先生和編委會的意見，將原書的「注釋」部分轉換成了每章的當頁注，以方便讀者查閱。在高利克先生的堅持下，譯稿在文中附錄了原文涉及的外國學者及其著作、出版刊物和關鍵術語的英文名。譯稿也保留了原文的「索引」部分，並根據最終排版的具體情況對頁碼作了調整。

　　今年恰逢高利克先生八十歲高壽。先生多次感慨，譯者是他晚年生活裏上帝派給他的天使，幫助他完成一生的夙願。是以搶救文物的心情，來完成先生未竟的心願，表達譯者的知遇之恩的。謹以此譯稿和譯者的另一本即將完稿出版的書稿《馬立安·高利克的中國現代文學研究》作爲獻給先生的八十歲壽辰禮物。

　　本書稿在翻譯的過程中得到《茅盾研究八十年書系》編委會許建輝教授和錢振綱教授兩位前輩的大力支持和精神鼓勵，特此致謝。譯文中錯誤或不妥之處，敬請批評指正。

楊玉英

二零一三年八月二十八日

於樂山師範學院